Lesley Glaister

Buddeln bis Australien

Roman

Aus dem Englischen von Hans-Christian Oeser

Diogenes

Titel der 1992 bei Secker & Warburg, London,
erschienenen Originalausgabe:
›Digging to Australia‹

Die Zitate aus *Ein Porträt des Künstlers als junger Mann*
(›A Portrait of the Artist as a Young Man‹)
von James Joyce in der Übersetzung
von Klaus Reichert, Suhrkamp Verlag, Frankfurt 1973,
und aus *Alice im Wunderland* (›Alice in Wonderland‹)
von Lewis Carroll in der Übersetzung
von Christian Enzensberger, Insel Verlag, Frankfurt 1973
Umschlagillustration: Albert Anker,
›Des Künstlers Töchterchen Louise‹, 1874

Für Peter in Liebe

150/95/24/1
ISBN 3 257 06069 6

Em pam pie Kolonie,
Kolonastik,
Em pam pie Kolonie,
Akademie,
Safari,
Akademie,
Puff, puff.

Dies sind Worte, zu denen auf einem Schulhof voller Mädchen munter in die Hände geklatscht wird. Worte, die so rasch hergebetet werden, daß sie wie Flitter von der Zunge stieben und den Mädchen, die sich nicht auskennen, Eindruck machen. Unergründbar sind sie für jene, die sich am Rand halten, sich in die Türrahmen drücken und das Läuten herbeisehnen.

Sie dienen auch dazu, die Gedanken zu vertreiben. Nicht ganz und gar vergessen zu machen, denn das ist unmöglich. Aber das Gedächtnis aus seiner Bahn zu werfen. Eine Sperre aus Kauderwelsch.

ERSTER TEIL

I

Vor sehr langer Zeit hat Mutter mir erzählt, eine Vorfahrin von uns sei nach Australien deportiert worden. Ihr Name war Peggy, und sie hatte bloß einen Pfau gestohlen. Auf einem Sträflingsschiff wurde sie nach Australien verschickt und ward nie mehr gesehen. Muß man sich mal vorstellen: einen Pfau zu stehlen! Mehr ist über Peggy nicht bekannt. Ich weiß nicht einmal, ob der Pfau tot war oder lebendig. Und darauf kommt es doch wohl an. Hat sie ihn wegen seiner Schönheit gestohlen oder fürs Mittagessen?

Wir standen in der Küche, und Mutter füllte mir meine Wärmflasche mit Wasser. Meine bloßen Füße auf dem Boden waren kalt.

»Wo liegt Australien?« fragte ich.

Sie deutete auf den Fußboden. »Auf der anderen Seite der Welt«, sagte sie. »So weit weg, wie's nur geht.«

Ich dachte darüber nach. Ich wußte schon, daß die Welt eine Kugel ist. Mit einer Apfelsine hatte Bob mir gezeigt, wie sie sich um die Sonne dreht. Die Apfelsine verwendeten wir als Sonne und seinen Globus als Erde. Natürlich war das überhaupt nicht maßstabgerecht. Um die Proportionen richtig hinzukriegen, sagte er, hätte ich die Apfelsine ins Stadtzentrum tragen müssen.

Der Globus war wunderschön. Es war ein altes, schweres Ding auf einem klapprigen Ständer. Das Land war braun wie Schlamm und das blasse Meer von hauchdünnen Linien überzogen, Meridianen und Wendekreisen – Dinge, die keine Bedeutung für mich hatten, obwohl ihre Namen mir gefielen. Manchmal ließ ich den Globus im Kreis herumwirbeln, daß es nur so wackelte und quietschte, und wenn er zum Stillstand gelangt war, las ich den Namen des Punktes ab, auf den mein Finger dann wies: Madagaskar, Wendekreis des Steinbocks, Salomon-Inseln, Peru.

»Wie ist es denn da, in Australien?« fragte ich.

»Verkehrt herum«, sagte Mutter, schraubte den Verschluß auf meine Wärmflasche und wischte sie mit einem Geschirrtuch ab. »Denen ihre Jahreszeiten sind alle verkehrt herum. Ihren Weihnachtsbraten essen sie am Strand.«

Als ich in der Nacht zu Bett ging, dachte ich, wie wunderbar das sein mußte: Knallbonbons und Plumpudding und Stechpalmenzweige vor dem Gold und Blau von Sand und Meer. Ich sah Peggy im Geiste vor mir: in einer Art langem altmodischen Kleid, sonst aber von gleichem Aussehen wie Mutter, eine purpurrote Papierkrone auf dem Kopf, und neben ihr stolziert der Pfau am Ufer entlang.

An einem Geburtstag – als ich noch glaubte, mein Geburtstag sei im Juni – schenkten Mutter und Bob mir ein Buch. Ich war enttäuscht. Aus Büchern machte ich mir nicht viel. Wie fade, dachte ich, als ich es auspackte, obwohl ich so tat, als wäre ich zufrieden. Das Geschenkpapier hatte Mutter selbst gebastelt, Kartoffeldruck mit einer pulverigen Farbe, die mir unter den Fingern zerrann. Vorne hatte sie mir hineingeschrieben: *Für Jennifer. Herzliche Glückwünsche zum Geburtstag. Alles Liebe von Mutter und Bob. Juni 1966.* Am ersten ›e‹ von Jennifer war etwas abgeändert, so als hätte sie versehentlich erst zu einem anderen Buchstaben angesetzt. Ich legte das Buch aufs Regal in meinem Zimmer und warf lange keinen Blick mehr darauf. Erst als ich krank wurde, fieberheiß, gereizt und gelangweilt dalag, begann Mutter mir daraus vorzulesen. Das Buch hieß *Alice im Wunderland.*

Zum Lesen setzte sich Mutter zu mir auf die Bettkante. Ihre Stimme war eintönig und besänftigend. In regelmäßigen Abständen unterbrach sie sich, um mir mit einem kalten Waschlappen über das Gesicht zu wischen. Das Zimmer war kalt, denn Bob bestand darauf, daß wir in allen Zimmern ein Fenster offenstehen ließen, bei jedem Wetter außer bei Nebel. Das war die reinste Verschwendung, denn es bedeutete, daß wir den ganzen Winter über ein prasselndes Herdfeuer anschüren mußten, um die Heizkörper zu wärmen, aber es war einer von Bobs Ticks. Unser Leben wurde beherrscht von Bobs Ticks. Allerdings glaube ich, daß dieser Tick auch sein Gutes hatte, denn unter Erkältungen litten wir nur selten. Die Spitzengardine bauschte sich leicht in der Brise. Mutter fröstelte, doch mir war glühend heiß. Die Sonne schien kalt zum Zimmer herein und schärfte die Kanten der Möbel, so daß mir die Augen weh taten. Ich hielt sie geschlossen und hörte Mutter zu, und ihre Stimme war etwas Festes und Gewisses, woran ich mich, vom Fieber geschüttelt, halten konnte, etwas Gesundes.

»Ein Fieber wird ausgehungert«, verkündete Bob, und so hatte ich zwei Tage lang nichts gegessen. Mutter, die Bob in fast allem folgte, schmuggelte mir schließlich ein widerliches, aber nahrhaftes Getränk herauf – in Milch geschlagenes rohes Ei – und beugte sich über mich, während ich es, Tränen des Ekels in den Augen, hinunterschluckte. Die Geschichte war albern, fand ich, bis sie zu der Stelle kam, wo Alice den Schacht hinunterfällt, und ich mußte die Augen aufschlagen, um zu verhindern, daß ich das Gefühl bekam, selbst an Wandschränken und Bildern und Töpfchen mit Orangenmarmelade auf Regalen vorbeizusausen. *Hinab, hinab, hinab,* leierte Mutter. *Wollte das denn nie ein Ende nehmen? Wie viele Meilen ich wohl schon gefallen bin? sagte Alice laut. Weit kann es nicht mehr sein bis zum Erdmittelpunkt.* Ich fragte mich, ob das denn möglich war – nicht zu fallen natürlich, sondern durch die Erde woandershin zu gelangen, zu der verkehrten Welt, wo die Menschen mit dem Kopf nach unten herumlaufen, die Antipathien, wie Alice sie nannte – aber ich wußte, *das* konnte ja nicht stimmen.

Mutter ließ das Buch sinken. »Besser?« fragte sie. »Ich muß jetzt aufhören, es wird Zeit, daß ich Bob sein Mittagessen mache.« Mutter hatte eine Zahnlücke. Ihr fehlte kein vorderer Zahn, sondern einer an der Seite; das konnte man nur sehen, wenn sie lächelte. Deswegen lächelte sie selten richtig, besonders in der Öffentlichkeit, aber manchmal vergaß sie sich. Jetzt jedoch, wie ich im Bett lag, lächelte sie mich an. Ich weiß es, denn ich sah die dunkle Lücke in ihrem Mund, und da hatte ich einen Einfall: Ich würde mich nach Australien durchgraben!

Am Ende des Gartens, hinter dem Rasen und dem Gemüsebeet und den Obstbäumen, war ein Stückchen Land, das gehörte mir. Ich hatte Kapuzinerkresse, Radieschen und Ringelblumen gepflanzt, doch war ich die Gärtnerei bald leid; nichts wurde so, wie es auf den Samentütchen aussah. Aber ich hielt mich gern im Freien auf. Ich mochte Bewegung und frische Luft. Und Buddeln machte mir Spaß.

Als ich soweit wiederhergestellt war, daß ich, noch schwach auf den Beinen, eingehüllt in meinen Morgenmantel, vorsichtig nach unten gehen konnte, besah ich mir Bobs Globus. Einen Finger legte ich auf den winzigen Klacks, der Großbritannien hieß, und mit dem Arm langte ich herum, um die gegenüberliegende Seite der Welt zu finden. Ich erreichte zwar nicht gerade Australien, es war eine Stelle in der Tasman-See, der nächste Flecken Land hieß Loyalty-Inseln. Aber ich kam doch ziemlich nahe daran. Ich glaube nicht, daß ich wirklich davon überzeugt war, ich würde es schaffen. Jedenfalls wußte ich: Leicht oder rasch würde es mir nicht von der Hand gehen. Ich stellte mich darauf ein, daß es Wochen, ja Monate dauern würde. Bob meinte, es sei unmöglich, aber das stachelte mich nur an. Wenn es bis dahin noch nie gelungen war, dann war das der beste Grund, es endlich auszuprobieren.

Solange ich krank war, blieb ich vom ›täglichen Dutzend‹ befreit, doch sobald es mir besserging, verlangte Bob, daß ich wieder mitmachte. Es war ein trüber Morgen, ein Schulvormittag. Bob zog seinen Bademantel aus. Mutter hastete zum Fenster und zupfte den weit offenen Vorhangspalt zu.

»Jetzt aber dalli«, sagte Bob. »Atmen.« Er begann laut ein- und auszuatmen, wobei er im Rhythmus seiner Atemzüge die Arme vor- und zurückschwenkte. Mit dem Rükken stand er zum Kamin, die Beine gespreizt. Bob war nackt. Sein Körper unter dem gekräuselten grauen Flaum war rosig und plump. Sein Brustkorb erinnerte mich an einen Gorilla, und sein feister Bauch warf einen schützenden Schatten auf das schlaffe Ding darunter.

Mutter schlüpfte aus ihrem Morgenrock. Wie immer stellte sie sich hinter mich, so daß ich sie nicht sehen konnte, sondern nur das Rascheln hörte, als der weiche Stoff zu Boden glitt.

»Los, los, Jennifer«, sagte Bob. Ich hatte nie den Mumm, mich zu weigern, jedenfalls damals nicht. Ich knöpfte meinen Schlafanzug auf und legte ihn ab.

»Schultern zurück«, sagte Bob. Kerzengerade stellte ich mich zwischen sie und wußte Bobs Augen auf meiner nackten Brust und Mutters Augen auf meinem Rücken. »Also dann, einatmen... und senken und...«, und wir fingen an, den Rumpf zu beugen, die Zehen zu berühren und die Arme kreisen zu lassen und unbeholfen die Gelenke zu lockern. Das geöffnete Fenster saugte mit einem traurigen Seufzer den Vorhang an, und ein rechteckiges Stück wurde vom Regen feucht. Wie immer fragte ich mich, weshalb es ›das tägliche Dutzend‹ hieß, wo es doch, soweit ich feststellen konnte, von keiner Übung je ein Dutzend gab. Das war wieder so ein Tick von Bob, diese morgendliche Tortur. Ich glaube, sein schlimmster.

Nein, der schlimmste war das Nacktsein. Wir durften bei der Morgengymnastik keine Kleider anhaben. Das war schon schlimm genug, aber was noch viel schlimmer war: Im Haus hatte Bob überhaupt nie Kleider an.

Mutter und Bob waren beide früher FKK-Anhänger gewesen, sie hatten sich auf einem Zeltplatz kennengelernt, wo alle splitternackt in der Sonne herumtollten. So jedenfalls stellten sie es dar, aber ich mußte immerfort an Dornengestrüpp, an Gänsehaut und Regenschauer denken. Mit den Jahren hatte es sich Mutter allmählich anders überlegt. Wie sie mir einmal anvertraute, fand sie Körper furchtbar langweilig, wo es doch so viele hübsche Kleider zu tragen gebe. Aber morgens schloß sie sich Bob an, und ich dachte mir nichts weiter dabei. So ging es nun einmal bei uns zu.

»Und tiefer und tiefer und tiefer und tiefer«, fuhr Bob, inzwischen außer Atem, fort, grätschte ein Bein zur Seite und beugte sein Knie wie ein Bogenschütze, so daß sein Bauch fast bis auf den Boden durchhing. Die grauen Locken auf seiner Brust waren schweißnaß. »Und Schluß«, sagte er endlich.

2

Ich hatte keine richtigen Schulfreundinnen, deshalb gefiel es mir auch nicht in der Schule. Fragen beantwortete ich nie, nicht weil ich dumm, sondern weil ich schüchtern war. Anders als die beliebten Mädchen fand ich keine Freundinnen, denn ich wußte nicht, wie. Wenn ich so gewesen wäre wie sie, wäre es ja noch angegangen, aber ich spürte, daß ich anders war. Zunächst einmal hätte ich niemals eine Freundin zu mir einladen können, weil sich Bob, der pensioniert war, dauernd im Haus aufhielt – und dauernd nackt war. Ich konnte doch nicht zulassen, daß jemand anders sein Ding sah und seinen breiten, runden, flaumigen Hintern, der vom Sitzen ganz zerknittert war. Das hätte sich sofort herumgesprochen, und sie hätten sich nicht mehr einkriegen können vor Kichern. Außerdem war er ein alter Mann, ganz grau und erschlafft, anders als die Väter, die ich manchmal sah, wenn sie ihre Töchter vor der Schule absetzten, mit schwarzem oder braunem Haar, mit Hemd, Krawatte und Auto. Bob duldete auch keinen Fernseher. Damals hatte noch nicht jeder ein Gerät, aber die beliebten Mädchen schon, und die luden ihre besten Freundinnen zum Abendessen und zum Kinderprogramm zu sich nach Hause ein. Bob behauptete, Fernsehapparate senden Gammastrahlen aus, die das Gehirn zermürben. Statt dessen wurde gespielt. »Familien, die zusammen spielen, halten auch zusammen«, pflegte er zu sagen, rieb sich die Hände und ließ sein Hinterteil in den Ledersessel klatschen, daß mich aller Mut verließ.

Später begann ich damit, das Loch auszuheben. Es war ein heißer, einsamer Tag mitten in den Sommerferien, und ich war zwölf, bereits alt genug, um zu begreifen, daß es ein unmögliches Unterfangen war. Aber es gab mir etwas zu tun. Anfangs grub es sich leicht. Die Erde war locker, und ich war schon dreißig Zentimeter vorgedrungen, bevor die Arbeit wirklich anstrengend wurde. Der Boden wurde dunkler und härter, wie festgepappt, und es gab Steine, große, knochenähnliche Feuersteine und Schieferbrokken, von denen der Spaten absprang und die nicht nachgeben wollten. Ich mußte niederknien und sie mit den Händen aus dem Erdreich wühlen. Der Boden war von Regenwürmern durchzogen, und manchmal zerschnitt ich einen von ihnen mit dem Spaten in zwei zuckende Teile. Es tat mir leid, ihnen weh zu tun, aber Bob sagte, beide Hälften würden weiterleben, so daß es zwei Würmer statt des einen gäbe. Mutter meinte, das sei Unsinn, nur die Hälfte mit Kopf würde überleben. Und ich weiß immer noch nicht, ob einer von beiden recht hatte – oder ob beide Hälften sterben. Es gab auch Hundertfüßler und Tausendfüßler und Larven und anderes krabbelndes Gewürm, und dünne Wurzeln, die sich von irgendwoher verzweigten. Ich arbeitete angestrengt; mit meinen Gedanken war ich woanders, an einem Ort, wo ein Teil von mir hingehörte wegen Peggy, der Vorfahrin. Ich arbeitete, bis ich Blasen an den Händen hatte, und dachte an einen verborgenen Schatz, an gerippte Schatullen, aus denen sich goldene Dublonen und Perlen ergossen. Und bald wußte ich sicher, daß ich nirgendwohin gelangen würde. Jedenfalls nicht auf diese Weise. Ich hatte einen Graben ausgehoben, in dem ich bis zur Hüfte stehen konnte, aber das war gar nichts. Unser Garten grenzte an einen Fußweg, der durch einen hohen Holzzaun dem Blick entzogen war, aber wir lagen oberhalb des Pfades, so daß ich trotz all meiner Graberei noch nicht einmal bis zur Höhe des Bodens dahinter vorgedrungen war. Wenn ich mich in meinen Graben hineinkauerte, konnte ich den Kopf unter die Erdoberfläche ducken, den heimeligen Geruch des Humus einatmen und die Kälte fühlen. Wenn man es von nahem ansah, war das Erdreich kompliziert, nichts Zufälliges. Es war eine Anordnung von Fasern, Kieseln und Körnern und feucht aussehenden Lebewesen. Es war selbst etwas Lebendiges, und das überraschte mich. Ich leckte an der Erde und erkannte den Geschmack von Kartoffeln.

Unser Hintergarten war von einer niedrigen Mauer eingefaßt, doch davor hatte Bob einen hohen Lattenzaun errichtet. Darauf hatte Mutter bestanden, falls Bob sich nackt sonnen wollte. Aber in dem Zaun waren Astlöcher, und oft preßte ich mein Auge an eines der Astlöcher am unteren Ende des Gartens und beobachtete die Leute, wie sie ihre Hunde ausführten. Einmal wurde ich Zeuge, wie ein Junge und ein Mädchen sich küßten. Weil der Pfad so abgelegen war, durfte ich ihn allein nicht betreten. »Denn an abgelegenen Orten lauert die Gefahr«, warnte mich Mutter. Obwohl ich den Gedanken an Australien oder

Wunderland aufgegeben hatte, buddelte ich weiter an meinem Loch, auch weil Bob nur darauf wartete, daß ich aufgäbe.

»Schon dichter dran?« fragte er etwa, oder: »Bist du schon durch die Erdkruste hindurch?«

An einem sehr heißen Nachmittag machte ich mich wieder an dem Loch zu schaffen, grub und scharrte lustlos drauflos und wartete nur auf das Abendessen, als ich auf eine feuchte, kiesige Sandschicht stieß. Der Sand war grau, ganz anders als an der See, aber auf seine saubere, glitzernde Art sah er schön aus und ließ sich erstaunlich leicht auskratzen. Nach der starren Erde machte das Graben Spaß, und so fuhr ich ein Weilchen damit fort, nur um zu sehen, was als nächstes käme. Ich grub ganz dicht am Zaun, und zu meiner Verwunderung begann der Sand plötzlich abzurutschen. Ich hörte ihn rieseln. In der Mauer, die den Garten abstützte, fehlten ein, zwei, drei Backsteine, und Sand und Erde gaben nach und fielen auf den Fußweg. Die Lücke, die sie hinterließen, war gerade groß genug, daß ich mich hindurchfallen lassen konnte. Es war gar nicht so steil, und einen Augenblick lang blieb ich, erschrocken und erregt, auf dem Weg stehen und blickte zu der hohen Mauer und dem noch höheren Zaun auf unserer Seite hoch, und auf die niedrigen Gartentore und baufälligen Geräteschuppen auf der anderen. Eine orangefarbene Katze, die sich bei meiner Landung geflüchtet hatte, kam wieder herbeigeschlichen und rieb sich an meinen Beinen. Von der Sonne war ihr Fell ganz heiß. Das erste Mal blieb ich nicht lange. Es genügte, daß ich es geschafft hatte, irgendwo anzukommen. Allein stand ich da, wo ich mich nicht aufhalten durfte, bis die Katze davonspazierte; daraufhin kletterte ich durch den Spalt zurück. Ich war sehr schmutzig von dem lockeren Erdreich, aber ich sah, wie ich die Öffnung verbreitern könnte, damit ich leichter hinein und hinaus konnte.

»Ich geb's auf mit meinem Loch«, verkündete ich an dem Tag beim Abendessen.

»Na, Gott sei Dank«, meinte Mutter. Bob feixte nur.

3

Jeden Tag schlüpfte ich durch den Spalt und spazierte auf dem Fußpfad auf und ab. Es war ein Spiel, das Spiel eines einsamen Mädchens. Aber es war nicht so gefahrvoll, wie Mutter und Bob befürchteten. Nie ist mir etwas zugestoßen. Ich bin kaum jemandem begegnet. Zuweilen sagte eine Frau mit einem Hund »Hallo«, als wäre es die selbstverständlichste Sache von der Welt, daß sie mich dort antraf. Ich fand heraus, daß der Weg Teil eines Labyrinths war, das sich zwischen und hinter den Häusern entlangzog, daß man diesen heimlichen Pfad kilometerweit entlanglaufen und den Leuten in die Hintergärten spähen, ihr Gerümpel sehen konnte – entzweigegangene Fahrräder und Rasenmäher, alte Fensterrahmen und eingetopfte Weihnachtsbäume, die ihre Nadeln verloren hatten. An heißen Nachmittagen wimmelte es auf den Wegen von Blütenstaub und Bienen. An einer Stelle stand Klatschmohn, und einige Mohnblumen nahm ich mit nach Hause, damit Mutter mir daraus Ballerinas mit zerknautschten scharlachroten Röcken machte. Sie fragte mich, wo ich sie herhätte, aber ich verriet es nicht. Ausweichend antworten – das konnte ich gut.

Auf den Wegen streunten zahllose Katzen. Die meisten waren gepflegte Haustiere mit Halsbändern und Glöckchen, die sich zwar wild gebärdeten, aber nie weit von ihrem Schälchen Milch wegliefen. Allerdings verteidigten sie ihr Revier gegeneinander, und manchmal überraschte ich zwei Katzen dabei, wie sie in Kampfstellung erstarrten, um bei meinem Nahen widerstrebend davonzuschleichen, nicht ohne sich über die Schultern drohende Blicke zuzuwerfen. Ich wünschte mir eine Katze, aber Bob duldete keine im Haus. Am liebsten hätte ich ein kleines weißes Kätzchen mit blauen Augen gehabt. Mutter sagte, alle weißen Katzen seien taub, das sei ererbt, aber den Grund wußte sie nicht.

Eines Tages wagte ich mich weiter vor als sonst. Ich folgte dem Pfad bis zu einer Straße, und obwohl es eine vielbefahrene Straße mit Geschäften war, überquerte ich sie, um auf dem Pfad weiterzugehen. Schmal und schmutzig und mit Mülleimern vollgestellt, verlief er zwischen dem Postamt und dem ersten Haus in einer Zeile. Er gefiel mir gar nicht, und ich wäre auch nicht weit gelaufen, wenn ich nicht noch eine Katze gesehen hätte, die entweder halbwüchsig oder verhungert und verkümmert war. Ihr Fell war verdreckt und sah grau aus, obwohl es in Wahrheit wohl weiß war. Ihr eines Ohr war schrundig, ihre Augen eiterentzündet. Als sie mich sah, stahl sie sich beiseite und duckte sich, als rechne sie mit einem Fußtritt. Als ich die Hand zu ihr ausstreckte, suchte sie das Weite. Ich folgte ihr, und mir kam es vor, als folgte ich dem Huschen eines winzigen blassen Schattens. Ich ging ihr nach, bis wir zu einem Friedhof kamen, dann verlor ich sie aus den Augen. Der Friedhof wirkte verlassen: keine Blumenvasen auf den Gräbern, nichts Hübsches außer dem Wildwuchs – Winden, Weidenröschen, Geißblatt –, der sich um die umgestürzten Grabsteine rankte. Alles war von langen Gräsern, Unkraut und Gestrüpp überwuchert. Die Kirche warf einen kalten Schatten; trotz der Hitze machte er mich frösteln. Und ich dachte, daß ich im Garten sein sollte, wo Mutter und Bob mich vermuteten, hinter der Hecke, zum hundertsten Mal *Alice im Wunderland* lesend. Außerhalb des Schattens, in einem Sonnenfleck, stand ein schöner Grabstein mit einem hohen, weißen, nur leicht verwitterten Engel. Seine Augen waren rein und ausdruckslos, seine Nasenspitze abgescheuert. *Grace Clover* lautete der Name, den ich auf dem Stein darunter entziffern konnte – *Der Herr in seiner Barmherzigkeit hat sie am 24. Dez. 1868 zu sich gerufen.* Mir wollte es nicht sehr barmherzig erscheinen, jemanden an Heiligabend sterben zu lassen.

Am anderen Ende des Friedhofs stand eine wirre Dornenhecke aus Brombeeren und Wilden Rosen, größer als ich, mehr als mannshoch. Sie sah aus, als gäbe es kein Durchkommen. Als wäre sie seit hundert Jahren vor sich hin gewachsen, wie in *Dornröschen*. Auf die Heckenrosen fielen Sonnenstrahlen, und die Bienen summten und surrten zwischen den zarten, flachen rosa Blumenkelchen herum. Ich versuchte durch die Zwischenräume zwischen den Blättern hindurchzulinsen, doch die Hecke war zu undurchlässig. Ich ging noch ein Weilchen weiter, suchte nach der Katze, obwohl ich eigentlich nach Hause mußte, bevor man mich vermißte, und bemühte mich, die Inschriften auf den flechtenverkrusteten Steinen zu lesen. Die meisten waren rautenförmig, zu Stummeln verwittert – wie alte Zähne –, einige aber waren mit Skulpturen geschmückt. Neben dem von Grace Clover gab es auch noch andere, gedrungenere Engel, angegraut und verrußt; es gab eine Taube, die ein abgebrochenes Teil im Schnabel hielt, und einen bauchigen, schwarzen Becher. Ich stieß auf ein Grab, in dem drei Säuglinge lagen, die Kinder von Hannah und Matthew Sparrow. Sie waren alle bei der Geburt gestorben und hatten nicht einmal einen Namen abbekommen. Da stand ein kleiner, stumpfähnlicher Grabstein, von dem die oberste Schicht abgeschilfert war, ziemlich unansehnlich. Sollte ich jemals Kinder haben und sie sollten mir wegsterben, dachte ich, so würde ich einen Stein mit Elfen und kleinen Hasen wählen und einen Kindervers eingravieren lassen.

Und dann sah ich die Katze wieder, das arme, abgemagerte Ding. Wie gehetzt sauste sie durch das Gras und verschwand in einem kleinen Loch unten in der Hecke. Ich kniete nieder und schaute nach, wo sie hingerannt war. Durch das undurchdringliche, kratzige Dickicht konnte ich einen hellen Sonnenfleck auf Beton sehen. Der Boden, auf dem ich kniete, war ebenfalls aus Beton, ein überwucherter Pfad. Ich schob die Hand ein Stück weit hinein. Ein Dorn verfing sich im Ärmel meiner Bluse, und ich riß mich los. Dann schob ich meinen Arm in die Hecke, doch sie war zu dicht. Ich konnte nicht zur anderen Seite hinüberlangen. Da legte ich mich auf den Bauch und schlängelte mich in die Hecke vor. Die Knöpfe meiner Bluse schrammten auf dem Boden, und ich wußte, daß ich mich schmutzig machte und Mutter mich ausschimpfen würde. Einen Augenblick lang dachte ich, ich würde steckenbleiben, und bekam es mit der Angst zu tun, weil niemand weit und breit wußte, wo ich war. Aber ich konnte nicht zurück, ich konnte nur vorwärts, so zwängte ich mich weiter hindurch und kniff die Augen zusammen vor den Blättern, die mir ins Gesicht peitschten. Eine Raupe fiel vor mir zu Boden. Sie hatte eine seltsame Farbe, eine Art Türkis, eine Farbe, wie ich sie noch nie zuvor in der Natur gesehen hatte. Sie richtete sich auf und schien mich anzustarren. Einen Augenblick lang musterten wir einander. Anscheinend hatte sie ihre Neugier als erste gestillt, jedenfalls kroch sie auf eine so verächtliche Art davon, daß ich beinahe aufgelacht hätte. Sobald sie aus dem Weg war und ich sicher sein konnte, daß ich sie nicht zerquetschen würde, drückte ich mich vorsichtig hindurch, stand auf und blickte mich um.

Geblendet fand ich mich auf einem dreieckigen Flecken wieder, vollkommen licht und heiß. Es muß Mittag gewesen sein, denn ich kann mich nicht daran erinnern, daß sich vor mir Schatten gedehnt hätten. Es gab Schaukeln – oder eher eine Schaukel – und vier baumelnde Ketten, der Boden zwischen ihnen ausgehöhlt vom vielen Füßescharren. Da war ein altes, splittriges Karussell, an dem noch Spuren roter Farbe zu erkennen waren. Es gab ein Klettergerüst, das spitz zulief wie ein Hexenhut. Die Wippe war nur noch ein Eisenstumpf.

Einen anderen Zugang als den Durchschlupf, den ich verbreitert hatte, gab es nicht. Die Rosenhecke um mich herum stand hoch und dicht. Die Luft flirrte. Ich war drinnen, aber sonst konnte niemand herein. Der Durchlaß unter der Hecke schien sich hinter mir wieder geschlossen zu haben. Der Boden warf den weißen Glanz der Sonne zurück, und die Hitze schlug mir ins Gesicht.

Die Katze war nicht mehr da. Während ich mich hinter ihr durchgekämpft hatte, mußte sie sich wieder hinausgezwängt haben. Ich weiß nicht, weshalb ich ihr gefolgt war. Vermutlich, weil ich es wollte.

Ich setzte einen Fuß auf das Karussell und schob es an. Zuerst mochte es sich nicht von der Stelle rühren, aber als ich mit aller Kraft drückte, gab es mit einem schrecklich rauhen Ächzen nach, wie der Schrei eines Esels, und ich hörte, wie sich etwas darunter löste und prasselnd zu Boden fiel, vielleicht rostige Eisenspäne oder Holzsplitter. Ein wenig drehte es sich, dann hielt es knirschend an.

Ich setzte mich auf die Schaukel und umfaßte die warmen Ketten. Zuerst schaukelte ich nur ein bißchen hin und her, mißtrauisch gegen die Leere. Doch gegen meinen Willen bogen sich meine Beine immer begieriger nach hinten und nach vorn, bis ich mich hoch hinaus schwang, so hoch, daß das Gestänge wackelte. Einen kühlen Wind erzeugend, durchschnitt ich die Luft, und während ich, den Kopf zurückgeworfen, durch die Wimpern in die Sonne blinzelnd, nach vorn sauste, hing mein Zopf hinter mir herab und streifte den Boden.

»Niemals gerade in die Sonne blicken«, hatte Bob mir oft geraten, »sonst wirst du blind.« Und: »Setz dich nie der Mittagssonne aus, nicht ohne schattenspendenden Hut. Nur tollwütige Hunde und Engländer gehen in der Mittagshitze vor die Tür. Sie dörrt das Hirn aus.« Und er mußte es ja wohl wissen, wo er doch eine Wüstenratte gewesen war.

Dennoch, all seinen guten Ratschlägen zum Trotz, schaukelte ich in der Mittagshitze und ließ meine Haare im Staub schleifen und wagte es, das gleißende Licht in meine Augen einzulassen, so daß ich, als ich endlich aufhörte und wieder aufrecht stand, spürbar taumelte und von den leuchtenden Punkten, die vor meinen Augen flimmerten, geblendet war. Verdorrt.

Bei Bob wußte man nie, ob das, was er sagte, Unfug war oder nicht. Als ich noch ein kleines Mädchen war, glaubte ich ihm alles, saugte es auf wie ein Schwamm – Wahrheit und Lügen und auch die Halbwahrheiten, denn es ist nicht alles schwarzweiß.

Ich zwängte mich wieder durch die Lücke. Meine Haare verhedderten sich in den Dornen, und ich kniete auf etwas Scharfem und schürfte mir das Knie auf. Noch einmal schaute ich mich zwischen den Gräbern um, doch die Katze war nirgends zu sehen. Aus meinen von Dornen zerkratzten Händen quollen Blutstropfen. Während ich voller Angst nach Hause eilte und mir Ausreden über mein langes Fortbleiben ausdachte, leckte ich das Blut ab. Ich wußte nicht, wie lange ich weggeblieben war, aber mir kam es vor wie eine Ewigkeit. Ich war sicher, daß ich das Mittagessen versäumt hatte, daß sie meinen Fluchtweg entdeckt hatten, daß dies das Ende meiner Spielereien sein würde.

Was das Loch anging, hatte ich recht. Bob empfing mich wutentbrannt und verschmutzt; er war ganz aus dem Häuschen, weil der halbe Garten verschwunden war.

»Absenkung«, sagte er grimmig. »Das fehlt uns noch.« Er hatte Beton gemischt und war so beunruhigt wegen der

Absenkung, daß ihm gar nicht einfiel, sich nach meinem Ausbleiben zu erkundigen. Mutter auch nicht. Angesichts des Zustandes meiner Kleider schnalzte sie nur mißbilligend mit der Zunge, ohne etwas zu sagen. Als ich zur Küche hereinkam, säuberte sie gerade einen Salatkopf. Offenbar war weniger Zeit verstrichen, als ich befürchtet hatte. »Deckst du bitte den Tisch, Liebling«, sagte sie, als wäre alles vollkommen normal, »aber um Himmels willen, wasch dir vorher die Hände.«

Der Spielplatz gehörte mir allein. Nicht viele Kinder haben einen Spielplatz ganz für sich, einen richtigen Spielplatz mit Schaukel und Karussell und Klettergerüst. Sooft ich nur konnte, sobald schönes Wetter war, suchte ich ihn auf. Da es kein Loch mehr gab, durch das ich mich fallen lassen konnte, schlich ich mich zur Tür hinaus, wenn ich das heimliche Gewirr der Wege betreten wollte. Ich stibitzte Bobs Heckenschere und schnitt eine Bresche durch die Dornen, nur einen engen Durchlaß, schmal genug, daß niemand ihn sah. Ich liebte es, das Klettergerüst zu erklimmen und über die Hecke zu spähen, hinüber zu den Rückfronten einiger Häuser jenseits eines etwa zehn Meter breiten Streifens Brachland – Teil einer neuen Wohnsiedlung. Sie hatten kleine Gärten, die Anfänge von Gärten: spärliche, frischgesäte Rasenflächen, niedrige Sträucher, spindeldürre Bäumchen, nichts, was wirklich schon verwurzelt war. Die Häuser waren aus hellem Backstein, mit pastellfarbener Holzverkleidung, die gelb und blau in der Sonne glänzte. Manchmal sah ich Leute ein- und ausgehen. In zwei Nachbarhäusern wohnten Familien mit Kindern. Die Frauen standen in ihren Gärten und hielten über den Zaun hinweg ein Schwätzchen oder warfen sich, während sie an ihren drehbaren, schirmrunden Wäschetrocknern Wäsche festklammerten, über die Schultern Bemerkungen zu. Die Frau aus dem blauen Haus sah ich am meisten. Sie hatte zwei noch sehr kleine Jungen, die stets Zwillingskleidung trugen und ihr wie kleine Enten überallhin folgten. Ich hatte ein sonderbares Gefühl, wie ich sie so beobachtete, ohne von ihnen gesehen werden zu können. Ein Gefühl von Macht. Bisweilen liefen die Jungen vom Gartenweg aufs Gras, und sie gab ihnen einen Klaps auf die Schenkel, daß sie aufkreischten. Sie hatten mit mir nichts zu schaffen, und ich machte mir nichts aus ihnen, aber ich sah ihnen gern zu.

Mutter und Bob vermißten mich nie. Jedenfalls sagten sie nichts. Zum Mittag- oder Abendessen war ich immer rechtzeitig zurück. In diesem ersten Sommer verlief alles wie beim ersten Mal. Wie lange ich mich auch fort glaubte, stets kam ich zur rechten Zeit nach Hause. Bob war froh, daß ich so viel an der frischen Luft war, und spürte mir nie nach. Einen Teil des verschwundenen Gartens hatte er in einen Teich verwandelt und brachte lange Stunden damit zu, bäuchlings neben dem Wasser zu liegen und den Goldfischen dabei zuzusehen, wie sie zwischen dem schlingernden Seegras hin und her glitten.

Vielleicht wußten sie ja, daß ich umherstreifte, und fanden nichts dabei. Vielleicht war ja auch wirklich nichts dabei. Schließlich war ich kein Kleinkind mehr. Vielleicht vertrauten sie mir. Vielleicht kannten sie den geheimen Weg, den ich betrat, wenn ich die Pfade entlangwanderte, aber falls dem so war, verrieten sie es nie. Sie sprachen ohnehin nie viel, auch nicht dann, wenn sie etwas hätten sagen müssen – Versäumnisse, die auf Lügen hinausliefen.

ZWEITER TEIL

4

Doch nichts bleibt, wie es ist. Als erstes verblühten die Rosen. An ihre Stelle traten dicke zinnoberrote Hagebutten; sie erinnerten mich an den klebrigen Sirup, den Bob mir jeden Morgen verabreichte. Die Blätter begannen sich zu verfärben, vergilbten und fielen ab. Das war mir gar nicht recht. Jedesmal, wenn ich zum Spielplatz ging, erschien er mir weniger verschwiegen, weniger geschützt. Durch die Lücken konnte ich die Grabsteine sehen: die Taube, den Becher und die Engelsgestalt unter den übrigen Stumpen. Die Hecke war noch immer undurchlässig genug, um mich neugierigen Blicken mehr oder weniger zu entziehen. Nur ein entschlossener Beobachter hätte mich sehen können, aber im Friedhof hielt sich nie jemand auf. All die Toten waren längst vergessen. Jedenfalls behielt ich immer meinen Schulmantel aus mattgrünem Gabardine an; meine karmesinrote Baskenmütze und meine Handschuhe hatte ich in die Manteltasche gestopft.

Auf dem Beton vermoderte quatschend das gelbliche Laub. Es war ein nasser Herbst. Jeden Morgen regnete es, und jeden Nachmittag wurde es windstill und neblig. Der Sitz der Schaukel fühlte sich feucht an, die Ketten in meinen Händen waren kalt. Auf den Handtellern hinterließen sie einen widerwärtigen Eisengeruch, eine Bräune. An den dämmrigen Nachmittagen nach Schulschluß zu schaukeln war seltsam. Ich schwang mich nicht mehr so in die Höhe, jedenfalls nicht so hoch, daß das Gestänge ächzend nachgegeben hätte. In der Hecke sangen gefleckte Drosseln ihr trauriges Lied. Über mir schwebten Seemöwen, die der Wind zum Überwintern ins Landesinnere trieb, grau wie Gischtspritzer. Das Klettergerüst war schlüpfrig, aber ich brauchte nicht mehr so hoch hinaufzusteigen, um die Leute in ihren Häusern beobachten zu können.

Mutter und Bob fragten mich nie, wo ich nachmittags hinging, aber eines Tages kam ich lautlos zur Tür herein. Eigentlich hatte ich gar nicht vor, sie zu belauschen, aber als ich die Tür leise zugedrückt und meine nassen Schuhe ausgezogen hatte, blieb ich einen Augenblick in der Diele stehen, bevor ich mich zu ihnen ins Wohnzimmer gesellte.

»Wo treibt sie sich bloß herum?« hörte ich Bob Mutter fragen. Er erhielt keine Antwort. Ich konnte mir Mutters Gesicht vorstellen. Bestimmt preßte sie jetzt die Lippen zu einer dünnen Linie zusammen und zog die Stirn kraus, während sie sich im Origami übte. Sie würde nicht antworten, bevor sie nicht das Teil fertiggefalzt hatte, an dem sie gerade herumbastelte. »Wirst du's ihr heute sagen?« fragte Bob, und seine Stimme klang ungewöhnlich hartnäckig. »Sag's ihr nicht, Lilian. Wir brauchen's ihr nicht zu sagen; am besten ist es, wir lassen die Sache auf sich beruhen.«

»So!« sagte Mutter. Als ich die Tür aufmachte, warf sie Bob einen warnenden Blick zu. »Sieh nur, Jenny.« Sie hielt einen Papierfrosch in die Höhe. »Und jetzt schau her.« Sie bewegte die Finger, so daß seine papiernen Beine sich verbogen, als hüpfe er. Sie lachte, dann seufzte sie auf und ließ ihn in den Schoß sinken.

»Nun?« sagte Bob und schaute dabei Mutter an.

»Bob möchte wissen, wo du gesteckt hast«, sagte Mutter. »Nicht, daß wir was dagegen haben, wenn du ausgehst.«

»Ich bin spazierengegangen«, erwiderte ich. Ich wollte fragen: Ihr *was* sagen?, aber ich konnte mich nicht dazu überwinden. In mir kroch ein Angstgefühl herauf. Ich wollte es wissen und auch wieder nicht.

»Sie geht spazieren«, gab Mutter an Bob weiter.

»Allein?« fragte Bob sie.

»Ja«, sagte ich.

»Weihnachtsengel«, verkündete Mutter. »Aus Silber- und Goldpapier. Ein ganzer Schwarm.«

»Doch wohl eher eine Schar«, sagte Bob.

»Heerscharen«, verbesserte ich ihn.

»Egal. Fändet ihr das nicht hübsch? Mal was anderes zu Weihnachten«, sagte sie. Und als wir nicht antworteten: »Zeit zum Abendessen.«

Ich ging nach oben, zog meine Hausschuhe an und wusch mir die Hände. Zwischen meinen Fingern klebten winzige Farbspäne vom Klettergerüst. Ich löste meinen Zopf und bürstete die Haare glatt. Meine Haare waren noch nie geschnitten worden. Sie reichten mir bis zu den Schenkeln und trugen dazu bei, daß ich mich in der Schule fremd fühlte. Niemand sonst hatte Haare, die mehr als hüftlang waren, viele trugen ihre Haare kurz. Die beliebten Mädchen hatten ihre erst neulich schneiden lassen.

Meine Haare waren nicht hübsch, von besonderer Farbe, dicht oder lockig, einfach nur dünn und fahl und glatt. Daß ich sie nicht kürzte, war wieder so einer von Bobs Ticks. Mutter durfte ihre auch nicht schneiden, obwohl sie als Mädchen einen Bubikopf gehabt hatte. Meine Haare hatten feine Spitzen wie die von Säuglingen und ließen sich entsetzlich mühsam waschen.

Vor den Mahlzeiten mußten wir eine Minute lang schweigen. Das war ein Kompromiß. Weil Bob nicht an Gott glaubte, sprachen wir kein Tischgebet. In der Schule murmelten wir, so hastig wir konnten, *Komm, Herr Jesus, sei unser Gast und segne, was Du uns bescheret hast. Amen*, bevor wir uns auf das Essen stürzten, aber daheim ließen wir anstelle des Tischgebets einfach eine Lücke. Damit bin ich aufgewachsen, und deswegen kam es mir auch erst merkwürdig vor, als ich schon viel älter war. Als ich Mutter nach dem Grund fragte, sagte sie, es sei unmanierlich, wie wilde Tiere über das Essen herzufallen. Und falls es *doch* einen Gott gäbe, dann würde er sehen, daß wir unser Essen sehr wohl zu schätzen wüßten, auch wenn wir eigentlich nicht an ihn glaubten. Das war, ihrer Meinung nach, Bobs Überlegung. Sie konnte sich nicht mehr recht erinnern. Und selbst heute noch falle ich nicht einfach übers Essen her.

Als wir endlich dem Essen zusprachen, gab es zwischen Mutter und Bob ungewöhnlich viele nervöse Blicke. Und dann räusperte sich Mutter.

»Nächste Woche ist dein Geburtstag«, sagte sie. Wir aßen gerade Bückling. Ich hielt mitten im Kauen inne, den Mund vollgestopft mit dem salzigen Fisch.

»Aber …«

»Ich weiß.«

»Aber mein Geburtstag ist im Juni!«

»Du wirst am Donnerstag dreizehn. Mach gefälligst den Mund zu beim Kauen.« Ich schluckte mühsam. Mutter und Bob konzentrierten sich beide auf ihre Teller und pulten die haardünnen Gräten aus ihrem Fisch.

»Aber Mutter! Mein Geburtstag ist doch erst im Juni – im Juni! Sag du es ihr, Bob!«

Bobs Augen huschten überallhin, nur nicht zu mir. Mit seiner Serviette tupfte er sich den Mund ab. In der Drahtwolle seiner Brust hatten sich Brotkrumen verfangen. »Ich glaub, ich nehm noch eine Tasse, Lilian«, sagte er zu Mutter und schob ihr seine Tasse und Untertasse hin.

Als Mutter ihm Tee einschenkte, bemerkte ich, daß ihre Hand zitterte. »Magst du auch noch welchen, Jennifer?« fragte sie.

»Was hat sie?« fragte ich Bob. »Ist sie verrückt geworden?« Ich hielt mich an der Sitzfläche fest, um nicht vornüberzufallen.

»Es gibt Dinge, von denen du nichts weißt. Allerhand Dinge.« Mutters Stimme klang feierlich, und ihre Stirn hatte sich in Falten gelegt. Immer wieder sah sie hilfesuchend hinüber zu Bob, doch der erwiderte ihren Blick nicht.

»Wenn du mich fragst – solche Dinge sollte man besser auf sich beruhen lassen«, grummelte Bob.

»Was für Dinge?« wollte ich wissen. »Daß mein Geburtstag im *November* ist?«

»Ich wollte dich nur vorwarnen. Wir wollen jetzt nicht

mehr darüber sprechen. Aber dein Geburtstag ist nächsten Donnerstag. Bis dahin kein Wort mehr davon. Iß deinen Bückling auf. Oder magst du noch eine schöne Scheibe Rosinenbrot?« Sie hielt mir einen Teller mit vertrockneten braunen Schnitten hin.

Ich stand auf und stolperte aus dem Zimmer. Mein Stuhl fiel um, aber ich lief nicht zurück, um ihn wieder aufzuheben. Als ich nach oben taumelte, hatte ich die sonderbare Empfindung, als schwanke die Erde unter mir, als verrutsche ein Pol oder die Erdachse und ich stünde schief, ohne jede Orientierung. Ein Novembermädchen. Ein Herbstmädchen. Und fast dreizehn. Das war ich nicht, das fühlte sich nicht an wie ich. Und weshalb? Von meinem Schlafzimmer aus hörte ich ihr Gemurmel unten und fing an, sie zu hassen. Ich haßte sie mitsamt ihrem Bückling, ihrem Rosinenbrot und ihren Geheimnissen.

Ich zog den Store vor meinem Fenster auf und sah hinaus auf die dunklen dichten Büsche im Garten. In der Ferne erkannte man das verwischte orangene Licht von Straßenlaternen, aber keine Sterne und keinen Mond. Ich hauchte auf die Fensterscheibe, glitt mit dem Finger darüber und hinterließ eine Tropfspur. Ich sah zu, wie die Tropfen sich jagten und auf dem Fensterbrett in einer Lache sammelten. Ich gehörte nirgendwo dazu, soviel war klar. Ich war nicht die, die ich zu sein glaubte. Ich hatte mich stets fremd gefühlt, deswegen hatte ich keine richtigen Freundinnen. Deswegen wurde ich auch nie zu Geburtstagsfeiern oder nach der Schule zum Fernsehgucken eingeladen. Deswegen konnte ich in der Schule fast nie Fragen beantworten.

Miss Clarke stellte eine Frage, und niemand außer mir wußte die Antwort, aber ich brachte es einfach nicht fertig, mich zu melden. Ich durfte mich doch aus der Masse nicht herausheben. So saß ich denn da mit einem Schwindelgefühl, die Antwort sprang mir gegen die geschürzten Lippen, und meine Hände waren so schwer wie Kricketschläger. Bevor ich eine Antwort herausbrachte, nannte sie sie uns selbst, und ich wußte, daß ich recht gehabt hatte, und dann lernten alle die richtige Antwort. Aber keiner ahnte, daß ich sie schon vorher gewußt hatte.

Vielleicht wußten die Lehrerinnen, was an mir so sonderbar war. Vielleicht wußten es alle. Ich krakelte ein klägliches Gesicht auf die Fensterscheibe, und aus seinen Augen kullerten Tränen.

Angekleidet legte ich mich ins Bett und zog mir die Decke über den Kopf. Schlafen konnte ich nicht. Es war zu früh, und in mir brodelte etwas, ein furchtbares Gemisch aus Haß und Furcht und Neugier – und im Mund hatte ich einen widerlichen Nachgeschmack von Bückling.

Später klopfte Mutter an die Tür. »Alles in Ordnung, Schatz?« fragte sie. »Magst du einen Kakao?«

Ich gab keine Antwort. Ich hörte, wie sie die Tür einen Spaltbreit öffnete und in mein Zimmer seufzte, bevor sie sie so behutsam zuzog, als sei ich krank.

5

Tags darauf ging ich zur Schule, ohne noch ein Wort mit ihnen zu wechseln. Mißmutig machte ich beim täglichen Dutzend mit, die Augen auf den Boden geheftet. Zum Frühstück aß ich nur eine Scheibe Toast, sosehr auch Bob darauf bestand, daß ich zuerst Proteine zu mir nähme. Das Frühstück bestand aus tiefen Seufzern und unerwiderten Blicken.

Ohne jedes Wort stürmte ich aus dem Haus. Ich schaute mich noch einmal um und wußte, hinter der Tür stand Mutter, mit ausgestreckter Hand und auf den Lippen erstorbenem Abschiedsgruß. Auf dem Schulhof sprach ich mit niemandem, aber das war nichts Ungewöhnliches. Die beliebten Mädchen kicherten und hüpften, hakten sich ein und wisperten einander Geheimnisse zu. Ich lungerte an der Tür herum, zwirbelte in der Manteltasche das Ende meines langen Zopfes und sehnte das Schellen der Schulglocke herbei. Ich wünschte, ich wäre gar nicht erst zur Schule gegangen, sondern hätte mich zu schwänzen getraut. Was ich verabscheute, war öffentlich zur Schau gestellte Einsamkeit. Als endlich die Glocke ertönte und wir hineinmarschierten und uns an unsere Pulte setzten, sah ich, daß neben Miss Clarkes Katheder eine neue Schülerin stand. Sie war kräftiger als alle anderen, hatte dunkles Kraushaar und einen vollentwickelten Busen.

»Das ist Bronwyn Broom«, sagte Miss Clarke, als sich unser Gezappel und Geraschel gelegt hatte. »Sie kommt ab heute zu uns in die Klasse. Ich möchte, daß ihr alle rücksichtsvoll seid, ihr dabei helft, sich einzugewöhnen, und ihr alles zeigt. So. Laßt mal sehen...« Sie musterte uns abwägend, überging die beliebten Mädchen und ließ stattdessen den Blick auf mir und der leeren Hälfte des Doppelpults ruhen, an dem ich saß. »Aber natürlich, Jennifer Maybee«, sagte sie. »Ich werde Bronwyn zu dir setzen, und du kannst ihr helfen, sich zurechtzufinden. Setz dich, Bronwyn.«

Bronwyn kam herbei und ließ sich neben mir nieder. Ich brachte ein knappes Lächeln zustande, aber sie blickte bloß linkisch und schwerfällig drein. Sie hatte Olivenhaut und dichte schwarze Augenbrauen wie ein Mann.

»Jennifer wird dich heute in ihre Bücher hineinschauen lassen«, sagte Miss Clarke. Sie war unsere Klassenlehrerin und unterrichtete uns in Englisch und Geschichte. »So, wo waren wir stehengeblieben?« Sie schlug ihr Buch auf. Wir lasen gerade ein furchtbar langes und weitschweifiges Versepos von William Wordsworth namens *Präludium.* Der Reihe nach lasen wir laut vor, einige Mädchen murmelten, anderen stotterten, und der Rest gähnte. Und jedesmal, wenn wir ein Stück vorangekommen waren, mußten wir eine Inhaltsangabe schreiben. So ging das nun schon seit Wochen.

Ich schlug mein Buch auf und schob es in die Mitte des Pults. Bronwyn lehnte sich zu mir, und ihre Haare kitzelten meine Wange. Sie roch leicht nach Schweiß, aber auch nach Speck, und ich bekam Hunger. Während der gesamten Doppelstunde sah Bronwyn mich kein einziges Mal an. Als sie mit Vorlesen an der Reihe war, geriet sie furchtbar ins Stocken und verlas sich so oft, daß Miss Clarke es ihrer Nervosität zuschrieb und sie für den Rest des Tages vom Lesen befreite. Ich sah, wie Bronwyn sich einen Pfefferminzbonbon in den Mund steckte, darauf schob sie mir zu meiner Überraschung auch einen zu. Von ihrer Tasche war er ganz warm. Ich lutschte ihn verstohlen, während ich an meiner Inhaltsangabe schrieb. Als ich fertig war und einen Blick auf Bronwyns Schulheft warf, sah ich, daß sie kaum angefangen hatte, daß sie kindliche Druckbuchstaben malte und ihre Rechtschreibung miserabel war.

Als es zur Pause klingelte, knallten wir die Hefte in unsere Pulte und drängten zur Tür. Miss Clarke winkte Bronwyn und mich zu sich ans Katheder und bat mich, Bronwyn unter meine Fittiche zu nehmen. »Zeig ihr die Toiletten und so weiter«, sagte sie, und ihre Augen ruhten einen Moment auf mir. Ich konnte sehen, daß sie der Meinung war, die Verantwortung würde mir guttun. Bronwyn sprach kein einziges Wort. Sie folgte mir hinaus auf den Schulhof, und wir standen zusammen an der Mauer, lutschten Pfefferminz und fröstelten in der feuchten Luft, während die anderen Mädchen Arm in Arm ihre Freundschaft zur Schau stellten, hinter einem Ball herhechteten oder die Verse ihrer Handklatschspiele so rasch herunterleierten, daß ich sie nicht verstehen konnte.

Auch wenn wir kaum ein Wort miteinander sprachen, blieb sie mir den ganzen Tag über dicht auf den Fersen. Sie folgte mir sogar in die Toilette und wartete draußen vor der Tür, als fürchte sie, ich könnte es darauf absehen, ihr zu entwischen. Ich war nicht zu Gesprächen aufgelegt. Und ich hatte zu tun, aber es schien ihr nichts auszumachen, solange sie jemanden hatte, an den sie sich anklammern konnte. Am Ende des Schultags, als die Glocke zum letztenmal geläutet hatte und die Mädchen ungeduldig hinausströmten, faßte sie mich plötzlich am Oberarm und sah mich gespannt an. Ich war überrascht über die Blässe ihrer blauen Augen in dem olivfarbenen Gesicht.

»Würdest du gern zum Abendessen kommen?« fragte sie.

Bei dem Gedanken an Bob zögerte ich. Wenn ich zum Abendessen mit ihr ging, würde ich die Einladung erwidern müssen. Außerdem mochte ich sie nicht sonderlich.

»Nein, danke«, sagte ich.

»Bitte«, sagte sie und wollte meinen Arm nicht loslassen. Ich versuchte mich ihr zu entziehen. »Bitte, komm doch.«

»Nein, tut mir leid.« Es gelang mir, meinen Arm loszureißen. Sie sah aus, als würde sie losheulen. Es war etwas in ihren Augen, das ich wiedererkannte. Das mich mit kalter Teilnahmslosigkeit erfüllte. Es war die Furcht, abgelehnt zu werden.

»Mum bringt mich um«, sagte sie.

»Wieso denn?«

»Sie sagt, ich muß Freundinnen finden.«

»Aber warum sollte sie dich denn umbringen? Es ist doch nicht deine Schuld. Du bist eine neue Schülerin. Es ist doch erst dein erster Tag.«

Sie schniefte, dann lächelte sie. »Na ja, nicht gerade umbringen«, gab sie zu. Als sie lächelte, sah sie ganz anders aus, als ob in ihrem Innern ein Licht angeknipst worden wäre. »Aber sie wird ent-täuscht sein.«

Manchmal, wenn sie ein bestimmtes Wort von sich gab, trennte sie die Silben, als müsse sie erst lernen, es zu buchstabieren. Das erregte mein Mitleid. »Na schön«, sagte ich.

Plötzlich war sie wie ausgewechselt. Ich dachte, sie wäre mir dankbar, dabei war sie so kühl, als würde sie *mir* einen Gefallen tun. »Würde dir morgen passen?«

»Fein«, sagte ich verwirrt. Sie wohnte in der entgegengesetzten Richtung, und ich blickte ihr nach. Von hinten wirkte sie mit ihrem watschelnden Gang verdrossen, matronenhaft wie ein erschöpftes Waschweib.

Ich ging nicht sofort nach Hause. Ich bummelte die Hauptstraße entlang und besah mir die Schaufensterauslagen. Einige waren schon weihnachtlich dekoriert. Zwischen den Handschuhen und Strümpfen des Kurzwarengeschäfts hatte man wie jedes Jahr, seit ich zurückdenken konnte, Miniatur-Schneemänner und Weihnachtsbäume plaziert. Es war Mutters Lieblingsgeschäft, denn dort bekam sie Wolle und Pailletten, Teddybäraugen und Häkelnadeln, alles, was sie für ihre Näharbeiten brauchte.

Ich betrat den Zeitungsladen, betrachtete die Weihnachtsgrußkarten und las mir die schmalzigen Verse durch: *Mag Weihnachten auch neue Bräuche, neue Freude, neuen Spaß bescheren, unser Herz wird stets nach alten Erinnerungen begehren,* bis der Zeitungshändler mich mißtrauisch musterte. Da ging ich wieder nach draußen, überquerte die Straße und folgte dem Fußweg bis zum Friedhof. Um mich zu beruhigen – ich lief in der Dämmerung nicht gern den engen, glitschigen Pfad entlang –, sagte ich die affigen Weihnachtsverse vor mich hin. Ich machte mir aus Büchern oder Gedichten nicht sonderlich viel, aber im Vergleich zu einigen Zeilen des *Präludium* taugten diese Verse nichts, das merkte ich, sie hatten nicht die gleiche Kraft. An dem Vormittag war ich gegen meinen Willen von dem Abschnitt, wo der Junge in seinem Boot auf einen glitzernden See inmitten der Berge hinausrudert, ganz hingerissen gewesen. *Er tat's verstohlen, voll verstörter Lust* lauteten die Worte, die meine Aufmerksamkeit erregt hatten, weil sie die Gefühle, die ich hatte, wenn ich mich dem Spielplatz näherte, genau beschrieben.

Der Friedhof war so dunkel, daß ich beinahe kehrtgemacht hätte, aber ich wollte noch nicht nach Hause. Ich wollte sichergehen, daß Mutter und Bob sich Sorgen machten. Ich wollte es ihnen heimzahlen. So tastete ich mich durch die Hecke, schob mich, ohne etwas sehen zu können, durch die stachelige Düsterheit zum Spielplatz hindurch. Die Straßenlaterne über der Hecke verströmte ihr Licht in den dunstigen Dämmer, so daß es nicht völlig finster war. Ich setzte mich, den Mantel straff zugegürtet, auf die Schaukel und hakte die Arme um die Ketten, die zum Anfassen zu kalt waren. Durch die schwarzen Zweige konnte ich die Lichter in den Häusern erkennen. Die Frau mit den beiden kleinen Jungen kam ans Fenster. Ich kletterte auf das Gerüst, um besser zu sehen. Sie blieb einen Augenblick lang stehen und schaute hinaus, bevor sie die

Vorhänge zuzog. Als sie sich umdrehte, bemerkte ich, daß sie so unförmig aussah, als wäre sie schwanger. Sie zog die Vorhänge zu und ließ nicht mehr als eine Haaresbreite Licht hindurch. Mich schauderte.

Ich kletterte herunter und setzte mich wieder auf die Schaukel. Von der Stange über mir tropfte Wasser. Ein kalter Tropfen rann meinen Mantelkragen hinab. Ich schaukelte ein bißchen und dachte über Bronwyn nach. Ich machte mir nichts vor. Sie war wie ich. Auch sie war eine Außenseiterin. Die Augen, aus denen sie mich ansah, waren verzweifelt. Sie empfand nichts für mich, wir waren beide Eigenbrötler, mehr hatten wir nicht gemein. Wir konnten uns höchstens verbünden. Der einzige Unterschied bestand darin, daß ich das Alleinsein gewohnt war, dagegen abgestumpft war. Ich hatte es aufgegeben, mir eine »beste Freundin« zu suchen – aber Bronwyn litt. Das war nur allzu deutlich. Die Vorstellung, auf dem Schulhof allein zu sein, war ihr entsetzlich. Ich nahm es ihr übel, wie sie sich an mich herangemacht, auch in mir das Opfer einer Zurücksetzung erblickt hatte. Wo ich doch gar keins war. Denn ich kehrte mich nicht daran. Während ich so dasaß in der Dunkelheit, schüttelte ich den Kopf, wie um sie abzuschütteln.

Doch selbst Bronwyn war nicht so eigenartig wie ich. Ich dachte an meinen heranrückenden Geburtstag und an die Geheimnisse, von denen ich nichts wußte. Ich schaukelte etwas höher, und die Tropfen platschten vom Rahmen, aber dann bremste ich mit den Füßen und hielt an. Jählings. Ich horchte. Mich beschlich das schauerliche Gefühl, daß etwas in der Nähe war und mich beobachtete.

An *meinem* Ort. Ich hielt den Atem an, aber außer den Tropfen war kein Laut zu vernehmen. Ich war mir sicher, daß ich eine Bewegung gehört hatte, vom Friedhof her, ein Rascheln und vielleicht noch einen Schritt. Doch jetzt war alles still. Ich hatte das Gefühl, daß auf der anderen Seite der Hecke jemand lauerte, reglos verharrte und genau wie ich den Atem anhielt.

Während tropfenweise die Sekunden verstrichen, wurde mir immer kälter. Das Geräusch wurde zur Erinnerung an ein Geräusch, und dann fragte ich mich, ob ich überhaupt etwas gehört hatte. Ich wollte nach Hause und mich aufwärmen und zu Abend essen. Vielleicht hatte ich es mir ja nur eingebildet, vermutlich war's ein Vogel gewesen. Oder vielleicht sogar das weiße Kätzchen. Ich stand auf und ging zur Hecke. Es war unmöglich, sich hindurchzuzwängen, ohne Lärm zu machen; ich hielt inne und lauschte angestrengt auf das leiseste Geräusch, bis ich zu zittern begann. Das Dunkel um mich wurde dichter. Da schob ich mich in wildem Schrecken blitzschnell durch die Hecke, so daß ich mir das Gesicht an den nassen Dornen aufkratzte. Mit klopfendem Herzen blieb ich auf der anderen Seite regungslos stehen. Aber da war niemand, nur die schemenhafte Engelsgestalt und die düsteren Stumpen und das hohe schwarze Kirchgemäuer. Ohne mich noch einmal umzudrehen, bahnte ich mir einen Weg nach draußen. Und sobald ich den Friedhof hinter mir gelassen hatte, rannte ich los.

Zu Hause roch es nach Gebackenem. Ein unwillkommener Geruch, denn mir schwante, daß Mutter mit den Geburtstagsvorbereitungen begonnen hatte.

»Da ist sie ja«, sagte Bob, und ich hörte, wie Mutter raschelnd etwas in die Anrichte wegsteckte. Ich stürmte ins Wohnzimmer, ohne mir die Schuhe auszuziehen, und ließ Mutter kaum Zeit, die Tür der Anrichte zu schließen.

»Was soll ich im Juni machen?« fragte ich. »An meinem richtigen Geburtstag?«

»Du bist ja ganz naß«, beschwerte sich Bob. »Und was in aller Welt hast du mit deinem Gesicht gemacht? Du blutest ja.«

Ich betastete meine Wange an der Stelle, wo ich mich an den Dornen gekratzt hatte. »Was soll ich dann tun?«

»Zieh die Schuhe aus«, sagte Bob, und an Mutter gewendet: »Was treibt sie nur immer?«

»Mich hat eine Katze gekratzt«, sagte ich.

»Ich dachte, du würdest zu spät zum Abendessen kommen«, äußerte sich Mutter ruhig. »Es ist schon ganz düster. Die Vorhänge haben wir bereits vor einer halben Stunde zugezogen. Und sorg dich nicht unnötig um deinen Geburtstag, Schatz.«

Sie lächelte verbindlich, als hielte ich mich mit einer Belanglosigkeit auf, einer dummen kleinen Sorge. Etwas, was sich von ganz allein erledigen würde. »Du solltest die Schramme mit etwas Jod abtupfen«, setzte sie hinzu.

Ich blickte auf ihre grauen Köpfe, Mutters dunkelgrauen und Bobs fast schlohweißen, und setzte schon zu einem Seufzer an, doch als ich merkte, daß er wie Mutters klingen würde, unterdrückte ich ihn. »Ich bin morgen zum Abendessen eingeladen«, sagte ich.

»Ach ja? Wie schön! Zu einer kleinen Freundin?«

»Ja«, sagte ich und dachte, daß Bronwyn wohl schwerlich klein zu nennen war, und eine Freundin schon gar nicht.

Bob hatte wie immer das Kreuzworträtsel aus dem *Guardian* auf den Knien und einen Tintenklecks auf dem Bauch. »Verweigert sich harsch dem allgemeinen Dahinschmelzen, Lilian? Vier Buchstaben. Setzt du mal Wasser auf?« sagte er und blickte zu mir. Ich ging türschlagend hinaus und stampfte so laut wie möglich die Treppe hinauf. Der Wasserkessel in der nach Kuchen duftenden Küche blieb kalt.

Von meinem Zimmer aus hörte ich, wie Bob herumnörgelte, bis Mutter in die Küche ging und Wasser aufsetzte. Ich hörte das Schlagen der Ofentür, als sie etwas herausnahm, und daraufhin das Ratschen der Besteckschublade, als sie den Tisch deckte. Die dachten, sie könnten einfach so weitermachen. Die dachten, erst könnten sie eine Bombe einschlagen lassen und dann auf die alte Tour weitermachen. Mich überkam ein Gefühl von Übelkeit, teils aus Hunger, teils aus Hilflosigkeit. Jetzt konnte ich nicht einmal mehr so oft zum Spielplatz gehen. Jeden Tag würde es nach der Schule ein kleines bißchen dunkler werden. Im Winter war es ohnehin nicht dasselbe. Es war nichts als ein nasser Spielplatz.

6

Bronwyns Haus stand in einer Zeile mit hohen, dunklen Reihenhäusern. Innen und außen war es braun angestrichen. Die Haustür befand sich auf der Seite in einem düsteren, nach Kohl riechenden Durchgang. Der Fußboden drinnen war mit braun und rot gemustertem Linoleum ausgelegt, das ausgetreten war und sich über den Dielen wellte. Die Glühbirnen schienen in weiter Ferne zu hängen, trübe gelbe Birnen, die ohne Lampenschirme herabbaumelten und ein fahles, schwaches Licht verbreiteten. Bronwyns Mutter, bleich und hohlwangig, sah nur halb so groß aus wie Bronwyn. Sie reichte mir förmlich die Hand, als sei ich ein bedeutender Gast. »Wie schön, dich kennenzulernen«, sagte sie. »Bronwyn hat mir so viel über dich erzählt.« Ich fragte mich, was das wohl sein mochte, da sie doch überhaupt nichts von mir wußte.

Ich war enttäuscht, als ich herausfand, daß die Brooms keinen Fernseher besaßen. Bronwyn führte mich nach oben, um bis zum Abendessen mit mir zu spielen. In ihrem Zimmer war es bitterkalt. Es gab keine Heizkörper, und obwohl das Fenster geschlossen war, bildeten sich Atemwolken. An allen vier Wänden befanden sich Regale, vollgestellt mit Puppen. »Meine Kol-lek-tion«, verkündete sie stolz. Die Puppen waren angetan mit staubigen Spitzen und Rüschen: zitronenfarben, rosa und blau. »Ich sammle schon seit meiner Geburt«, sagte sie. »Hast du auch eine Kol-lek-tion?«

»Nein«, gab ich zu.

»Setz dich«, sagte sie, und ich nahm auf dem Hocker vor ihrer Frisierkommode Platz. Sie ließ sich auf die zerknautschte Plüschdecke plumpsen.

»Als du ein Baby warst, muß deine Mutter für dich gesammelt haben«, fuhr ich fort, aber sie überhörte mich.

»Soll ich dir was zeigen?« fragte sie.

»Wenn du möchtest.«

»Erzählst du's auch nicht weiter? Viel versprechen, wenig halten, läßt die Freundschaft bald erkalten.«

»Na schön.« Der schwerfällige Ausdruck war aus Bronwyns Gesicht gewichen, ihre Augen funkelten, sie sah beinahe durchtrieben aus. In der offenen Schublade ihrer Frisierkommode tastete sie unter den zerknüllten Unterhemden und zog ein Kartenspiel hervor.

»Ist das alles?« fragte ich. Zu Hause hatten wir auch Karten.

»Die sind was Besonderes«, sagte sie. »Ich hab sie gemopst.«

»Was, gestohlen?«

Sie nickte. »Aus einem Klub.«

»Was für einem Klub?«

»Ein Klub, wo meine Mum arbeitet. Na ja, so richtig arbeitet sie da nicht, er gehört meinem Onkel. Manchmal gehen wir hin. Kinder dürfen eigentlich nicht rein.«

»Was für ein Klub?« fragte ich.

»Ein Klub vor allem für Männer. Die rauchen und trinken und spielen Karten.« Sie ließ die Karten aus der

Packung gleiten. »Schau mal her!« Auf der Vorderseite der Karte war das verschwommene Bild einer Blondine mit entblößten Brüsten zu sehen. Ich nahm es und warf einen Blick darauf. Die Brüste sahen nicht so groß aus wie Bronwyns und schienen keine Brustwarzen zu haben. »Und sieh dir bloß mal das an!« Auf dieser Karte war ein dunkles Dreieck zu erkennen, auf einer anderen das Hinterteil einer knienden Frau, die über ihre Schulter blickte, als wollte sie jemanden huckepack nehmen. Ich betrachtete sie kommentarlos. Bronwyns Augen waren gespannt auf mein Gesicht gerichtet. »Da sind noch mehr«, sagte sie. »Guck dir mal die Buben an!« Mit aufreizender Miene versteckte sie sie hinter dem Rücken. »Versprichst du auch wirklich, daß du's nicht verraten wirst?« Ich nickte. Sie gab mir die Buben. Es waren Männer ohne Hosen, die Narrenkappen trugen und sich in albernen Posen aufpflanzten, ihr Ding wenig mehr als ein geheimnisvoller Fleck. »Sind die nicht grauenhaft?« quietschte Bronwyn. Ihr Gesicht hatte sich ganz rosa verfärbt. Sie gickerte und hielt sich die Hände wie die Pfoten eines übergroßen Eichhörnchens vor den Mund.

Ich rang mir ein Lächeln ab. »Grauenhaft«, pflichtete ich ihr bei.

»Natürlich hab ich noch nie 'nen echten gesehen. Du etwa?«

»Nein«, log ich. Ich stand auf und sah mir die Puppen an. Es gab in allen Größen welche, einige waren so winzig wie mein Daumen, die größte so groß wie ein richtiger Säugling. Ihre Augen standen weit und starr offen, außer denen der größten Puppe. Die hatte ein Auge halb geschlossen, als ob es mitten im Zwinkern festgefroren wäre.

»Dann hast du also keine Brüder?« fragte Bronwyn enttäuscht.

»Nein.« Ich wollte eine der Puppen aufheben.

»Rühr sie nicht an«, befahl sie scharf. »Ich hab eine Ewigkeit gebraucht, die so anzuordnen.« Sie steckte die Karten wieder in die Packung und verstaute die Packung in ihrer Schublade. »Schau mal«, sagte sie und holte einen unförmigen grauen Klumpen hervor.

»Was ist denn das?«

»Das ist Puddy das Ferkel. Ich hab ihn schon seit Jahren. Der ist aus Zucker, ganz hartem Zucker. Früher war er rosa und hatte ein Ringelschwänzchen aus Bindfaden. Ab und zu beiße ich ein Stück ab. Magst du?«

Ich schüttelte den Kopf. Bronwyns Zähne gruben sich knirschend in den Zucker.

»Kann ich morgen zu dir kommen?« fragte sie. »Dann zeigst du mir deine Sachen. Darf ich zum Abendessen bleiben? Mum würde das gefallen. Sie regt sich auf, wenn ich keine Freundinnen habe.«

»Ich weiß nicht. Mal sehen. Was sollen wir jetzt tun? Ich friere.«

»Weiß nicht. Soll ich dir mal was sagen...?« Sie beugte sich wieder vor und machte ein vertrauliches Gesicht.

»Na schön.«

»Mein Dad ist tot.« Sie setzte sich zurück, um meine Reaktion abzuwarten.

»Tatsächlich?«

»Ja, deshalb mußten wir doch in das Loch hier einziehen. Deswegen bin ich auch auf deine Schule gekommen. Vorher bin ich auf die Moncrieff gegangen.«

»Auf die Nobelschule!« Ich betrachtete sie voll neuer Hochachtung. Einem Mädchen von der Moncrieff war ich noch nie begegnet. Sie trugen braune Filzhüte mit Goldspangen, und ich hätte mir nie träumen lassen, daß sie so gewöhnlich waren.

»Als Daddy gestorben ist, konnten wir sie uns nicht mehr leisten. Aber es macht mir nichts aus«, fügte sie tapfer hinzu.

»Woran ist er gestorben?« erkundigte ich mich.

»Mord«, sagte sie und riß die Augen so weit auf, daß das Blaue im Weißen schwamm. Ich schauderte und fühlte, wie ein kalter Finger über mein Rückgrat glitt.

»Mord?« wiederholte ich.

»Ja.«

Ich saß noch immer mit offenem Mund da, als Bronwyn aufstand und sich reckte. Sie betrachtete sich im Spiegel ihrer Frisierkommode und begann, sich die Haare zu bürsten. Während sie mit der Bürste hindurchfuhr, knisterte es, als würden gleich Funken sprühen. Sie hatte dunkles, massiges Haar mit rötlichen Strähnen, in denen sich das Licht fing. Sie wandte sich um und lächelte, und mit all dem Haar, das ihr Gesicht umglitzerte, sah ich, daß sie sehr fraulich wirkte. Wahrscheinlich verführerisch. »Ich bin ganz wild auf Sex«, sagte sie. »Eine Nym-pho-ma-nin.«

»Was heißt das?«

»Wild auf Sex.«

»Woher weißt du das, wo du doch noch nie einen *gesehen* hast, einen Du-weißt-schon-was?«

»Ich weiß es halt.«

»Aha.« Ich sah weg. »Ich bin's nicht.«

»Essen kommen!« rief Bronwyns Mutter.

Bronwyn strich sich die Haare hinter die Ohren. Ich folgte ihr nach unten.

»Wer hat ihn umgebracht?« fragte ich.

Sie drehte sich um. »Halt den Mund«, zischte sie. »Mit deinem Gerede wirst du Mum weh tun. Du darfst nie davon sprechen, niemals.«

Vor dem Essen falteten wir, während Mrs. Broom das Gebet sprach, die Hände. Sie dankte Gott nicht nur für die Mahlzeit, sondern auch für seine Güte und Gnade, und unter meinen Lidern hervor beobachtete ich ihr müdes, aber inbrünstiges Gesicht und fragte mich, wie sie es nach allem, was geschehen war, über sich bringen konnte, ihm zu danken.

Als sie geendet hatte, gab es Fischstäbchen mit Kartoffelpüree, danach Siruptorte. Bronwyn langte herzhaft zu unter dem drängenden Blick ihrer Mutter, die in ihrer eigenen kleinen Portion nur herumstocherte – ein Fischstäbchen und ein verschwindend kleiner Klacks Kartoffelbrei. Und die ganze Zeit nestelte sie nervös am Band ihrer Schürze herum, die sie auch bei Tisch umgebunden hatte, anders als Mutter, die sich vor jeder Mahlzeit zurechtmachte. Sie fragte mich gründlich über die Schule aus, und auch wenn ich mich in der Schule nicht wohlfühlte, schilderte ich sie doch so vorteilhaft wie möglich, denn ich vermutete, daß sie sie innerlich mit der Moncrieff verglich. Während sie mir zuhörte, zeigte sich ein leichtes Zittern an ihrer Schläfe, und sie zuckte und fuchtelte mit den Händen. Ihre Nasenspitze war feucht und gerötet, und sie schniefte pausenlos, wie wenn sie dabei wäre, eine Erkältung zu bekommen, oder gerade eine hinter sich hätte. Mehrere Male zog sie ihren Ehering ab, steckte ihn an einen anderen Finger und wieder zurück, und sie tat mir leid wegen ihres armen toten Mannes.

»Was ist denn mit deinem Gesicht passiert?« erkundigte sie sich. Ich fuhr mit dem Finger über die verkrustete Narbe.

»Katze«, sagte ich.

»Ach, habt ihr etwa eine?« fragte Bronwyn. »Ich hätte so gern ein Kätzchen oder einen kleinen Hund, aber Mum ist allergisch.«

»Wirklich?« entgegnete ich höflich. Bob vertrat die Ansicht, daß Allergien nur eine Sache der Einbildung seien. »Es war eine streunende Katze«, erklärte ich. »Ich darf auch keine haben.«

Gleich nach dem Abendessen zog ich meinen Mantel über, um zu gehen. Bronwyn drängte mich zu bleiben, aber ich weigerte mich. Mir war unwohl in dem Haus, im Schatten ihrer Trauer, unter dem besitzergreifenden, wachsamen Blick von Bronwyns blassen Augen. »Kann ich morgen zum Abendessen kommen?« hakte sie nach.

»Bronwyn! Du mußt schon warten, bis du eingeladen wirst«, schalt ihre Mutter mit ihr.

»Morgen nicht«, sagte ich zu Mrs. Broom. »Zur Zeit ist es etwas schwierig. Mein Dad ist nämlich krank.«

»Hoffentlich nichts Ernstes?«

»Nein... aber er braucht seine Ruhe.«

»Nun, du kannst hierherkommen, wann immer du

willst. Richte es deiner Mutter aus. Du fällst uns nicht zur Last. Wir haben ein bißchen Gesellschaft ganz gern, stimmt's, Bron?«

Daß Bob krank sei, war nur eine Notlüge, keine richtige. Es war eine Lüge aus Höflichkeit. Und außerdem schien Bob, wenn ich es richtig bedachte, in letzter Zeit wirklich unpäßlich.

7

Der Tag, der mein Geburtstag sein sollte, begann wie immer mit unserem täglichen Dutzend. Vergebens hoffte ich darauf, daß sie meinen Geburtstag vergessen hätten. Bob musterte mich aus den Augenwinkeln, ein kurzer Dreiecksblick, ein Abschätzen meiner Fortschritte. Als ob ich eine Art Zeitbombe wäre. Nun schon dreizehn, kurz vor der Explosion. Und in der Tat spürte ich hinter meinen Brustspitzen ein zartes, juckendes Schwellen, und mit jedem Tag schien meine Schulbluse unter den Achseln straffer.

Beim Frühstück tat ich mein möglichstes, das Geschenk neben meinem Teller nicht zu beachten.

»Willst du's denn gar nicht aufmachen?« sagte Mutter schließlich, als sie die mit Eigelb beschmierten Teller abräumte. Ich bestrich meinen Toast mit Orangenmarmelade. Bob hatte sie selbst gemacht, mit Kernen und briefmarkengroßen Schalenstücken.

»Kopf hoch, Geburtstagskind«, sagte Bob.

»Bin aber keins«, brummelte ich und zwang einen Bissen Toast an dem Kloß in meinem Hals vorbei.

»Mach doch wenigstens die Karte auf«, flehte Mutter. Ich öffnete sie. Das war leichter, als sich zu weigern. Den Anblick der erwartungsvoll glänzenden Augenpaare mir gegenüber konnte ich nicht ertragen. Es war eine selbstgebastelte Karte, auf die vorn ein getrocknetes Stiefmütterchen aufgeklebt war. Mutter und Bob tauschten Blicke, und Bob tauchte hinter seiner Zeitung weg. Aus der Karte fiel ein kleinerer Umschlag heraus, ein Briefumschlag, auf dem in winziger, gedrängter Schrift mein Name geschrieben stand, ohne Adresse oder Marke.

»Der ist für dich«, sagte Mutter überflüssigerweise.

Ich blickte Mutter an. Sie lächelte, dann befaßte sie sich mit ihrem Toast. Bob blätterte geräuschvoll die Zeitung um und räusperte sich. Ich stand auf. »Zum Lesen nehme ich ihn mit nach oben«, sagte ich. Ich konnte ihn unmöglich lesen, während Mutter mir zusah.

»Und was ist mit deinem Geschenk?« rief sie mir nach, aber ich wollte es nicht. Ich rannte die Treppe hinauf auf mein Zimmer und schloß die Tür hinter mir. Den Brief in der Hand, stellte ich mich ans Fenster. Ein Vogel sang, eine Amsel oder ein Rotkehlchen. Ich hatte Angst davor, den Brief zu lesen. Jemand weihte mich in ein Geheimnis ein. Es war der erste wichtige Brief, den ich je erhalten hatte. Er mußte wichtig sein, ich sah's an der Unruhe in Mutters Augen und daran, daß er alt war. Die Handschrift war mir nicht vertraut. Zu Hause konnte ich ihn nicht ungestört lesen, nicht einmal in meinem eigenen Zimmer. Nicht, solange Mutters und Bobs Neugier aus dem Eßzimmer nach oben peilte wie ein Radargerät, das ein Echo auf seine Signale erwartet.

Ich löste mein Haar, bürstete es und flocht mir einen neuen Zopf, dann putzte ich mir die Zähne und ging nach unten.

»Ich geh jetzt«, rief ich von der Haustür her, während ich mir den Mantel zuknöpfte.

Mutter schoß aus dem Eßzimmer. Sie musterte mich fragend. »Alles in Ordnung?« erkundigte sie sich.

»Bestens.« Ich tat heiter. »Bis später.«

»Herzlichen Glü...«, setzte sie an, aber ich schnitt ihr das Wort ab, indem ich die Tür ins Schloß warf.

Liebe Jenny,
Du bist noch ein Säugling im Kinderwagen. Du schläfst. Ich sitze neben Dir in der Küche. Das einzige, was ich sehe, ist ein kleiner Schopf von Deinem flaumigen Haar und die Kurve Deiner Wange. Wenn ich mit Schreiben fertig bin, werde ich gehen. Mein Koffer ist schon gepackt. Ich werde meinen Mantel anziehen und gehen, und Dich nie mehr wiedersehen. Mum hält es für das Beste, daß ich verschwinde. Ich wollte, daß Du in Kenntnis der Wahrheit heranwächst, aber Mum ist dagegen. Sie glaubt, es würde Dich verwirren. Du sollst in aller Unschuld aufwachsen. Diesen Brief sollst Du an Deinem dreizehnten Geburtstag lesen. Mum glaubt, daß Du dann alt genug bist, um zu verstehen. Ich weiß es nicht. Ich verstehe nichts von Kindern, auch wenn ich Deine Mutter bin. Ich bin achtzehn. Ich gehe fort. Ich habe versprochen, nie wiederzukommen. Ich gehe, und Du nimmst meinen Platz ein. So haben wir's abgemacht. Ich habe es Mum und Dad versprochen, und an Versprechen halte ich mich. Mum und Dad werden Dich als ihr eigenes Kind aufziehen. Ich frage mich, ob Du die Wahrheit bereits geahnt hast, oder ob sie Dir reinen Wein eingeschenkt haben. Es ist unsinnig, die Zukunft erraten zu wollen. Ich bin ein schlechtes Mädchen, eine Enttäuschung. Ich bin nicht stark. Wenn ich es wäre,

würde ich Dich mitnehmen. Es wird mir schwerfallen, ohne Dich aus der Tür zu gehen. Es wird mir das Herz zerreißen. In meinem Schoß, an meinen Brüsten zerrt es, starke Bande halten uns zusammen. Es wird all meine Kraft kosten, sie zu lösen. Ich muß das Richtige tun. Mum und Dad werden Dir einen besseren Start ins Leben geben, als ich es je könnte. Ich habe kein Geld. Ich bin kein guter Mensch, nicht gut genug für Dich. Ich tue das Beste. Das Vernünftige. Hasse mich nicht, Jenny. Ich werde immer an Dich denken. Hasse mich nicht, auch wenn ich selbst mich hasse.

Jacqueline

Sorgfältig faltete ich den Brief zusammen und steckte ihn in die Tasche. In der Luft lag eine Stille, als sei jemand verstummt und harre auf Antwort. Natürlich hatte ich gewußt, daß Mutter und Bob nicht meine Eltern waren. Dafür waren sie zu alt. Das sah doch jeder. Das Komische war, daß ich mir stets eine Oma gewünscht hatte, und nun hatte ich die ganze Zeit über eine gehabt. Nur daß es nicht komisch war. Lange saß ich so auf der Schaukel und ließ mein neugewonnenes Wissen in mich hineinsickern wie Wasser durch Schichten von Sand. Jacqueline. Meine Mutter. Und in gewissem Sinne meine große Schwester. Eine Zeitlang verspürte ich nichts als Neugier. Wie ich so auf der Schaukel hin und her schlenkerte, wartete ich darauf, daß sich ein Gefühl einstellte. Doch am Ende fühlte ich nur die Kälte. Sie drang durch meine Kleider hindurch, unter die Haut, zu Muskeln, Sehnen und Knochen, bis mein Blut, ja mein Herz selbst, erkaltet war.

Schließlich zwängte ich mich wieder durch die Hecke und schlenderte auf dem Friedhof umher. Die Sonne ließ den Engel wie Zucker glitzern. Ich blickte ihn an, und er erschauerte. Im Gras wuchs eine Gruppe dicker, brauner Giftpilze, die aufstäubten, als ich nach ihnen trat, und unter meinen stampfenden Füßen zu Brei wurden. In der Hecke verfaulten die Brombeeren. Die dunkle Eibe war mit giftigen Beeren gesprenkelt.

Kleine Rätsel hellten sich auf. Obwohl mein Name Jennifer war, hatte Mutter bisweilen gezögert, ihn auszusprechen, zumal wenn sie nach mir rief: »Ja… Jennifer«, sagte sie dann. Ich hatte mich daran gewöhnt. Jetzt, wie ich darüber nachdachte, glaubte ich mich daran erinnern zu können, daß ihr sogar der volle Name entschlüpft und unerklärlich in der Luft hängengeblieben war. Sonderbar, daß es mir nicht sonderbarer vorgekommen war. Und Tante May, die eigentlich meine Urgroßtante war, nannte mich stets Jacqueline, aber das hatte ich auf ihr Alter geschoben.

Ich hatte Mutter und Bob nie Mum und Dad genannt oder nur, wenn ich sie vor Außenstehenden erwähnte. Ich glaube, einmal fragte ich Mutter nach dem Grund, sie sagte etwas Unbestimmtes über Familientradition, und ich war es zufrieden.

In aller Unschuld aufwachsen, hieß es in dem Brief. Wohl eher in Unwissenheit.

Ich sah zur Kirche auf, die als Kirche ausgedient hatte. In den Fenstern fehlten die Scheiben. Bis auf einen gewölbten Zwischenraum oben waren sie notdürftig zugemauert. Die hohen, dunkelgrauen Mauern sahen schwammbefallen aus und waren mit Taubenkot bespritzt. Der knubbelige Turm sproß wie ein Knollengewächs in den Himmel. Zum ersten Mal lief ich ganz um die Kirche herum. Ich mochte sie nicht, früher war ich daran vorübergeeilt und hatte sie so wenig wie möglich beachtet. Der Boden war sumpfig, als würde er gleich nachgeben, und ich trat nur vorsichtig auf. Auf der Seite, wo ich noch nie gewesen war, neigten sich alte Grabsteine gegen eine Mauer. Auf ihnen wuchs in leuchtendgrünen Kissen Moos und milderte die unebenen Kanten ab. Hinter den Steinen, vor der Mauer, lag ein Keil raschelnden Schattens; dort wimmelte es bestimmt von Ratten und Spinnen. Mit dem Finger fuhr ich die fast unleserlich gewordene Inschrift auf einem der Steine entlang:

Von rastlosen Tagen, schlaflosen Nächten
Ward dieser müde Leib einst arg bedrückt,
Bis Gott der Herr den Silberfaden löste:
Jetzt ist der Schwerbeladne erdentrückt.

Das gefiel mir: das Bild vom Silberfaden. Es erinnerte mich an Jacqueline und an die Bande, die uns, wie sie schrieb, zusammenhielten, und ich dachte, wie sehr sie sie auch gedehnt hatte, zerrissen waren sie nicht. Das nasse Gras erglänzte in der fahlen Sonne; regengetränkte Marienfäden reflektierten das Licht. Es war, als ob die ganze Stätte ein Gespinst aus Silberfäden wäre, die alles zusammenhielten, feingesponnen und zart. Der Gesang der Vögel verstummte. Alles war still. Alles in der Schwebe, glitzernd, reglos. Selbst die Wolken am Himmel rührten sich nicht vom Fleck. Ich hielt den Atem an und empfand ein warmes Einssein jenseits aller Worte, ein Einvernehmen, das mit Gedanken nichts zu tun hatte. Ich war glücklicher und zugleich bekümmerter denn je zuvor in meinem Leben. Mein Herz wollte aussetzen. Aber da kam die Erde, wie mit einem Ächzen, wieder in Gang. Die Vögel nahmen ihren Gesang wieder auf, unter dem Gewicht der Nässe beugte sich das Gras.

Mein Schuhleder war durchnäßt, meine Zehen abgestorben. Ein Wolkenschatten legte sich über die Sonne. Ich ging zurück zum Spielplatz und dachte an den langen Tag, der vor mir lag. Der Vormittag war erst zur Hälfte verstrichen, und mir knurrte vor Hunger bereits der Magen. Ich blieb stehen, um die Inschrift auf einem weiteren Grabstein zu entziffern. Da hörte ich ein Pfeifen. Das unmelodische Pfeifen eines Menschen. Ich blickte mich überall um. Niemand zu sehen. Das Pfeifen klang eigenartig. Fern und doch laut, als halle es von einem hohen Gewölbe wider. Der einzige Ort, der in Frage kam, war die Kirche. Das Portal mit seinem großen Torbogen war mit einer Kette und einem riesigen Vorhängeschloß gesichert, aber dazwischen tat sich ein Spalt auf, und als ich ein Auge dagegen preßte und in das Dämmerlicht spähte, sah ich – ich weiß nicht, was. Ein riesiges, langgestrecktes, verstrebtes Gestell mit Stützen, Verbindungsstücken und Zwischenräumen, das fast das ganze Kirchenschiff einzunehmen schien.

Zuerst konnte ich den Mann nicht ausmachen, aber ich hörte ihn pfeifen; die Töne echoten in dem hohen Gewölbe über ihm. Er pfiff den Choral *He Who Would Valiant Be.* Als ich hineinspähte, löste er sich aus dem Dunkel und blieb einen Augenblick stehen, so daß ich ihn erkennen konnte. Es war ein kleiner Mann mit einem scharf geschnittenen Gesicht. In der Hand hielt er einen Schraubenzieher. Mir fiel auf, daß der Fußboden, auf dem er stand, aus nackter Erde war, daß es keinerlei Einrichtungsgegenstände gab, die man in einer Kirche erwartete: keinen Altar, keine Bänke, nicht einmal einen richtigen Fußboden. Der Mann bewegte sich, als wäre er hier zu Hause; ohne aufzublicken, trat er über die Stützen seiner Konstruktion. Er kehrte mir den Rücken zu und beugte sich nieder, um mit seinem Schraubenzieher zu hantieren. Dabei pfiff er weiter vor sich hin, bis er seine Arbeit ausgeführt hatte, dann richtete er sich auf. Einen Augenblick lang blieb er reglos stehen, dann wandte er sich um und blickte mich, oder den Spalt zwischen den Türen, direkt an. Hastig tat ich einen Schritt zur Seite.

»Wenn du hereinkommen möchtest, geh zum Seiteneingang«, rief er. Seine Stimme war vornehm wie die eines Nachrichtensprechers im Radio. Ich steuerte schon auf die Hecke zu und wollte mich in die Abgeschiedenheit des Spielplatzes flüchten, aber da ertönte hinter mir ein schriller Pfiff von der Art, wie Jungen ihn zwischen den Fingern hervorstoßen. Ich blieb stehen und sah über meine Schulter zurück. Jetzt stand er im Freien und musterte mich.

»Wohin willst du dich denn verdrücken?« fragte er. »Und was soll das, mir so nachzuspionieren? Du kannst einen ganz schön erschrecken. Bist du so neugierig? Es heißt, zu große Neugier treibt den Vogel in die Schlinge, aber *dir* werde ich schon nichts zuleide tun.«

Ich wollte nicht, daß er meinen Geheimgang zum Spielplatz entdeckte, daher drehte ich mich zu ihm um. Er hörte sich nicht an, als wäre er gefährlich, außerdem fühlte ich mich verwegen. Der Brief in meiner Tasche hatte einen Spalt in meinem Leben geöffnet und bot mir einen neuen Ausblick auf mich selbst. Ich hatte den Eindruck, daß ich in eine neue Welt, die andern Regeln folgte, eingetreten war. Nur, daß ich die Regeln nicht kannte.

Der Mann sah wie ein Fuchs aus, mit dem rostbraunen Schatten von Bartstoppeln auf seinen kantigen Backenknochen. Doch seine Augen waren nicht die eines Fuchses, nicht schmal und schlau. Sie hatten keine Farbe, die ich benennen könnte, und sie waren ausdruckslos. Nicht blind und einfältig ausdruckslos, sondern einfach offen für alles, was sie sahen, als blicke er nicht durch einen Zaun von Vorurteilen. Er nahm nur auf. Er schaute mir in die Augen, bis ich sie aus Angst davor, was er da sehen mochte, niederschlug.

»Wie heißt du?« fragte er.

»Jacqueline«, sagte ich zu meiner eigenen Überraschung, ohne zu zögern.

»Ein hübscher Name. Rufen sie dich Jacqui?«

»Immer nur Jacqueline«, antwortete ich.

»Aus dem Französischen«, bemerkte er. »Haben sie auf einen Sohn gehofft, deine Eltern?«

»Oh nein, sie wollten ein Mädchen. *Sie* jedenfalls.«

»Würdest du eine Tasse Tee annehmen?« fragte er. Ich nickte, und durch eine kleine Seitenpforte, die mir vorher entgangen war, folgte ich ihm in die Kirche. Nach der Tageshelle war das Innere der Kirche düster. Durch die

Lücken in den Fenstern drangen Lichtbündel ein und fielen fleckenweise auf Boden und Wände. Es roch nach Erde und nach den Holzspänen, von denen der Boden übersät war. Wo das Licht darauf fiel, waren sie wie gekringeltes Gold.

»Warum schalten Sie nicht die Beleuchtung ein?« fragte ich.

Er gluckste. »Abends zünde ich mir ein, zwei Kerzen an. Kein Strom, verstehst du?«

»Dann sind Sie abends also auch hier?« Ich schauderte bei dem Gedanken. Es war so kalt und unwirtlich, so überaus ungemütlich.

»Ich wohne hier«, sagte er. »Natürlich nur eine vorübergehende Maßnahme.« Er strich ein Zündholz an, und ich sah, daß er einen kleinen Campinggaskocher besaß, auf dem er einen Teekessel plaziert hatte. Er hob ihn hoch und schwenkte ihn. »Reicht gerade für zwei Tassen«, gab er bekannt. »Magst du einen Keks?« Er hielt mir die Packung hin, und ich nahm einen. Es waren Kekse mit einem Gitter aus Zucker obendrauf. Ich knabberte am Rand, aber dann hielt ich inne. Mir kam ein entsetzlicher Gedanke. Ich hatte mich in der Illusion gewiegt, allein zu sein, wenn ich zum Spielplatz ging, ganz und gar allein, ohne auch nur eine Menschenseele in der Nähe. Und ebenso allein, wenn ich mich zwischen den Gräbern hindurch auf den Rückweg machte.

»Du bist eine Einzelgängerin«, sagte er, gerade so, als könnte er meine Gedanken lesen. »Dich die ganze Zeit hier so herumzutreiben!«

»Haben Sie mich belauert?«

»Belauert? Nein. Belauert keineswegs. Aber ich habe dich gesehen. Die Schaukel gehört. Hat mir mächtig Angst eingejagt, wie ich sie zum ersten Mal gehört hab. Geister, hab ich gedacht. Erscheinungen. Ziemlich verständlich bei der Szenerie, findest du nicht? Hast du Angst vor Gespenstern?«

»Gibt's nicht.«

»Ach... welche Einfalt«, sagte er, und ich fühlte mich gekränkt. »Aber findest du es nicht trotzdem etwas unklug«, fuhr er fort, »an einem so abgelegenen Ort allein umherzustreifen? Ein junges Mädchen mutterseelenallein. Haben deine Eltern dich denn nicht gewarnt?«

Ich schüttelte den Kopf, obwohl sie mich selbstverständlich gewarnt hatten. Sie taten ja nichts anderes.

»Wie alt bist du?« fragte er. »Nein!« Er hielt die Hand hoch. »Laß mich mal raten. Dreizehn, oder vierzehn?«

»Dreizehn«, erwiderte ich. »Heute ist zufällig mein dreizehnter Geburtstag.«

»Nein... wirklich? Na, dann herzlichen Glückwunsch! Das müssen wir aber feiern. Zum Glück habe ich etwas im Haus.« Er zog einen silbernen Flachmann aus der Tasche. »Magst du einen Schuß in deinen Tee?«

»Was ist das denn?«

»Irish Malt, ein unvergleichlicher Tropfen.«

»Whiskey?«

»Genau das. Magst du einen Schluck? Zur Feier des Tages?«

»Ich habe noch nie... na gut, also schön«, entschied ich. Jennifer hätte wohl keinen Whiskey getrunken mit einem fremden Mann in einer Kirche, aber Jacqueline schon. Der

Mann goß einen tüchtigen Schluck in die beiden Teetassen aus Porzellan. Auf die Untertasse legte er mir noch einen Keks. Ich nippte an dem Tee und rümpfte die Nase über den männlichen Geruch. Er schmeckte gut – stark und festlich. Weihnachtlich. Mir wurde leicht im Kopf und seltsam. Der Keks auf der Untertasse sog den überschwappenden Tee auf und zerging mir auf der Zunge. »Sherry Trifle«, sagte ich, und meine Stimme klang laut und töricht.

»Wie bitte?«

»Erinnert mich an Sherry Trifle«, erwiderte ich.

»Na, dann prosit! Dreizehn geworden, wie?« Er sah mich an, als sei ich das erste Mädchen, das je dreizehn geworden wäre. Als sei ich ohnegleichen.

Bis auf unsere Schlürfgeräusche herrschte eine Zeitlang Schweigen. Ich bemühte mich, leise zu schlucken, brachte aber ein gurgelndes Geräusch hervor. Und dann mußte ich grinsen. »Was ist denn so komisch?« fragte er, aber ich schüttelte den Kopf. Ich wollte damit nicht herausrücken, es hätte sich zu albern angehört, aber ich dachte an Alice und den Kuchen und das Fläschchen und ihr folgsames Essen und Trinken und all ihr Wachsen und Schrumpfen. Das Kirchendach hing kilometerweit über mir, unglaublich weit entfernt, ebenso wie die Tür. Mich schauderte.

»Was ist das?« fragte ich, indem ich auf das hölzerne Gerüst wies.

»Wenn ich dir das verrate, wirst du erst recht lachen«, sagte er. Er schraubte den Verschluß des Flachmanns auf und ließ sich den Whiskey direkt in die Kehle laufen, dann verstaute er ihn wieder in seiner Tasche. »Wie ich sehe, hast du deine Schuluniform an«, sagte er.

»Ich...«

»Nur keine Bange. Mir zuliebe brauchst du dir keine Ausreden auszudenken. Als ich in deinem Alter war, habe ich mir auch nicht viel aus der Schule gemacht. *Viel Verstand und wenig Fleiß*, so etwa. Wie auch immer, so angenehm es ist, ich muß weitermachen.« Aus dem Dunkel zog er eine längliche Segeltuchtasche hervor und entnahm ihr eine große Säge. Mit dem Daumen fuhr er über das gezackte Blatt. In der Tasche sah ich auch Hammer und Meißel. Plötzlich kam mir der Gedanke, daß ich in Gefahr schwebte. Oder in Gefahr geschwebt hätte, wenn der Mann gefährlich gewesen wäre. Wenn Mutter mich gesehen hätte, wäre sie in Rage geraten. Die Vorstellung verschaffte mir ein wenig Genugtuung.

»Darf ich helfen?« fragte ich.

Einen Augenblick betrachtete er mich prüfend. »Warum nicht?« beschloß er. Er reichte mir eine Kneifzange und einen Klauenhammer. »Lauf herum und such nach verbogenen Nägeln«, sagte er. »Alle Nägel, die nicht unbedingt nötig sind. Alte Bretter, verstehst du? Zieh sie heraus.«

»Ich werd's versuchen«, sagte ich. »Und wenn ich Ihnen zur Hand gehe, werden Sie mir dann verraten, was das Ganze werden soll?«

Er antwortete nicht, sondern grinste nur und zog sich in die Düsterkeit zurück. Gleich darauf hörte ich ihn sägen. Ein Lichtstrahl beleuchtete seinen Scheitel. Seine Haare waren gelblichbraun, tabakfarben. Er pfiff bei der

Arbeit, aber atemlos, als flösse alle seine Energie in seine Arme.

Mir war sehr seltsam zumute. Womöglich war ich beschwipst, und mir war so kalt, daß meine Finger und Zehen taub wurden. Ich schlenderte herum und sah mir die Bohlen an, die alt und splittrig waren. Hier und da fand ich einen Nagel, lockerte ihn mit dem Hammer und zerrte mit der Zange. Einige bekam ich heraus, andere nicht. Es schien unwichtig. Nach einer Weile kitzelte mich der Geruch frischgesägten Holzes, das Sägemehl, in der Nase, und ich mußte niesen.

»Gesundheit«, sagte er. »Ich hatte ganz vergessen, daß du da bist. Wie kommst du voran?«

»Es geht.«

»Mich deucht, wir könnten eine Tasse Tee vertragen«, sagte er. *Mich deucht?* dachte ich. Ich konnte ihn nicht sehen, am anderen Ende der Kirche, hinter dem Durcheinander von Holz, in der Dunkelheit. »Würde es dir etwas ausmachen? In einer Flasche hat's Wasser. Alles da.«

Ich tappte umher, füllte den Kessel mit Wasser und zündete den Gaskocher an. Die blaue Flamme zitterte in der Luft und gab, bevor ich den Kessel darauf stellte, einen dünnen Streifen Wärme ab. Ich blickte in den Koffer neben dem Kocher. Er war sehr sorgfältig gepackt – Bob hätte gesagt: tipptopp –, sämtliche Gegenstände in säuberlichen Reihen angeordnet, ganz anders, als ich es mir vorgestellt hatte. Außer Besteck und Geschirr gab es ein Glas Marmelade, einen Laib Brot, eine Butterschale aus Porzellan, Salz- und Pfefferfässer aus geschliffenem Glas, ein Töpfchen Sardellenpaste und eine von schimmeligen

Adern durchzogene Ecke von einem mir unbekannten Käse. Auch Würstchen gab es, eingewickelt in Butterbrotpapier.

»Wo wohnen Sie?« rief ich ihm zu. »Sie müssen doch irgendwo wohnen, außer hier, meine ich.«

»Überall und nirgends.«

»Aber Sie sind doch kein Landstreicher, und ein Zigeuner sind Sie auch nicht. Oder?«

»Nicht jeder paßt in eine Schublade...«, rief er zurück. Es gab einen Krach, als er etwas fallen ließ. »Scheiße!«

»Oh.« Das Wasser im Kessel fing an zu brodeln. Ich kramte herum, klaubte Gegenstände auf und untersuchte sie. Ich ließ den Finger über das Zierwappen auf dem Griff eines Messers gleiten. Ich hob den dicken Packen Würstchen auf. »Es dürfte schon fast Zeit zum Dinner sein«, sagte ich hoffnungsvoll.

Er lachte, und ich fuhr zusammen, denn er hatte sich schweigend genähert und stand dicht hinter mir. »Ich für meine Person ziehe es vor, abends zu dinieren«, sagte er.

Ich lief rot an. »Ich nenne es nur deswegen Dinner, weil es in der Schule so genannt wird.«

»Laß dich nicht von mir beirren. Mach nur vorwärts. Da drüben ist die Bratpfanne.« Er deutete auf die Wand, und zum ersten Mal bemerkte ich, daß dort an Nägeln Töpfe und Pfannen hingen, und obendrein ein Bild, ein Foto von einem Jungen, der in einem steifen Erwachsenenanzug steckte. Ich ging dichter heran, um es genauer zu betrachten. Das Gesicht des Jungen war schmal und schwächlich. Er sah aus, als würde er jeden Moment seine bleichen Lippen öffnen und losgreinen.

»Mein Großvater«, sagte der Mann. »Hat mit achtzehn meine Großmutter geheiratet und gerade lange genug gelebt, um ein Kind zu zeugen. Einen Jungen, zum Glück, was den Familiennamen angeht. Meinen Vater. Und dann ist er abgekratzt. Schwindsucht. Ich schätze, meine Großmutter war erleichtert. Nach allem, was man hört, war mit ihm nicht zu spaßen.« Die Augen des Jungen funkelten böse.

Ich griff nach der Bratpfanne. Als die Würstchen zu brutzeln begannen, stieg ein wunderbar süßlicher, fettiger Duft auf, unvereinbar mit dem modrigen Geruch der Kirche, und breitete sich aus. »Wollen Sie wirklich keine?« fragte ich.

»Du führst mich in Versuchung«, sagte er, und ich tat noch zwei Würstchen in die Pfanne. Ich setzte mich auf eine Kiste und stocherte in den Würstchen herum, bis sie sich durchbogen und aufplatzten. Ich kam mir sehr erwachsen dabei vor, für einen Mann zu kochen. Die Würstchen, zwischen pappigen Brotscheiben verzehrt, schmeckten köstlich. Ich leckte meine Finger und wischte mir den Mund am Ärmel ab, aber dann merkte ich, daß er sich den Mund zierlich mit einer Serviette abtupfte. Es gab nur eine, in einem silbernen Ring. Als er fertig war, rollte er sie zusammen und steckte sie wieder in den Ring, mit Würstchenfett und allem.

»Nicht gerade eine gelungene Geburtstagsparty«, sagte er. »Wirst du heute abend feiern?«

»Nein«, sagte ich. Mich fröstelte.

»Dir ist kalt«, bemerkte er. »Wenn du in der Kiste nachschauen möchtest, da findest du eine Wolldecke. Wickle dich darin ein, solange du deinen Tee trinkst.« Ich stand auf und öffnete den Deckel der Kiste. Darin fand ich eine dicke karierte Decke, die ich um mich hüllte, bevor ich mich wieder auf der Kiste niederließ. Zuerst wurde mir von der Decke, deren Fasern die Kühle des Bodens in sich aufgenommen hatten, nur noch kälter, aber allmählich wärmte sie sich auf, und ich wurde schläfrig.

»Es gab immer eine Party, ich erinnere mich«, sagte er. Er hatte die Augen geschlossen. »Mit einem Zauberer oder einem Clown und fünfzig oder mehr Kindern, die ich noch nie im Leben gesehen hatte. Kaum zum Aushalten.«

»Wieso?« fragte ich. »Ich meine, wieso kannten Sie die Kinder nicht?«

Er antwortete nicht. Er rieb sich den Schädel, dann fuhr er sich mit den Händen über die Wangen. Ich konnte hören, wie seine stoppelige Haut an seinen Handtellern kratzte.

»Wie ist Ihr Name?« fragte ich.

»Mein Name? Muß ich denn einen Namen haben?«

»Aber natürlich müssen Sie das!«

»Na, dann sagen wir eben: Johnny. Genügt dir das?«

»Ja... ich denke schon.«

»Alle deine Figuren müssen einen Namen haben.«

»Was?«

»Du hast gesagt, ich muß einen Namen haben. Wieso eigentlich? Nein, laß mich raten. Damit du weißt, wie du mich zu rufen hast. Damit du weißt, was du von mir zu halten hast. Damit du weißt, wie du dich auf mich berufen kannst.«

»Mag sein.«

»Aber letzteres wirst du wohl nicht. Du wirst dich nicht auf mich berufen.« Er führte es wie eine Tatsache an, nicht als eine Frage, die einer Erwiderung bedurfte. »Jetzt aber wieder zu dir. Schließlich bist du diejenige, die zu mir gekommen ist. Willst du oder brauchst du etwas von mir?«

»Nein.«

»Ich glaube, da irrst du. Du hast mich ausfindig gemacht.«

»Nein... Ich wußte ja gar nicht, daß Sie hier sind.«

»Nicht bewußt. Aber geahnt hast du's.«

»Ich wollte doch weglaufen, als ich Sie gesehen habe... Aber Sie sind mir nach draußen gefolgt. *Sie* haben *mich* gerufen.«

»Nur auf dein Verlangen hin.«

»Das ist Unsinn!« Ich stand auf.

»Setz dich doch noch einen Moment«, sagte er, und ich tat es, allerdings nur, weil meine Beine plötzlich nachgaben. Er hatte unserem Tee wieder einen Schuß Whiskey zugesetzt. »Langsam werde ich neugierig. Du erregst meine Neugier. Ich werde aus dir nicht schlau.« Mit seinen klaren Augen sah er mich so lange an, bis meine Wangen sich heiß anfühlten. »Hast du wirklich keine Angst vor mir? Nicht ein Quentchen Angst? Nicht ein Fitzchen? Vielleicht würdest du gern Angst haben? Ist es das?«

»Nein.«

»Und hast du wirklich heute Geburtstag?«

»Jein...«

»Aha... eine Lüge?«

»Nein.«

»Was denn nun, ja oder nein? Die Antwort auf meine Frage ist doch wohl von Natur aus etwas Absolutes? Ein einfaches Ja oder Nein.«

»Ich hatte immer geglaubt, mein Geburtstag sei an einem anderen Tag. Jetzt weiß ich die Wahrheit.«

»Aha. Mich deucht, die Folge ist Verwirrung. Identitätsverlust. Stimmt's?«

»So könnte man es nennen«, pflichtete ich ihm widerstrebend bei.

»Jedenfalls ein Verlust.« Er lehnte sich zurück und streckte sich.

»Ich habe bestimmt nicht nach Ihnen oder sonst jemandem Ausschau gehalten«, sagte ich. »Ich wollte für mich sein und bin einfach nur draußen herumgelaufen, als ich Ihr Pfeifen gehört habe.«

»Muß mich beherrschen lernen«, sagte er.

»Kurz bevor ich Ihr Pfeifen hörte, hatte ich ein seltsames Erlebnis«, sagte ich.

»Nämlich ...?«

»Ich las die Inschrift auf einem von den alten Grabsteinen, die nicht einmal mehr auf irgendeinem Grab stehen.«

»Ein Enigma. Gehören nirgendwohin.«

»Da stand etwas über ... einen gelösten Silberfaden.«

»Ich kenne die Inschrift.«

»Und wie ich sie studierte, geschah etwas ... mir verging alles ... ach, ich kann's nicht erklären.«

»Versuch's nur.«

»Nun, als ob alles zusammengehalten würde. Als ob ich durchschauen könnte, wie alles zusammengehalten wird, natürlich nur vorübergehend, wie in der Schwebe. Als ob alles eine Art Sinn ergäbe.«

»Und was hast du empfunden? Freude?«

»Etwas wie Freude, aber nicht so einfach«, sagte ich. Johnny sah mich aufmerksam an.

»Epiphanie«, sagte er. »Hast du schon mal Joyce gelesen?«

»Wen?«

»James Joyce. Nein, kaum anzunehmen. Solltest du aber. Fang an mit dem *Porträt des Künstlers als junger Mann.* Da gibt es einen Moment. Eine Epiphanie.«

Für mich hatte das Wort einen heiligen Beiklang, wie etwas aus dem Gottesdienst. »Mit Gott hatte es nichts zu tun«, sagte ich.

»Ach nein?«

»Nein, mit der Welt. Nur mit der Welt.«

»Ein wilder Engel erschien ihm …«

»Kein Engel. Kein nichts. – Außerdem gibt's so was gar nicht.«

»Was?«

»Engel. Oder Gott. Oder Geister.«

Er lachte. »Ich will dir was sagen. Leih dir doch das Buch.« Er bückte sich, um danach zu langen. Er war wie ein Zauberer. Die Kirche war wie die Höhle eines Zauberers. Inzwischen gemütlich, trotz ihrer höhlenartigen Kälte. In der Dunkelheit schienen unendlich viele Dinge verborgen. Jetzt erst entdeckte ich das Bücherregal. Ein niedriges Ding. Er zog einen schmalen Band hervor und ließ ihn mir in den Schoß fallen. Ich blätterte darin. Er war klamm. Die Buchstaben waren klein und gedrängt und bei dem schwachen Licht unmöglich zu lesen.

»Womöglich werde ich's nicht lesen.«

Er zuckte die Achseln. »Mir ist es einerlei. Mach, was du willst. Jetzt muß ich aber wirklich vorankommen.« Er war mit mir fertig, und ich war enttäuscht. Das merkwürdige Gespräch hatte mich belebt. Ich wußte immer schon genau im voraus, was Mutter und Bob als nächstes sagen würden. Mir gefiel das Überraschende an Johnnys Äußerungen, die leichte Unsicherheit, ob, was er sagte, Hand und Fuß hatte oder ob ich ihn richtig verstand. Und jetzt war alles zu Ende. Ich beschloß, das Buch anzunehmen, damit ich wenigstens einen Vorwand hatte, wiederzukommen. Es paßte eben in meine Manteltasche. »Arbeit ruft. Bald finster«, sagte er. »Du solltest besser nach Hause gehen.«

»Aber so spät kann's doch noch gar nicht...« Ich erhob mich und ließ die Decke von den Schultern gleiten. Sogleich fröstelte mich wieder. »Ich komme bald wieder auf Besuch«, versprach ich.

»Nicht gar so bald«, entgegnete er und verschwand im Nu in dem Dunkel. Ich öffnete die schmale Seitenpforte und trat hinaus in den kühlen Nachmittag. Johnny hatte recht. Die Zeit war vergangen, draußen schneller als drinnen. Und wenn ich jetzt ein bißchen trödelte, würde ich gerade rechtzeitig zu Hause ankommen.

8

Beim Abendessen packte ich mein Geschenk aus. Es sah aus wie ein weißes Schmuckkästchen. Als ich den Deckel lüpfte, sah ich in seiner Spiegelfläche eine Ballerina, die sich zu einer Melodie – laut Mutter hieß sie *Der Tanz der Zuckerfee* – auf einer Zehenspitze drehte. Es war nichts, das ich mir sonderlich gewünscht oder nicht gewünscht hatte. »Danke schön«, sagte ich. Mutter zeigte mir den kleinen Schlüssel auf der Rückseite, mit dem man die Spieldose aufziehen konnte, wenn das Uhrwerk abgelaufen war.

»Jetzt zeig ihr das Geheimfach«, sagte Bob.

»Sieh zu, ob du es selbst finden kannst«, drängte mich Mutter. Ich strich mit den Fingern über das glatte Holz. Das Innere war wattiert und mit rotem Baumwollsamt ausgeschlagen. »Drücken«, sagte Mutter.

»Wo drücken?« Systematisch drückte ich mit den Fingern auf das weiche Innere, bis ich in der Wattierung eine kleine Spalte spürte. Da glitt das Innere des Kästchens sacht nach vorn und gab eine flache Schublade frei, in der sich ein weiteres Geschenk befand.

»Raffiniert, was?« sagte Bob stolz.

»Mach schon auf«, sagte Mutter. Ich wickelte ein goldenes Armband aus, an dem ein Amulett hing, ein goldener Glücksbringer. »Von jetzt an werden wir dir zu jedem Geburtstag und zu jedem Weihnachtsfest eins dazu schenken«, sagte sie. »Und wenn du einundzwanzig bist…« Bei dem Gedanken seufzte sie vergnügt; und dann suchte ihr Blick den meinen ängstlich nach einem entsprechenden Anzeichen der Freude oder Dankbarkeit ab. Ich schloß das Kästchen und setzte der Musik und dem schwindelerregenden Wirbeln der Tänzerin ein Ende.

Das Armband befestigte ich an meinem Handgelenk.

»Danke«, sagte ich. »Ich werde gut darauf aufpassen.«

»Das möchte ich auch stark hoffen«, bemerkte Bob. »Achtzehn Karat hat das.«

»So«, sagte Mutter. »Jetzt essen wir aber lieber zu Abend.« Sie hatte mein Lieblingsessen gebacken: einen Speckkuchen und einen kolossalen Marmorkuchen, in jeder Schnitte eine Spirale aus Braun und Gelb und Rosa. Alles war im Lot. Ich war brav und beherrscht. Alles war im Lot, solange ich um meine Gefühle einen Wall errichten konnte. Wenn ich diesen Tag einfach als Tag wertete und nicht als Teil eines Jahres, in dem alles auf den Kopf gestellt worden war. Identität, dachte ich beim Kauen. In dem grellen elektrischen Licht und mit dem großen Kuchen mitten auf dem Tisch war der Nachmittag mit Johnny kaum glaubhaft. Der goldene Glücksbringer kitzelte mein Handgelenk. Mutter zündete die dreizehn Kerzen auf dem Kuchen an, und sie sangen mir ein Ständchen, Bobs Stimme ein tiefes Gebrummel unter Mutters tremolierendem Piepsen.

»Übrigens«, sagte Mutter, als ich mich vom Tisch erhob, »heute nachmittag hat ein Mädchen nach dir gefragt.« Sie sprach so, als sei dies die natürlichste Sache von der Welt, als würden jeden Tag irgendwelche Mädchen nach mir fragen.

»Ein Mädchen?«

»Ich glaube, es war Bronwyn. Ein kräftig gebautes Mädchen.«

»Oh.«

»Ja. Sie wollte wissen, wie's dir geht, weil du heute nicht in der Schule warst.«

»Oh.« Ich suchte an der Stuhllehne Halt.

»Nun frag sie schon, wo sie war«, forderte Bob.

Ich merkte, wie mein Wall zu bröckeln begann. »Da könnt ihr lange fragen«, sagte ich, und meine Stimme klang kalt. Ich ging aus dem Zimmer, wobei ich behutsam auftrat, als ob der Boden nachgäbe.

»Jennifer!« rief Mutter. »So warte doch. Wir sind dir nicht böse. Du kannst uns bestimmt erklären ...«

Ich hielt mitten auf der Treppe an. »Erklären?« schrie ich. »Erklären! Die Sache mit meinem Geburtstag habt ihr mir immer noch nicht erklärt.« Es herrschte Stille. »Also?« Jetzt empfand ich etwas. Ich empfand, was ich am Morgen hätte empfinden sollen, als ich Jacquelines Brief las, ich empfand Zorn. Er packte mich im Genick und schüttelte mich, so daß meine Stimme abgehackt klang: »Sagt mir, warum? Weshalb habt ihr mich angelogen?«

Mutter kam aus dem Eßzimmer gelaufen und sah die Treppe hinauf zu mir her. Ihre Haare waren grau. Sie war eine alte Frau. Ich haßte sie wegen ihres Alters, wegen ihrer Falten und wegen der schlangengleichen Adern auf ihren Handrücken. Plötzlich schien mit ihnen eine Absicht verbunden zu sein, als sollten sie beweisen, wie alt sie war, daß sie unmöglich meine Mutter sein konnte – verlogene alte Großmutter, die sie war.

Als sie sprach, sprach sie leise. »Jacquelines Geburtstag ist im Juni«, sagte sie. »Zur Sommersonnenwende.«

»Aber das ist mein Geburtstag.«

»Nein. Jacquelines. Als sie uns verlassen hat, haben wir beschlossen, den Anlaß beizubehalten. Wir dachten, es wäre leichter.«

»Leichter!« stöhnte ich. »Leichter? Leichter für wen?«

»Eine Dummheit«, sagte sie. »Jetzt sehen wir es ja selbst, aber ...«

Ich rannte nach oben und rammte die Tür so fest zu, daß das ganze Haus erbebte. Ich warf mich auf mein Bett und weinte in die Tagesdecke. Ich machte soviel Lärm, wie ich nur konnte, schluckte und stöhnte und schluchzte, bis mir die Schultern weh taten und meine Nase und meine Augen brannten. So hatte ich noch nie geweint, jedes Teil in mir. Obwohl, jedes Teil konnte es nicht sein, denn es waren immer noch genügend übrig, die merkten, daß Mutter und Bob lauschten, und es gab sogar ein Teil von mir, das die Hemmungslosigkeit genoß und voller Interesse verfolgte, was ich alles so fertigbrachte.

Erschöpft vom vielen Weinen lag ich schließlich benommen da, meine Schultern zuckten, und meine Wangen brannten von den Tränen. Ich wußte, unten waren sie erleichtert, ich wußte, Bob würde etwa sagen: »Was bin ich froh, daß ihr diese Last von der Seele genommen ist!« Und dann würden sie weitermachen wie gewöhnlich. Und tatsächlich hörte ich nach einer Pause Stimmenlärm, dann das Klappern von Geschirr und danach das Radio.

Am nächsten Morgen beteiligte ich mich nicht am täglichen Dutzend. Bob schickte Mutter herauf, um mich zu holen, dann rief er selbst, doch ich blieb zusammengerollt in der Wärme meines Bettes liegen. Schließlich kam Mutter auf mein Zimmer, aber ich kehrte mein Gesicht weg.

»Ist dir nicht gut?« erkundigte sie sich. »Soll ich dir etwas bringen? Aspirin?« Das war ein sicheres Anzeichen, daß sie sich Sorgen machte, denn Bob billigte Aspirin nicht. Ob er wohl wußte, daß sie es mir angeboten hatte? Ich antwortete nicht, und schließlich ging sie seufzend aus dem Zimmer. Ich hörte einen gedämpften Wortwechsel, anschließend Schweigen, darauf das rhythmische Rumpeln und Rucken der Körperübungen und Bobs gebellte Anweisungen. Die Muskeln in meinen Armen und Beinen antworteten mit einem Zucken, so gut trainiert waren sie, so gehorsam. Allerdings, so gehorsam auch wieder nicht.

Beim Frühstück sprach Bob nicht mit mir, und ich sprach nicht mit Mutter. Die Augen auf den braunen Bakelitständer für Essig und Öl in der Tischmitte geheftet, aß ich mein gekochtes Ei, mein Brot mit Hefeextrakt und trank meinen Tee. Dann stand ich auf und ging aus dem Zimmer. Sobald ich fort war, fingen sie an, sich mit gedämpfter Stimme gegenseitig Vorhaltungen zu machen. Sie kamen mir lächerlich vor. Was waren sie einfältig! Meine durchgeweichten, am Herd getrockneten Schuhe waren jetzt verbogen und steif. Ich hätte sie mit Zeitungspapier ausstopfen sollen. Normalerweise erledigte das Bob für mich, aber diesmal hatte er es unterlassen oder vielleicht einfach vergessen. Daß das steife Leder auf meine Zehen drückte, schien irgendwie passend. Ich hätte das

Haus wortlos verlassen, doch mit einem gefalteten Zettel in der Hand stürzte Mutter in die Diele. »Eine Entschuldigung«, sagte sie, »für Miss Clarke, wegen gestern.« Ich nahm sie. »Jenny«, sagte sie und legte mir die Hand auf den Ärmel. »Ich weiß, es ist ein Schock für dich...«

»Ha!« stieß ich hervor und riß mich los. Ich lief hinaus und schlug die Tür hinter mir zu. Es war ein Nebeltag. Der erste Tag meines neuen Lebens.

9

Vor dem Schultor wartete Bronwyn auf mich. »Hätte ich nie gedacht, daß du jemand bist, der die Schule schwänzt«, meinte sie. »Aber heute geht's dir an den Kragen.«

»Keineswegs«, sagte ich. »Mutter hat mir eine Entschuldigung geschrieben.«

»Deine Mum?«

»Meine Großmutter.«

»Weshalb nennst du sie dann Mutter?«

Ich zuckte die Achseln.

»Was hat sie denn geschrieben?«

»Lies nur, wenn du magst«, sagte ich. Mutter hatte eine besondere Art, Zettel zu falten, bei der sie sich den Umschlag ersparte; sie falzte sie und steckte sie zu einem säuberlichen Viereck zusammen. Ich schlug den Brief auseinander und hielt ihn Bronwyn hin. Stirnrunzelnd las sie ihn und bewegte dabei die Lippen. »Du Glückspilz«, sagte sie. »Ich wünschte, meine Oma würde bei uns wohnen. Mum würde mir nie so aus der Patsche helfen.«

Ich steckte den Zettel in die Tasche. Sie hakte sich bei mir unter, und wir liefen auf den Schulhof. Es war unangenehm – ich konnte mit ihr nicht im Gleichschritt gehen. Ich sah, wie die beliebten Mädchen sich angrinsten, als wir an ihnen vorüberkamen. Bronwyn achtete nicht darauf. Ich duldete es, daß sie sich an mir festhielt, aber mein eigener Arm hing schlaff herab. Sie lud mich wieder zum

Abendessen ein, und ich sagte zu. Ich hatte nichts dagegen. Es war besser, als zu Hause herumzuhocken.

Miss Clarke sagte, sie hätte beschlossen, Wordsworth ein, zwei Wochen Pause zu gönnen. »Heute morgen schlage ich etwas anderes vor. Ich möchte, daß ihr alle zu Weihnachten ein Gedicht schreibt.« Es erhob sich leises Gestöhn. »Unser Thema ist Weihnachten«, sagte sie, »aber versucht, originell zu sein. Strengt euch zum Beispiel an, daß ihr nicht ›geboren‹ auf ›auserkoren‹ reimt.«

»Muß es sich denn reimen?« fragte jemand.

»Nein, wenn ihr freien Vers vorzieht. Aber vergeßt mir nicht den Rhythmus.«

»Muß es religiös sein?«

»Nein, nein. Seht mal, greift euch ein Bild heraus ... etwas, was sich mit Weihnachten verbindet. Ein Rotkehlchen zum Beispiel. Ein Gedicht über ein Rotkehlchen wäre ausgezeichnet. Solange das Thema zur Jahreszeit paßt, braucht ihr Weihnachten nicht einmal zu erwähnen. Und für die Siegerin habe ich einen kleinen Preis vorbereitet ...« Strahlend blickte sie in die Runde, dann konzentrierte sie sich auf irgend etwas auf ihrem Katheder.

Das Klassenzimmer war warm und hell erleuchtet. Der Nebel drückte gegen die Fenster. Es roch nach Mädchen und Wollpullovern, und jemand lutschte Veilchenpastillen. Bronwyn murmelte vor sich hin. Ich konnte mich nicht sammeln. Ich starrte hinaus in das neblige Nichts, bis meine Augen schmerzten, weil sie nirgendwo Halt fanden. Ich versuchte mir den dümmlichen Vers auf der Weihnachtskarte in Erinnerung zu rufen. Ich versuchte mich auf die warmen Dinge zu besinnen, die Weihnachten an etwas Irdisches banden, Kuchen, Plumpudding und lodernde Holzscheite, aber um meinen Verstand war es an diesem Tag sonderbar bestellt. Ich hatte aufgehört, an Gott zu glauben, als sich einmal etwas Schreckliches zugetragen hatte. In Wales war eine Halde Kohlenabfall auf eine Schule gerutscht und hatte die Kinder unter sich begraben. Entweder gab es keinen Gott, hatte ich da gedacht, oder Gott war etwas Fürchterliches. In Bobs Zeitung hatte ich die Gesichter zweier Eltern gesehen, deren Kinder ums Leben gekommen waren, und jedesmal, wenn ich danach an Gott denken wollte, jedesmal, wenn ich den Bilderbuchgott mit seinem Rauschebart und seinen kornblumenblauen Augen vor mir sah, legte sich der grobgekörnte, verzerrte Gram der Eltern darüber. Nein, ich bemühte mich, nicht an Gott zu glauben, aber es gab da etwas, das mir im Kopf herumging, etwas jenseits der Dichte von Plumpudding, jenseits der Wärme der Flamme. Was ihm am nächsten kam, war die Vorstellung von Engeln. Nicht Mutters himmlische Heerscharen aus Papier, nicht die ausdruckslosen Augen des steinernen Engels, kein Weihnachtskartenengel, der mit seinem Heiligenschein wie eine Geburtstagskerze leuchtete. Es war leichter zu sagen, was die Engel in meinem Kopf nicht waren, als was sie waren.

Das Geräusch kratzender Federn und tiefer Seufzer füllte den Raum. Bronwyn versuchte andauernd, meine Auf-merksamkeit zu erregen, aber ich nahm keine Notiz. Miss Clarke saß über ihr Katheder gekrümmt, legte die Stirn in Falten und kaute an ihren Fingernägeln, und plötzlich kam mir ein Traum in den Sinn. Ich mußte mir das

Hirn zermartern, um ihn festzuhalten, bevor er mir wieder entschwebte wie ein Schleier aus Chiffon und für immer verloren war. Der Eindruck des Traums blieb noch, als sein Inhalt schon wieder verflogen war, und ich nahm meinen Federhalter auf und schrieb ein Gedicht:

Vom Himmel plumpsten Engel nieder
und kauerten sich auf weißen Kies.
Ängstlich nagten sie an ihren Flügelspitzen.

Sie suchten Heu und warmen Atem
– einen Messias. Aber da war nichts.
Nicht einmal ein Stern, den Weg zu weisen.

Verlorene Engel schwirrten auf und klirrten
und verstreuten schwarzschattiges Gefieder
auf weißen Kies. Oder Schnee.

Natürlich war das nichts Weihnachtliches. Es war mir rätselhaft, aber es hielt den Eindruck fest, den mein Traum hinterlassen hatte, wie das Negativ einer Weihnachtskarte, etwas Dunkles, das ans Licht gelangte. Ich nannte es *Verlorene Engel.* Es war das erste richtige Gedicht, das ich je geschrieben hatte.

Den Wettbewerb gewann ich damit nicht. Miss Clarke erwähnte es nicht und rief mich auch nicht – wie einige andere – auf, aus der Reihe zu treten und es vorzulesen. Aber ich war ihr dankbar. Ich wäre vor Scham im Boden versunken, hätten sie mich alle angestarrt und meinem Traum gelauscht. Ebensogut hätten sie mir die Kleider abstreifen und meine nackte Haut begaffen können. Auch Bronwyn wurde nicht aufgefordert, ihr Gedicht vorzulesen, aber ich warf einen verstohlenen Blick darauf. Sie hatte vier Zeilen unter dem Titel *Strümpfe* geschrieben. Den Preis, einen Schokoladenschneemann, errang Susan Carter, das erste Mädchen in der Klasse, das einen Farbfernseher besaß, für ihr Gedicht über eine Fee im Wipfel eines Christbaums.

Nach dem Unterricht rief Miss Clarke mich nach vorn ans Katheder und wartete ab, bis wir ungestört waren, bevor sie zu sprechen begann. Bronwyn stand draußen vor der geschlossenen Tür und spähte vorwitzig durch die Glasscheibe.

»Was dein Gedicht angeht, meine Liebe«, sagte Miss Clarke, »ich war sehr... nun ja, verblüfft...« Sie gab mir Gelegenheit zu einer Erwiderung, die ich nicht nutzte. »Ist bei dir alles in Ordnung? Ich meine, bist du glücklich?«

»Jawohl, Miss«, sagte ich.

Ihr rosa Gesicht war vor lauter Fürsorge ganz zerknittert. »Nicht, daß es schlecht wäre«, sagte sie. »Es ist nur ziemlich ungewöhnlich... für ein Kind eine eher düstere Vision der Vorweihnachtszeit...«

»Ich hab's aus einem Traum«, sagte ich.

»Ah...«, seufzte Miss Clarke erleichtert. »Ein Traum. Träume sind etwas Eigenartiges. Am besten schenkst du ihm keine Beachtung. Denk statt dessen an etwas Angenehmeres. Übrigens, vergiß nicht, daß jeder Satz ein Verb enthalten muß. ›Oder Schnee‹ ist kein Satz, weil er...«

»...kein Verb enthält.«

»Braves Mädchen. Wenn du dich daran hältst, kannst du gar nichts verkehrt machen. Nun fort mit dir.« Ich ging zur Tür. »Und wenn du etwas auf dem Herzen hast – irgendein Dingsbums daheim... kannst du dich jederzeit an mich oder eine von den anderen Lehrerinnen wenden. Das weißt du.«

»Danke, Miss«, sagte ich.

»Was wollte sie denn?« wollte Bronwyn wissen, sowie ich zur Tür heraus war. »War's, weil du geschwänzt hast?«

»Nein. Sie fand nur, daß mein Gedicht leicht...«

»...verrückt ist«, ergänzte Bronwyn. »Komm. Begleitest du mich nach Hause?«

»Na schön.« Ich erklärte mich einverstanden, weil ich keine Eile hatte, Mutter und Bob zu sehen. Nebel und Dämmerung hatten sich zu einer bräunlichen Suppe verdickt. Wir bummelten langsam zu Bronwyns Haus und hielten unterwegs an, um einen Blick auf die mit Schleifen versehenen Pralinenschachteln im Schaufenster eines Geschäfts zu werfen.

»Solche Schachteln hat mein Dad früher immer Mum gekauft«, seufzte Bronwyn.

»Erzähl mir von deinem Dad«, bat ich.

»Ich mag nicht über ihn reden«, sagte sie.

»Ach komm!«

»Bist du meine beste Freundin?«

»Ich denke doch.«

»Wirst du auch alles, was ich dir sage, geheimhalten? Gibst du dein großes Ehrenwort?«

»Natürlich werde ich das. Wem sollte ich es denn weitererzählen?«

»Du darfst Dad Mum gegenüber nie erwähnen«, sagte Bronwyn.

»Ich weiß, du hast es mir schon gesagt.«

»Sie regt sich furchtbar leicht auf. Als sie die Nachricht hörte, hat sie über Nacht graue Haare gekriegt. Dabei ist sie noch ziemlich jung.« Bronwyns Stimme klang mit einem Mal rauh und vertraulich. »Ich hab's noch nie jemandem erzählt. Nicht in allen Einzelheiten.«

»Wann ist es denn passiert?« Wir setzten unseren Bummel fort, und ich ließ es zu, daß sie meinen Arm nahm.

»Ich hab's«, sagte sie, nahm meinen Zopf und schlang ihn sich um die Schultern wie einen Schal, so daß wir zusammengebunden waren. Ich mußte im gleichen Tritt wie sie gehen, sonst hätte es gezerrt, aber ich ließ sie gewähren, weil ich die Geschichte wissen wollte. Ich war noch nie jemandem mit einem ermordeten Elternteil begegnet. Oder überhaupt mit einem Toten.

»Es ist vor etwa sechs Monaten passiert«, begann sie. »Im Frühjahr. Er war Flug-zeug-pi-lot, weißt du. Damals waren wir ziemlich reich. Er hat mir immer Geschenke mitgebracht. Die meisten von meinen Puppen hat er mir geschenkt. Er war gutaussehend, mit dunklen Haaren und Augen und einem Muttermal auf der Wange, genau hier.« Sie berührte die Haut neben ihrem Mund. »Und eines Tages ist er nicht nach Hause gekommen. Statt dessen kam die Polizei. Die sagte uns, er wäre von Gangstern ermordet worden.«

»Von Gangstern!«

»In A-me-ri-ka«, bestätigte sie feierlich.

Ich betrachtete ihr Gesicht. Sie sah traurig aus – und

aufgeregt, und ich konnte sie gut verstehen. Ich war fast neidisch. »Aber warum?« fragte ich.

»Das haben sie nicht herausgefunden«, antwortete sie. »Ich glaube auch nicht, daß sie es je herausfinden werden.«

»Woher weiß man dann, daß es Gangster waren?«

»Ich schätze, er hat noch vor sich hingeröchelt.«

»Du arme Kleine«, sagte ich und zuckte zusammen, als sie stolperte und an meinen Haaren zog.

»Es war entsetzlich. Mum sagte, ein trau-ma-ti-scher Vorfall. Er war *so* gutaussehend. Ich vermisse ihn schrecklich. Und wir waren so reich. Ich hasse das Haus, in dem wir jetzt wohnen. Unser altes Haus war vornehm, mit zwei Badezimmern und dickem Teppichboden, und Mum war glücklicher. Sie hat über Nacht graue Haare gekriegt.«

»Ich weiß«, sagte ich und überlegte, ob das überhaupt möglich war.

»Du darfst niemandem auch nur ein Sterbenswörtchen davon sagen. Versprichst du mir das? Schwörst du's auf die Bibel?«

»Ja«, sagte ich. Als wir an der Ecke zu Bronwyns Straße anlangten, trennten wir uns. Ich ging allein nach Hause, und beim Gehen sann ich über den schauerlichen Zauber dieses Todes nach, über den tiefen Sturz ihres Vaters, wie Bob es genannt hätte.

10

Bis Weihnachten waren es noch drei Wochen, und mir war nicht nach Einkaufen zumute. Aber genau das taten wir jedes Jahr, Mutter und ich – Teil des langwierigen Rituals, das Weihnachten hieß. Mit dem Bus fuhren wir in die Stadt, ich wählte mein Geschenk – stets ein Kleidungsstück –, und sie gab mir fünf Schilling, um Geschenke für sie, Bob und Tante May zu besorgen. Dieses Jahr war ich noch nicht soweit, obwohl das Fest unbeirrbar heranrückte. Ich hatte meinen Namen auf all die Grußkarten gesetzt, welche Mutter an Angehörige verschickte, die wir niemals zu Gesicht bekamen. Ich hatte die Zutaten für den Plumpudding verrührt, die Augen geschlossen und versucht, mir einen Wunsch auszudenken. Bob schenkte mir einen Adventskalender, aber die Fensterchen öffnete ich erst, als er mich dazu ermahnte. Jeden Morgen kam es zu einem erbitterten Kräftemessen. Er konnte es nicht ertragen, wenn das Fensterchen des betreffenden Tages geschlossen blieb, doch selbst aufmachen konnte er es auch nicht gut. So nickte er immer nur nach dem Adventskalender hin, eine Krippenszene mit einem wissenden Esel im Vordergrund, räusperte sich, machte eine Bemerkung zum Datum und fragte schließlich: »Was wohl heute darin ist, Jennifer?« Und ich sagte: »Ach je, hab ich ganz vergessen«, dann drückte ich das Ding mit dem Daumennagel auf und sagte mit beißendem Spott: »Uuh, ein Knallbonbon!« oder was es gerade war.

»Das letzte Mal, daß ich mich mit so was abgebe«, murrte er eines Morgens. »Die reinste Geldverschwendung.«

»Sie wird eben langsam erwachsen«, sagte Mutter wehmütig. »Kann ja gar nicht anders sein.«

»Erwachsen! So nennt man das jetzt wohl?« gab Bob zurück. »Die reinste Sturheit, wenn du mich fragst. Der gehört ein Dämpfer verpaßt. Die könnte eine saftige Ohrfeige vertragen.«

»Na, na!« besänftigte Mutter geistesabwesend.

»Ich bin *hier*«, erinnerte ich sie. »Ihr redet so, als wäre ich Luft.«

Mutter und ich saßen auf dem Oberdeck des Omnibusses, der uns in die Stadt brachte. Quietschend und schwankend fuhr der Bus die Hauptstraße entlang, vorbei an der Kirche, dem verfallenen Friedhofsgelände und der Dornenhecke, die es auf einer Seite begrenzte.

»Was ist das für eine Kirche?« fragte ich. »Ich hab da noch nie jemanden reingehen sehen.«

Sie schien froh, daß ich sie darauf ansprach. »Es ist keine richtige Kirche«, sagte sie.

»Wie meinst du das? Natürlich ist es eine Kirche!«

»Sie ist nie... heiliggemacht... wie heißt das doch gleich... konsekriert worden.«

»Weshalb nicht?«

»Weiß nicht recht, Liebling. Das mußt du Bob fragen. Der hat für so was ein Gedächtnis.«

»Dann ist sie also nicht heilig?«

»O nein. Nicht heiliger als jedes andere alte Gebäude oder leerstehende Haus auch. Sollte mich nicht überraschen, wenn sie sie abreißen. Ziemlicher Schandfleck, findest du nicht?«

Wir gingen in das große Co-op-Kaufhaus, um ein Geschenk für mich auszusuchen. Mutter wollte mir zu Weihnachten ein besonderes Kleid kaufen. Sie wählte ein scharlachrotes Kleid mit einem Reißverschluß vorn. »Wie festlich«, sagte sie. Aber ich wollte kein Kleid. Ich wollte einen Pullover, einen enganliegenden, schwarzen Rollkragenpullover. Ich hielt ihn mir an, und es gefiel mir, daß das Schwarz mich so blaß machte. Wie ich mich so im Spiegel besah, beschloß ich, mir die Haare zu schneiden. Mit dem langen Zopf, der mir über die Schulter hing, sah ich zu kindlich aus.

»Einen Pullover zu kaufen ist doch reine Verschwendung«, klagte Mutter. »So einen könnte ich dir im Handumdrehen stricken.« Aber am Ende kaufte sie ihn mir doch, und dann gingen wir ins Café im obersten Stock. Das hatte schon Tradition. Wenn wir ausgetrunken hatten, händigte sie mir immer mein Geld aus und hielt sich, während ich meine Einkäufe erledigte, diskret am Fahrstuhl auf; danach fuhren wir, die Arme voller Pakete, wieder nach Hause und jammerten Bob vor, daß uns die Füße so weh taten, damit er uns das Mittagessen servierte.

Ich trank meinen Kaffee schwarz, das schmeckte zwar höllisch, war aber vornehm, und wie noch jedesmal aßen wir Mince Pies, und Mutter erklärte, daß die Pasteten, auch wenn sie es ungehörigerweise selber sage, längst nicht an ihre heranreichten. Das Café war weihnachtlich geschmückt, an den Schaufenstern klebten Wattebäuschchen. Ich verbrannte mir an meinem Kaffee den Mund. Mutter lächelte mir zu, so daß ich ihre Zahnlücke sehen konnte. Auf ihren Lippen glänzte etwas Pastetenfüllung.

»Warum fährst du nicht direkt nach Hause?« sagte ich. »Ich besorge meine Einkäufe und nehme einen späteren Bus.« Mutter sah gekränkt aus. »Ich bin alt genug. Vergiß nicht: dreizehn.«

»Ich weiß ja, aber wir sind doch *immer* zusammen nach Hause gefahren. Bob macht uns ein paar Kartoffeln in Alufolie.«

»Na und? Ich komm doch dann auch bald.«

»Ich weiß nicht...« Wieder biß Mutter ein Stück von ihrem Mince Pie ab. Ich verabscheute die Art, wie ihr Kiefer mahlte, wenn sie kaute, als wäre sie ein Automat. Ich konnte die Sehnen an ihrem Hals sehen, sie traten hervor wie Schnüre. »Also, na schön«, seufzte sie, »aber bleib nicht zu lange aus.« Als sie fortging, bemerkte ich, daß sie einen Faden von ihrem Mantelsaum hinter sich her zog. Zwischen den hellen Spiegelflächen des Cafés sah sie schäbig und bejahrt aus, gebeugt vom Gewicht ihrer Einkaufstasche. Ich schaute mich um, ob ihr jemand nachstarrte. Sie wirkte so verkehrt, so fehl am Platz. Es war mir noch nie aufgefallen. Ich war erleichtert, allein zu sein. Ich versteckte meinen Zopf unter dem Mantel, schlug den Kragen hoch und ließ mich von der Parfümwolke der Kosmetikabteilung umhüllen.

Für Mutter erstand ich etwas Badesalz in einem gläsernen Schwan, für Tante May ein winziges Fläschchen Kölnischwasser und für Bob ein Taschentuch mit aufgedrucktem Pferd. Danach hatte ich noch einen Schilling und einen Sixpence übrig, wofür ich mir einen kastanienbraunen Lippenstift, eine Fünferpackung Zigaretten und ein paar Streichhölzer kaufte. Ich fuhr mit dem Bus, stieg jedoch zwei Haltestellen früher aus und ging zu Fuß zum Friedhof. An der Kirche lief ich schnurstracks vorbei und schob mich durch die Hecke zum Spielplatz. Ich war lange nicht mehr dagewesen, aber er war immer noch so wie beim letzten Mal. Ich wollte unbedingt mit mir allein sein, einfach weil ich gern allein war. Und um rauchen zu lernen.

Ich setzte mich auf die Schaukel, drehte den Lippenstift heraus und malte mir ein Paar fettig-parfümierter Lippen auf, dann steckte ich mir eine Zigarette in den Mund. Mit einem Schlag war ich eine bezaubernde Schönheit. Der erste Lungenzug heißen Qualms erstickte mich beinahe und trieb mir Tränen in die Augen, aber ich hielt durch. Ich rauchte die Zigarette so weit zu Ende, bis ich mir fast die Finger verbrannte, und trat den lippenstiftbeschmierten Stummel aus. Dann setzte ich mich wieder auf die Schaukel und baumelte hin und her, mir war schlecht und schwindelig. Das war nun ich: ein Teenager, eine Raucherin, die nicht einmal die eigene Mutter kannte. Aufregende Geschichten: Ich hatte Whiskey getrunken, allein mit einem fremden Mann. Ich hatte eine Freundin, deren Vater von Gangstern ermordet worden war. Mein Leben wurde immer exotischer. Als durch die frische Luft wieder Leben in mich gekommen war, fing ich an zu schaukeln, dabei spürte ich das schleppende Gewicht meines Kinderzopfes. Die Schaukel ruckte und rüttelte, während ich durch die Lüfte flog. Ich sah den knolligen Turm schwanken und merkte, daß er tatsächlich nicht heilig war, noch nie heilig gewesen war. Der Kirchenbau war mißlungen, nur Fassade.

Ich stieg das Klettergerüst hoch und spähte hinüber zu den neuen Häusern. Die Küchenlampe brannte, und die Frau stand mit gesenktem Kopf da und machte sich am Ausguß zu schaffen. Die kleinen Jungen waren mit ihrem Vater im Freien, sie trugen Gummistiefel. Die Szene war wie aus dem Bilderbuch. Es war eine Familie, an die man glauben konnte. Ich spürte, wie Mutters und Bobs Gejammer von zu Hause bis hierher drang. Eine Zeitlang würden sie auf meine Rückkehr warten, aber am Ende ohne mich zu Mittag essen. »Hat doch keinen Sinn, das gute Essen verkommen zu lassen«, würde Bob sagen. Und nach dem Mittagessen würde Mutter meinen Pullover einwickeln, damit ich am Morgen des ersten Weihnachtstages Überraschung heucheln konnte, und Bob würde sich seinem Kreuzworträtsel widmen. Und alles wäre wie immer, nur daß ich nicht da wäre. Und Mutter, mit ihren Weihnachtsbräuchen, hätte ich den Tag verdorben. Denn was die anging, hätte ich zwölfeinhalb sein und mich auf meinen Geburtstag im Juni freuen müssen. Man mußte mich anschwindeln.

Ich stieg hinunter und zwängte mich wieder durch die Hecke. Vor der Kirche zögerte ich. Ich hatte schon fast beschlossen, Johnny heute nicht aufzusuchen. Er hatte gesagt, ich sollte nicht so bald wiederkommen, und ich schämte mich, in dem Buch nicht weiter vorangekommen zu sein. Ich hatte nur den Anfang gelesen, der handelte von einem Baby namens Stephen, das sein Bett näßt. *Wenn du das Bett naßmachst, ist es erst warm, dann wird es kalt. Seine Mutter legte das Öltuch auf. Das roch so komisch.* Ich war schockiert von dem, was ich da las. Ich hätte es nicht für möglich gehalten, in einem Buch auf etwas so Ordinäres und Unfeines zu stoßen, auf Dinge, über die man nicht sprach. Aber es rief mir die Zeit in Erinnerung, als ich aufzuwachen pflegte, und mein Nachthemd war durchnäßt, und die Laken klebten an mir, und es war stets Bob, der, ohne ein Wort zu verlieren, zu mir kam. Er zog das nasse Laken ab, drehte die Matratze, die einen beißenden Pipigestank verströmte, um und bezog das Bett frisch. Dann zog er mir mein Nachthemd über den Kopf, und ich bibberte, bis er mir ein trockenes überstreifte. All dies geschah stumm, als sei es nicht wirklich. Als könnte Sprechen es wirklich machen. Seine Augen waren wie Schlitze, als wollte er sie nicht ganz öffnen, und sein Ding war geschwollen.

Bei dem Engel blieb ich einen Augenblick stehen. Heute war er nur ein Klumpen aus Stein. Ich horchte, doch aus der Kirche drangen weder Johnnys Arbeitsgeräusche noch sein Gepfeife. Ich beschloß, nur mal eben hineinzuspähen. Ich schlich zur Seitenpforte und drückte die Türklinke. Wie beim letzten Mal konnte ich in der Dunkelheit zuerst kaum etwas erkennen, nur die grauen Lichtflecken, die oben durch die Fenster einfielen, und das längliche Rechteck Licht, das sich vor der Tür erstreckte. Einen Moment lang stand ich so da und schielte in die Finsternis, da ertönte Johnnys Stimme: »Erinnere mich doch mal daran, daß ich an der gottverdammten Tür ein Schloß anbringe, ja? Nun komm schon endlich rein.«

Ich trat ein und schloß hinter mir die Tür. Damit sperrte ich einen Großteil des Lichts aus. »Entschuldigen Sie«, sagte ich. »Ich wollte Sie wirklich nicht stören, ich bin nur zufällig vorbeigekommen.«

»Zufällig vorbeigekommen!« höhnte er.

»Wirklich. Ich war nur eben auf…«

»Auf deiner Schaukel und deinem Karussell? Kleine Mädchen brauchen halt so ihren Spaß.« Seine Stimme hatte einen anderen Klang, einen harten Klang, schleppend und kalt.

»Ich geh ja schon«, sagte ich. »Tut mir leid.« Es war seltsam, im Dunkeln zu reden. Sehen konnte ich ihn immer noch nicht.

»Nein«, sagte er. »Warte. Wenn du schon mal da bist, kannst du dich auch gleich nützlich machen. Brüh mir doch eine Tasse Tee, ja?« Ich hörte ein Rascheln, dann sah ich ihn sich erheben. Er hatte im tiefen Dunkel unter einer Decke gelegen. »Entschuldige meinen Aufzug«, sagte er und schlurfte an mir vorbei zur Tür. Er trug allerhand Kleidungsstücke, unter anderem eine schwarze Wollmütze.

Ich stellte meine Einkäufe ab und entzündete eine Flamme unter dem Kessel. Ich durchsuchte seinen Koffer nach etwas Eßbarem, denn mein Magen knurrte. Er kam wieder herein, wobei er sich die Hose zuknöpfte. »Ich könnte so ein richtiges Frühstück gebrauchen«, sagte er, als hätte er meine Gedanken gelesen. »Ein komplettes English Breakfast, wie man, glaube ich, in der Gastronomie sagt. Mit Frühstücksspeck und Würstchen. Mit allen Schikanen. Obwohl, denke ich, die Zeit zum Frühstücken strenggenommen schon vorüber ist. Ich bin heute morgen ein klein wenig säumig.«

»Was haben Sie denn da?«

»Brot und Käse. Ich hatte zum Mittagessen keinen Gast erwartet.«

»Sie haben ja auch keinen«, erwiderte ich. »Ich habe Ihnen doch gesagt, ich bin nur zufällig vorbeigekommen. Ich kann zu Hause Mittag essen.«

»Ganz wie du willst«, sagte er. Er säbelte Kanten von einem Laib Brot und verzehrte sie im Stehen mit Stückchen Käse. Er bot mir davon an.

»Na schön, aber nur einen Bissen«, sagte ich. Der Käse, von weichen Schimmeladern durchzogen, schmeckte scharf. Ich mochte ihn nicht besonders, aber ich mußte einfach hineinbeißen, weil ich Hunger hatte und weil ich nervös war. Das Brot war klitschig und altbacken zugleich.

Der Kessel brodelte, und ich brühte den Tee auf. Aus den Augenwinkeln sah ich Johnny beim Rasieren zu. Er zündete eine Kerze an, dann stellte er einen runden Spiegel mit Porzellanständer auf seine Kiste. Aus dem Kessel goß er einen Spritzer heißes Wasser in sein Waschbecken mit Kaltwasser und prüfte es mit der Fingerspitze. Dann kniete er sich vor den Spiegel, legte sich ein weißes Handtuch um die Schultern und seifte sein Gesicht mit einem schaumigen Rasierpinsel ein, bevor er sich mit einer silbernen Klinge über Wangen und Kinnpartie fuhr. Ich zuckte zusammen, als er den Hals zurückneigte und die Klinge vom Adamsapfel bis zum Unterkiefer über die Kehle gleiten ließ. Mir fiel die gebogene Schärfe seiner Fingernägel auf, manikürte Fingernägel, die selber makellose kleine Klingen waren. Man hörte nur ein schwaches, seifiges Kratzgeräusch und dann das Plätschern, wenn er die Klinge, bevor er wieder ansetzte, ins Wasser tauchte und am Handtuch sauberwischte. Außer Bob hatte ich noch nie jemandem beim Rasieren zugeschaut, und der benutzte einen elektrischen Rasierapparat, der wie eine wildgewordene Biene sirrte. Die Flinkheit und Feinheit, mit der Johnny sich rasierte und sich dabei zärtlich, fast liebevoll, berührte, hatte etwas Intimes. Endlich benetzte er sein Gesicht mit Wasser und rieb es mit dem Handtuch trocken. Dann lächelte er mich rosig glänzend an.

»So ist es besser«, sagte er. »Bin fast wieder ein Mensch.« Ich reichte ihm seinen Tee. Zum ersten Mal betrachtete er mich eingehend. Seine Augen hatten Farbe angenommen, waren von einem rauchigen Grau, doch blickten sie sonderbar ausdruckslos und durchdringend. »Wie hast du dich denn zugerichtet?«

»Wie meinen Sie das?«

»Sieh doch nur.« Er wies auf den Spiegel. Ich kniete nieder und betrachtete flüchtig mein Spiegelbild. Den Lippenstift hatte ich ganz vergessen. Um den Mund herum war er verwischt und verschmiert wie getrocknetes Blut. »Nicht gerade eine Verschönerung, falls du dich an meiner Bemerkung nicht stößt«, meinte er. Und dann: »Komm schon her.«

Ich stand auf und ging zu ihm. Er tunkte den Zipfel seines Handtuchs in das Seifenwasser und wischte mir, mit der Hand sachte meinen Hinterkopf umfassend, die Lippen ab. Er drückte so fest auf, daß es leicht schmerzte, und zwischen den Lippen schmeckte ich Seife. Wie etwas Warmes rann eine neuartige Empfindung von meinem Mund geradewegs in meinen Bauch, ein Verlangen, das eingesetzt hatte, als ich beobachtete, wie er das eigene Gesicht berührte.

»Wo ist der Lippenstift?« fragte er. Ich nahm ihn aus meiner Tasche und gab ihn ihm. Er schraubte die Kappe ab und drehte die feste, fettige Zunge heraus, dann leckte er damit über meine Lippen und zog peinlich genau die Konturen meines Mundes nach. »Jetzt schau.« Ich beugte mich vor und sah mein Gesicht, das gleiche blasse Kindergesicht, aber mit den wollüstigen Lippen einer Frau. Ich lächelte erst mich, dann ihn an, und es war ein Lächeln mit anderer Bedeutung.

Er musterte mich einen Augenblick, dann wandte er sich ab. »Du wirst noch ein paar Jährchen brauchen, bis dir solche Lippen zu Gesicht stehen«, sagte er. »Bis dahin nimmst du dich lieber in acht. Jetzt lauf heim zu deiner Mutter.«

»Kann ich Ihnen nicht etwas helfen?« fragte ich.

»Heute nicht.« Er fing an, seine Sachen aufzuräumen, ging zur Tür und schüttete das Seifenwasser weg. Es bildete einen langen, grauen Bogen in der Luft, bevor es auf einen Grabstein schwappte.

»Wußten Sie, daß das gar keine richtige Kirche ist?« fragte ich ihn.

»Was soll das heißen – ›keine richtige Kirche‹?«

»Nicht konsekriert.«

»Was ändert das schon? Dann hat eben kein aufgeblasener Gimpel seine Zaubersprüche gemurmelt, das ist alles. Ist mir doch gleich. Sie ist immer noch aus Stein und Mörtel. Ein Dach überm Kopf.«

»Aber *mehr* ist sie eben nicht. Sie ist nichts anderes als ein Haus oder Lagerhaus. Sie ist nicht heilig.« Ich leckte mir die glänzenden Lippen, ich wollte, daß er mich ansah, aber er hatte den Blick abgewendet.

»Ich dachte, du glaubst an nichts?«

»Tu ich auch nicht.«

»Himmel noch mal, was soll das dann bedeuten, ›heilig‹?«

»Aber andere Leute glauben daran«, entgegnete ich. Er stieß ein verärgertes Lachen hervor. »In der Schule hab ich ein Gedicht geschrieben«, sagte ich und wollte ihn zwingen, mich anzusehen, ich wollte, daß er mich ernst nähme. »Ein gelungenes Gedicht über Engel, aber keine heiligen Engel.«

Er stand mit dem Rücken zu mir und blickte zur Tür hinaus. »Was denn dann für Engel?«

»Einfach Geschöpfe vom Himmel.«

»Was für Geschöpfe vom Himmel?«

»Sie haben was von Saatkrähen und was von Frauen.«

Er tat einen Schritt von der Tür weg und warf mir endlich einen Blick zu, aber einen Seitenblick. »Bist du eine Dichterin?«

»Möchte gern eine werden«, sagte ich, obwohl es das erste Mal war, daß mir der Einfall gekommen war. Ich wollte mich interessant machen.

»Du solltest wissen, daß Engel Hermaphroditen sind«, sagte er.

»Was ist das?«

»Sowohl Mann wie Frau.«

»Wie Schnecken?«

»Du solltest dir die Schmiere aus dem Gesicht wischen, bis du ein bißchen erwachsener bist«, sagte Johnny in barschem Ton. »Und ich will dich so nicht mehr hier sehen. Du bist noch ein Kind, du giltst noch als Kind.« Ungestüm drängte er sich an mir vorbei und fing an, Gegenstände in seinen Koffer zu schleudern.

»Dann gehe ich wohl lieber«, sagte ich.

»Falls du weißt, was gut für dich ist.«

»Das Buch bringe ich Ihnen ein andermal zurück«, sagte ich, als ich mich der Tür näherte.

»Buch? Ach ja...« Seine Stimme verlor sich im Ungefähren, als wäre ich schon fortgegangen, und ich hob meine Einkaufstüte auf und ging nach Hause. Er hatte sich verändert. Die Art, wie er sprach, hatte sich verändert. Als hätte er zuvor geschauspielert, vielleicht aber auch umgekehrt. Vielleicht war der barschere Johnny der wirkliche. In mir zitterte etwas leicht, ein flatternder, aber nicht unangenehmer Angstschauder. Als ich die Kirche hinter mir ließ, empfand ich aber noch etwas anderes. Ich verspürte Enttäuschung, wie wenn mir jemand etwas vor der Nase weggeschnappt hätte.

11

Jennifer!« Mutter kam mir in der Diele entgegengestürzt. »Oh...« Als sie meine Lippen sah, hielt sie an und gab einen kleinen gequälten Kehllaut von sich.

»Ich bring nur rasch meine Geschenke nach oben«, sagte ich.

»Ich suche dir gleich Einwickelpapier heraus«, rief sie mir nach.

Von meinem Zimmer aus konnte ich hören, daß sie sich über den Lippenstift unterhielten. Ich schlich mich treppab. »Genau wie ihre Mutter«, glaubte ich Bob sagen zu hören und mußte lächeln. Geschieht ihnen recht, dachte ich. Meine Kartoffel – die vom langen Warmhalten ganz verschrumpelt war – aß ich im Stehen in der Küche. Darauf ging ich ins Wohnzimmer und ließ mich in einen Sessel fallen. Mir gegenüber erwähnten sie den Lippenstift nicht. Bob schaute nicht auf von seinem Kreuzworträtsel. Ich empfand Befremden und Wut und Verachtung.

»Möchtest du mir helfen?« fragte Mutter. Über Tisch und Teppich hatte sie überall Buntpapierbogen gebreitet.

»Wobei?«

»Ich bastle eine Krippenszene.«

»Wofür denn bloß?«

»Für Weihnachten, Weihnachtsschmuck.«

»Die wird ja doch niemand zu Gesicht bekommen. Was soll's denn?«

»Immerhin sind wir da und Tante May. Bitte gewöhne dir doch diesen Gesichtsausdruck ab, Jacquel... äh, Jennifer. Du wirst vorzeitig altern, wenn du die Stirn so in Falten legst.« Ihre Stimme hatte einen scharfen Klang, aber als ich ihr einen raschen Blick zuwarf, zog sie krampfhaft die Mundwinkel nach oben. »Meine Güte, du riechst vielleicht nach Rauch. Wie die in den Bussen qualmen – wirklich eine Schande.« Sie wandte ihre Aufmerksamkeit Bob zu. »Jennifer hat sich nach der Kirche im alten Friedhof erkundigt«, sagte sie. »Ich gehe doch recht in der Annahme, daß das nie eine richtige Kirche war? Ich habe Jenny gesagt, daß sie dich fragen soll, daß du das Gedächtnis für so etwas hast.«

Bob räusperte sich. »Eine interessante Frage«, hob er an, und mein Mut sank, denn das ließ einen Vortrag erwarten. »Ursprünglich war das Grundstück in den dreißiger Jahren des 19. Jahrhunderts geweiht worden, aber später gab es ein Problem mit der Einweihung des Gebäudes selbst, von dem ich wohl zu Recht annehme, daß es nie ganz vollendet worden ist.«

»Schön«, sagte ich.

»Aber was ich eben noch sagen wollte...«

»Ist mir egal. Mehr wollte ich gar nicht wissen.«

»Jennifer... Es besteht keinerlei Veranlassung, unhöflich zu sein. Bob hat nur versucht, dir...«

»Ich *weiß*.«

»Nicht mehr alle Tassen im Schrank«, murmelte Bob. Er wandte sich wieder seinem Kreuzworträtsel zu und versuchte am Rand ein Anagramm auszuarbeiten. Mutter beugte den Kopf über ihr gefalztes Papier. »Hat Jacqueline dir beim Origami geholfen?« fragte ich.

Bob gab einen Laut von sich, als wäre er außer Atem geraten, raschelte heftig mit seiner Zeitung und klopfte mehrmals mit dem Kugelschreiber auf die Armlehne seines Sessels. Mutter preßte die Lippen zusammen, bis sie weiß waren; erst dann antwortete sie: »Damals hatte ich mich noch nicht damit befaßt. Aber sie hat gehäkelt, wunderbare Häkelarbeiten, deswegen möchte ich schon annehmen, daß sie mir geholfen hätte.«

Ich betrachtete die Anrichte mit den gehäkelten Zierdeckchen, einem langen ovalen und zwei kleineren runden. »Ja«, beantwortete Mutter meine nicht gestellte Frage, »die hat Jacqueline gehäkelt.« Ich stand auf und besah mir die Deckchen zum ersten Mal genauer. Sie hatten schon immer dort gelegen, aber beachtet hatte ich sie bis dahin noch nie. Sie waren aus cremefarbenem seidigen Garn, feinmaschig zu blumenartigen Mustern verwoben. Ich konnte mir nicht vorstellen, selbst etwas Derartiges zustande zu bringen, so etwas Zartes.

Ich setzte mich wieder. Es herrschte ein brüchiges Schweigen, bis Bob einen Triumphlaut von sich gab, als er ein Lösungswort eintrug. Dann räusperte er sich und sagte: »Altes Kupfergefäß bei bestimmten Mönchen, Lilian? Was meinst du?«

»Sterne gehen einfach«, sagte Mutter zu mir. »Schau her.« Sie faltete, kniff und knickte ein Blatt Papier, drehte es um und führte mir ihre Geschicklichkeit vor. Ihre Finger waren flink und geübt, wie Jacquelines gewesen sein mußten. Wenn sie mit ihrer Häkelnadel hexte, mußte sie genau dort gesessen haben, wo ich jetzt saß, zwischen Mutter und Bob.

Ich versuchte mich daran, einen Stern zu falten, aber zu kniffligen Arbeiten habe ich noch nie getaugt. Meine Falten und Kanten waren ungleichmäßig, nie brachte ich einen scharfen Falz zuwege. Mutter schnippelte an einem Stück Papier herum. »Jetzt mogle ich«, vertraute sie mir an. »Beim richtigen Origami darf man keine Schere benutzen, da kommt's ganz allein aufs Falten an. In Japan gilt es als eine Kunst, weißt du.«

Ich betrachtete Bobs Füße und Beine. Seine Waden waren behaart, von einem Netz violetter Linien und den weichen Auswüchsen von Krampfadern durchzogen und fleckig, als wären sie mit uralten Blutergüssen übersät. Seine Füße waren lang und krumm, die Zehennägel gebogen und gelb, dick wie Horn. Auf jedem Zeh fand sich ein Büschel widerspenstiger Haare, die weniger wurden, je kleiner der Zeh war – auf den kleinen Zehen wuchsen nur ein oder zwei. Ich hatte mir angewöhnt, ihn bisweilen anzustarren, jeweils einen Körperteil; nur sein Ding hatte ich nie genau betrachtet. Ich wußte, mein forschender Blick war ihm unangenehm. Dann und wann warf er mir einen verwirrten, verletzten Blick zu und wand sich unbehaglich, das freute mich. Er war gekränkt, weil ich nicht mehr am täglichen Dutzend teilnahm. Sie riefen nicht einmal mehr nach mir. Morgens wartete ich darauf, daß das Gepolter nachließ, bevor ich mich aus dem Bett erhob. Jetzt beachtete er mich nicht, sondern versteckte sich hinter seiner Zeitung.

»Antiquarischer Fund im Oberstübchen. Zehn Buchstaben«, sagte er. »Irgendeine Idee, Lilian?«

»Weshalb zieht er sich nicht an?« fragte ich Mutter.

Wieder trat Stille ein, und in der Stille empfand ich ein eigenartig kribbelndes Gefühl, fast als sei ich am Wachsen, als schöbe ich mich auseinander wie die im Haus des Weißen Kaninchens aus den Fugen gehende Alice, so groß, daß ich diese Knirpse mit ihren Rätseln und ihren Faltarbeiten nicht ernst nehmen konnte. Plötzlich stand Bob auf und stieß ungeschickt mit dem Fuß gegen den Tisch, so daß der Papieresel, den Mutter soeben vollendet hatte, zu Boden fiel und von ihm beim Hinausgehen zertreten wurde. Er knallte die Tür so laut hinter sich zu, daß die Wanduhr einen schüchternen Glockenschlag von sich gab.

Mutter hob den Esel auf und versuchte ihn zu glätten. Sie sprach kein Wort, sondern schaute mich nur vorwurfsvoll an.

»Also, weshalb nicht?« beharrte ich. »Weiß er denn nicht, wie... wie grotesk er aussieht?« Ich schrie, um sicherzugehen, daß Bob in seinem Schmollwinkel mich auch ja hörte.

Sie nahm ein neues Stück Papier zur Hand und begann es zu falten. Ich stand auf. Mir war, als blickte ich aus einer ungeheuren Höhe auf sie nieder, auf das zwergenhafte Wesen, das sie war. Mit ihren knochigen Fingern kniff sie das Papier in winzige Falten, scharf genug, um sich die Haut daran aufzuschlitzen.

»Ich gehe aus«, sagte ich.

»Wohin?«

»Weiß nicht. Vielleicht zu Bronwyn.« Rasch ging ich aus dem Zimmer und griff mir im Vorübergehen meinen Mantel. Ich fürchtete mich vor dem Ärger, der in mir aufwirbelte wie Unrat in einer Sturmbö. Ich hatte Angst, ihn an jemandem auszulassen. Ich rannte die Straße entlang. Es war ein kalter Nachmittag, und es dunkelte schon. Sehnsüchtig dachte ich an den Spielplatz. Ich konnte jetzt nicht hin, wegen der Dunkelheit und wegen Johnny, der durchaus verrückt sein mochte. Das würde erklären, weshalb er in der Kirche hauste, obwohl er kein gewöhnlicher Vagabund war, sondern ein vielbelesener Mann, der sich mit einer silbernen Klinge rasierte. Ich blieb stehen, um mir eine Zigarette anzuzünden; mit der hohlen Hand schützte ich die Streichholzflamme und zog den Rauch tief in meine Lungen. Ich stellte mir meine Lungen entblößt vor wie die Lungen auf dem Schaubild im Biologiesaal der Schule, zwei schwammartige Flügel, rosa wie ein Embryo, die sich jetzt mit Tabakqualm füllten und zu Grau verblaßten. Johnny rauchte nicht, zumindest hatte ich ihn noch nie rauchen sehen, aber er trank Unmengen Whiskey, so daß sich seine Innereien braun verfärbt haben mußten. All das unschuldige Säuglingsrosa unserer Lungen und verschlungenen Gedärme war braun und grau geworden wie Mutters Haar oder die Flecken auf Bobs Schienbeinen. Unter den Straßenlaternen sah auch meine Haut grau aus. Ich spreizte meine Finger, graue Haut über grauen Knochen. Mein enormer Leib schrumpfte um mich her zusammen wie ein einlaufender Mantel, und eine Helle floh von mir, als ich, in Rauch gehüllt, davonhastete.

Weil mir nichts Besseres einfiel, ging ich zu Bronwyn. Wieder dachte ich an den Spielplatz, doch das Geschöpf, das in glitzerndem Sonnenschein geschaukelt hatte, war mir inzwischen fremd geworden. Bronwyn öffnete die Tür und zog mich zu sich herein. »Ich habe mich ja *so* gelangweilt«, rief sie aus. »Du mußt meine Gedanken gelesen haben.«

»Ich bin zufällig vorbeigekommen«, erwiderte ich.

»Du benutzt ja Lippenstift!« sagte sie bewundernd und berührte ihn mit dem Finger. »Hast du ihn mitgebracht? Kann ich ihn auch mal ausprobieren?« Sie führte mich nach oben auf ihr Zimmer, setzte sich vor ihren Spiegel und streckte die Hand nach dem Lippenstift aus. Ich sah, wie ihre Augen einen träumerischen Ausdruck annahmen, je dunkler ihre Lippen wurden. Als sie fertig war, tupfte sie ihren Mund geschickt an einem Taschentuch ab und hielt mir den verwischten Schmetterlingsabdruck zur Besichtigung entgegen. Dann wandte sie sich um und spitzte die Lippen. Sie schüttelte ihr Haar und warf erst mir und darauf ihrem Spiegelbild Kußhände zu, bis das graue Gefühl in mir sich etwas legte und ich lächeln mußte und sogar den ersten Kitzel eines Lachens verspürte.

»Ich weiß was!« sagte sie. Sie zog sich die Strickjacke aus, dann knöpfte sie ihre Bluse auf, so daß ich ihren großen, grauen Büstenhalter sehen konnte. Daraufhin preßte sie die Ellbogen in die Seiten, bis ihre Brüste sich zu einer schattigen Falte hoben, und stolzierte so durch das Zimmer, wobei sie mit den Hüften wackelte, den Kopf zurückwarf und kastanienbraune Küsse in die Luft hauchte.

»Ach, ich würde es so liebend gern tun«, seufzte sie und ließ sich unvermittelt aufs Bett fallen. Ihr Rock war hochgerutscht und gab ihre stämmigen, fleckigen Schenkel frei.

»Was?«

»Es!«

Zu Hause hatte ich ein Buch über die Fauna und Flora von Teichen, das Mutter mir geschenkt hatte. Auf den Mittelseiten war der Lebenszyklus eines Frosches abgebildet: zuerst der Laich, dann die Kaulquappen und schließlich die winzigen Fröschlein. Aber vor dem Laich kam die Befruchtung. Die dauerte drei Stunden, dachte ich, drei Stunden feuchtkalter Froschumarmung, klammer Geschlechtsorgane, die sich krampfhaft ineinander verkeilten. Es hörte sich entsetzlich an, aber ich wußte, das konnte ja nicht stimmen, denn worin läge sonst die Versuchung?

»Engel sind Hermaphroditen«, sagte ich ihr.

»Sind was?«

»Mann und Frau zugleich.«

»Du spinnst ja!«

»Doch!«

»Wie soll denn das gehen? Ich glaub dir kein Wort!« Sie kicherte. »Los, zeichne einen.« Sie reichte mir einen Bleistift und schlug die letzte Seite eines Schulhefts auf.

»Kann ich nicht«, sagte ich, und dann mußte ich ebenfalls loskichern, gerade so, als wäre ich wieder zum Kind geworden. Ich zeichnete Flügel, ein Engelsgesicht und Brüste.

»Und einen Penis«, befahl Bronwyn. »Los, zeichne einen Penis.«

Ich zeichnete ein kleines schlenkriges Ding. »Der taugt nichts«, sagte sie. »Einen größeren!«

»Zeichne doch selbst.«

»*Ich* kann nicht zeichnen! Mach schon ...«

Ich versuchte es mit einer neuen Variante, eher freizügig

denn engelgleich, und sie hielt die Hände vor den Mund und quietschte vor Vergnügen: »Wie bei einem Gaul!«

»Bronwyn...« Von unten schallte Mrs. Brooms Stimme herauf. »Was treibst du denn da oben?«

»Jenny ist da«, antwortete Bronwyn. »Wir kommen sofort runter.« Sie warf einen letzten Blick auf die Engel, dann klappte sie das Heft zu. Sie schloß ihre Bluse wieder, und wir gingen hinunter in den warmen Backofengeruch der Küche.

»Hallo, meine Liebe«, sagte Mrs. Broom. »Hab gar nicht gemerkt, daß du hier bist.« Sie betrachtete erst meine, dann Bronwyns Lippen. Auf ihrer Schläfe spielte ein Muskel. »Seid brav und wascht das ab.«

»Gleich, Mum«, sagte Bronwyn. »Es sieht uns doch niemand.« Mrs. Broom trat von einem Fuß auf den anderen und rang die Hände, als wäre im Zimmer etwas Schreckliches zugegen und nicht nur einfach zwei Schmierränder aus gefärbtem Fett.

»Jennifer hilft mir dabei, die Biskuittörtchen zu glasieren«, lenkte Bronwyn ab.

»Na schön.« Mrs. Broom wandte sich von unseren Gesichtern ab und wieder ihrer Arbeit zu. Auf dem Tisch lagen lange, weiße Blätterteigstreifen ausgebreitet. Sie nahm jeweils eine Handvoll rosa Brät und rollte es zwischen den Handtellern mit einem schmatzenden Geräusch zu langen Würstchen wie gehäutete Schlangen. Dann schlug sie den Teig darüber zusammen, pappte ihn mit geschlagenem Ei fest und hackte ihn in kleine Stücke.

»Das sind aber ganz schön viele Würstchen im Schlafrock«, sagte ich.

»Die sind für den Basar. Für den Weihnachtsbasar der Kirche. Montag abend. Hundert Stück. Und Bronwyn ist für die Biskuittörtchen zuständig.«

Die Törtchen standen, jedes in seinem eigenen geriffelten Papierförmchen, aufgereiht daneben. »Ich bestreiche sie mit Zuckerguß, und du kannst die Liebesperlen draufstreuen«, sagte Bronwyn, und wir machten uns an die Arbeit, während die Würstchen im Ofen brieten. Es war gemütlich in der Küche, mit dem Würstchengeruch, der aus dem Ofen stieg, und der klebrigen Glasur, die wir von den Fingern schlecken konnten.

»Macht sie aber nicht alle gleich«, sagte Mrs. Broom. »Verziert einige mit kandierten Kirschen.«

»Warum kommst du nicht mit zum Basar?« fragte mich Bronwyn. »Am Montag nach der Schule?«

»Ich weiß nicht recht...«

»Ach, komm...«, drängte mich Bronwyn. »Das macht Spaß.«

»Ich weiß nicht«, sagte ich.

»Du wärst uns durchaus willkommen«, sagte Bronwyns Mutter, als sie den ersten Schub Würstchen aus dem Ofen nahm, kleine goldbraune Häufchen, aus denen vor Hitze das Fleisch hervorquoll. Ich beäugte sie gierig.

»Na, so nimm schon«, sagte Mrs. Broom und hielt mir das Blech hin, und ich nahm eins und warf es von einer Hand in die andere, bis es abgekühlt war und ich es essen konnte.

»Verbrennt euch nicht den Mund! Wir backen heute schon, weil morgen Sonntag ist«, erklärte Mrs. Broom.

»Tag der Ruhe«, erläuterte Bronwyn, und hinter dem Rücken ihrer Mutter mimte sie ein frommes Gebet.

»Gehst du mit deiner Familie regelmäßig zur Kirche?« erkundigte sich Mrs. Broom.

»Nein... eigentlich nicht...«

»Das ist wirklich schade.« Ihre Augen verweilten wieder auf unseren angemalten Mündern. »Jetzt seid aber brav und wascht euch das Zeug vom Gesicht.« Ich verkrampfte mich in Erwartung eines Streits, doch unterwürfig ging Bronwyn mir voran nach oben, in das eiskalte Badezimmer, wo wir uns beide mit groben Waschlappen, die nach Steinkohlenteer rochen, die Lippen abschrubbten. Während ich rieb und die Seife schmeckte, mußte ich an Johnny denken.

»Wie hieß das Wort gleich wieder?« fragte sie. »Her... ?«

»... maphrodit. Tust du immer, was sie sagt?«

»Her-ma-phro-dit«, wiederholte sie versonnen. Und dann: »Na ja... seit Dad... ist sie leicht gekränkt. Kommst du mit zum Basar? Ach, komm doch.« Auf ihre flehentliche Art umklammerte sie meinen Ärmel. Die Haut um ihren Mund war ganz rosig vom vielen Rubbeln.

»Könnte ich eigentlich«, sagte ich.

12

In der Schule gab es eine Diebin. Miss Clarkes Gesicht war ernst. Sie stand vor uns und wartete darauf, daß sich die Übeltäterin meldete. Jemand hatte Geld von ihrem Katheder gestohlen. Es war eine von uns. Es könne nur eine von uns gewesen sein, sagte sie, und solange sich die Übeltäterin nicht zu erkennen gäbe, würden wir alle büßen. Ihre Augen verengten sich. Sie blickte jede von uns der Reihe nach an. Die Stille war fürchterlich. In der Ferne hörten wir das Gepolter der anderen Schülerinnen, die weitermachten wie gewöhnlich. Ich dachte an das Geld. Ich wunderte mich, wie jemand Geld von Miss Clarkes Katheder stehlen konnte, daß irgendwer so verwegen sein konnte. Unbehaglich rutschte ich hin und her. Eine von uns hatte eine Erkältung, und jedesmal, wenn sie Atem holte, um zu husten oder zu niesen, erstarrten wir alle, als nehme sie Anlauf zu einem Geständnis.

»Ich bin enttäuscht«, sagte Miss Clarke. »Zutiefst enttäuscht.« Sie machte eine lange Pause, um ihre Worte wirken zu lassen. »Ich habe der Diebin eine Chance eingeräumt. Hätte sie aufgezeigt, wäre die Angelegenheit erledigt gewesen. Alles wäre vergeben und vergessen und hätte uns zur Lehre gedient.« Sie schaute auf ihre Uhr. »Wir werden schweigend warten bis zum Klingeln.«

Ich fragte mich, was geschehen würde, wenn es klingelte. Womöglich würde sie die Direktorin rufen. Von draußen drang das Geräusch eines aufprallenden Korbballs herein und ein Aufschrei und das Dröhnen eines Flugzeugs, das über uns hinwegflog.

Irgendwo im Klassenzimmer saß eine Diebin. Bei dem Wort mußte ich an Maskierte denken und an Säcke voller Beute und klappernde Fensterflügel; an Männer mit Narben und Bartstoppeln. Doch dieses Zimmer war voller Mädchen in flaschengrünen Schuluniformen. Eine von uns war eine Diebin, und obendrein noch eine Lügnerin und ein Feigling. Jemand krümmte sich vor Furcht. Stehlen heißt an sich nehmen, was einem nicht gehört. Ich dachte an den großen Postzugraub und daran, wie ich die Hecken nach der Beute abgesucht hatte, wie ich beim Ausheben meines Loches einen vergrabenen Schatz im Auge gehabt hatte. Sich nach Australien durchzugraben! Australien – dorthin deportierte man Diebe. Peggy war eine Diebin, eine Pfauendiebin, und sie war mit einem Sträflingstransport nach Australien gesegelt und ward nie mehr gesehen. Aber jeder eignet sich Fremdes an. Da war das Weihnachtsgeld, das ich für mich selbst ausgegeben hatte, da waren der Zigarettenrauch und der fettige Geschmack des Lippenstifts. Ich fing an, mich zu krümmen. Jemand im Klassenzimmer war eine Diebin. Ich dachte an Johnny und überlegte, wer er wohl wirklich war und weshalb er in der Kirche lebte und was er dort baute. Ich dachte, daß auf gewisse Weise auch Mutter und Bob Diebe waren. Sie hatten mir die Wahrheit gestohlen und alles verdorben. Sie hatten sie mir erst zurückgegeben, als es bereits zu spät war. Ich konnte nicht vergeben und vergessen.

Sämtliche Pullover waren flaschengrün. Die beliebten Mädchen, die Glückspilze, selbst Bronwyn, hatten glatt gestrickte Pullover in vorschriftsgemäßem Farbton aus einem Textilgeschäft. Einige von uns trugen selbstgestrickte Dinger in einer nicht *ganz* stimmigen Grünschattierung, Strickjacken mit sonderbaren Knöpfen oder Zopfmustern oder schlabberigen Vorderteilen. Mutter hatte meinen in einem ausgefallenen Wabenmuster gestrickt. »Mal ein bißchen was anderes«, sagte sie stolz und bewies damit doch nur, daß sie nichts begriffen hatte. Wo es doch gerade darauf ankam, genau so zu sein wie alle anderen auch, sich nicht von ihnen abzuheben. Alles an mir sollte ein bißchen anders sein, und jetzt wußte ich, daß ich durch und durch anders war.

»Langsam wird es ermüdend«, bemerkte Miss Clarke. »Unser aller Zeit wird vergeudet. Ich weiß gar nicht, was aus der weihnachtlichen Stimmung geworden ist.«

Ein tapferes Mädchen hob die Hand, und alles hielt den Atem an, dabei wollte sie nur auf die Toilette.

»Na schön. Wer unbedingt mal muß, kann gehen. Aber immer nur einzeln. Und sofort wieder zurück, bis die Angelegenheit ausgestanden ist.«

Als die Mädchen eine nach der anderen hinausgingen und wieder hereingeschlendert kamen, legte sich die Spannung etwas. Es erhob sich ein Gemurmel, und man hörte Gekritzel. Bronwyn steckte mir unter dem Pult einen Pfefferminzbonbon zu. Ich dachte an das Geld in Miss Clarkes Katheder. Sie bewahrte es in einer Tabaksdose auf. Ich hatte sie schon einmal gesehen, wir alle hatten sie gesehen. Es wäre ein leichtes gewesen, sie zu entwenden.

Das Katheder war nie abgeschlossen. Wie leichtsinnig von Miss Clarke, so vertrauensvoll zu sein! Ich malte mir aus, wie leicht es gewesen sein mußte, sie zu stehlen. Ich konnte mir vorstellen, es selbst zu tun. Ich konnte der Diebin keine Vorwürfe machen. Ich malte mir aus, wie ich die Schublade aufzog und die Dose herausnahm. Ich stellte mir das Gewicht in meiner Hand vor. Ich empfand ein kribbelndes Schuldgefühl. Ich hätte es tun können. Ich hatte es in mir, es zu tun. Ich hätte die Diebin sein können. Entgegen dem Augenschein begann ich mich zu fragen, ob ich es nicht sogar *gewesen war.* Bronwyn stieß mich an, doch ich schenkte ihr keine Beachtung. Es war nicht einfach eine Frage von unschuldig oder schuldig, nicht annähernd so einfach. Jemand hatte das Geld wirklich an sich genommen und wußte es, und vielleicht gab es auch andere, die Bescheid wußten. Aber eine ganze Reihe von uns könnte es getan haben. Eine ganze Reihe von uns mochte gestohlen haben oder mochte in Zukunft stehlen. Miss Clarke schaute auf ihre Uhr. Es war kurz vor dem Schellen. Ich überlegte, ob wir die Pause hindurch würden sitzen bleiben müssen oder ob sie die Direktorin oder gar die Polizei rufen würde. Ich dachte an Peggy, die, die purpurne Papierkrone auf dem Kopf, ihr Weihnachtsessen am Strand einnahm, und dann an die Königin des Wunderlands, die schrie: *Kopf ab mit ihr!* Der Richter und die Schöffen in diesem Buch waren schließlich nichts weiter als ein Kartenspiel, das am Ende ihres Traums auf Alice zugesegelt kam wie welke Blätter.

Miss Clarke, die flachen Hände vor sich auf dem Katheder, war dagesessen und hatte jede von uns der Reihe nach gemustert. Ihr Gesicht war nicht so sehr erzürnt als vielmehr traurig. Ich konnte den Schweiß an Bronwyn riechen. Ich überlegte mir, ob ich alles gestehen sollte, nur um dem Warten ein Ende zu machen. Aber das hätte nichts genutzt, denn dann hätte ich nie mehr erfahren, ob ich nun schuldig war oder nicht. Schließlich öffnete Miss Clarke ihre Handtasche, um ihr Taschentuch hervorzuholen, und ich merkte, wie sie zusammenfuhr und errötete, bevor sie sie wieder schloß. Es schellte. »Nun gut«, sagte sie. »Fort mit euch. Wir wollen die Sache erst einmal auf sich beruhen lassen.« Wir schauten einander an, verwirrt, enttäuscht und erleichtert, und wie wir hintereinander aus dem Zimmer marschierten, waren wir ungewöhnlich bedrückt. Bevor ich hinausging, warf ich einen Blick auf Miss Clarkes Gesicht. Es hatte sich rosa verfärbt, gerade so, als wäre sie die Schuldige. Es mochte gut sein, daß sich das Geld die ganze Zeit in ihrer Tasche befunden hatte. Aber sie würde es niemals zugeben. O nein. Denn es war nicht einfach eine Frage von unschuldig oder schuldig. Es war nicht annähernd so einfach.

13

Meistens waren es ältere Frauen, die den Weihnachtsbasar organisierten. Einige von ihnen, wie etwa Mrs. Broom, waren nicht ganz so alt, aber alle waren in dasselbe Grau getaucht. Bronwyn und ich waren die einzigen jungen Leute. Wir kamen, noch in Uniform, direkt von der Schule und wurden auf der Stelle in die Vorbereitungen einbezogen. Ich erhielt die Aufgabe, vorn an den Tapeziertischen rotes und grünes Kreppapier anzubringen, damit die Beine verdeckt würden, und Bronwyn pumpte Luftballons auf. Während der Arbeit sangen einige der alten Frauen einen Choral – *Wer Gott dem Allerhöchsten traut, der hat auf keinen Sand gebaut* –, während andere über die Aufteilung des Saals stritten.

Den großen Kuchen- und Erfrischungsstand verwaltete Mrs. Broom. Vor sich eine Ansammlung von Stühlen und Tischen, nahm er einen Ehrenplatz am hinteren Ende des Saals ein. Es gab auch Stände, an denen Bilderrahmen, Wollmützen und Säuglingsjäckchen verkauft wurden, einen Büchertisch, einen Stand mit Weihnachtskarten, einen Glückstopf, eine Tombola, bei der es einen Weihnachtskuchen mit Zuckerguß zu gewinnen gab, und verschiedene andere Spiele. Es gab einen wackeligen, elektrisch geladenen Draht, an dem man, ohne ihn zu berühren, eine Metallschlaufe entlangführen mußte. Berührte man ihn doch, so erklang ein Summton; wenn nicht, bekam man den doppelten Einsatz zurück. Bevor die Türen öffneten, versuchte ich mich daran, doch schon bei der ersten Kurve summte es. Nahe unserem Erfrischungsstand, in der rückwärtigen Ecke des Saals, hinter einem großen, mit Kreppapier und Rauschgold verhängten Wäscheständer, befand sich die Grotte des Weihnachtsmannes.

Das aufgeregte Treiben machte mir Spaß. Alle waren freundlich, und während der Arbeit wurde der kalte Saal wärmer. Zum ersten Mal war mir weihnachtlich zumute.

Mrs. Broom schaltete die Teemaschine ein. Es gab riesige Kannen Tee, Unmengen Milch und einen ganzen Berg Würfelzucker. Bronwyn und ich ordneten die Törtchen und Würstchen, zusammen mit einem reichhaltigen Sortiment Mince Pies unterschiedlichster Herkunft, auf Blechtabletts an, die mit Zierdeckchen ausgeschlagen waren. Und als die Teemaschine eben zu brodeln und zu dampfen begann, traf der Pastor ein, um unseren Anstrengungen seinen Segen zu erteilen. Er war ein beleibter Mann mit einem rosig glänzenden Gesicht und schütterem grauen Haar, das ihm wie vor Staunen zu Berge stand. Er lief im Saal umher, strahlte alles und jeden an und tätschelte gelegentlich jemandem die Hand; und er stimmte ein Gebet an, in dem wir alle den Herrgott anflehten, uns unsere Mühe zu lohnen. Dann sangen wir, um uns in Stimmung zu versetzen, *O Bethlehem, du kleine Stadt.* Die Türen wurden geöffnet, und eine erstaunliche Anzahl von Leuten strömte herein. Es wurde sehr laut, und es war schweißtreibende Arbeit, die schweren Teekannen zu füllen und zu leeren und dabei den unberechenbaren Dampfstrahlen der Maschine auszuweichen, Tassen abzuspülen und Geld zu kassieren.

»Magst du den Weihnachtsmann sehen?« fragte mich Mrs. Broom, als sich gegen Ende der Ansturm legte.

Ich betrachtete die undisziplinierte Warteschlange von Kindern, die vor der Grotte anstanden. Die Ankunft des Weihnachtsmannes hatte ich ganz verpaßt. Ich schüttelte den Kopf. Ich war zu groß für den Weihnachtsmann, zu alt, um mich von Wattebärten und Verkleidungen foppen zu lassen, aber da schaltete sich Bronwyn ein: »Aber ja, Jenny. Gibst du jeder von uns einen Sixpence, Mum?«

»Wozu bloß?« fragte ich Bronwyn, als wir uns hinten anstellten.

»Was soll das heißen, wozu?« entgegnete sie. »Wozu braucht's da ein Wozu?«

»Wer ist es denn?«

»Warte nur ab.«

Ich ging vor Bronwyn hinein, und es kam mir närrisch vor, mich als Kind auszugeben – genauso betrügerisch wie der Weihnachtsmann selbst. Der saß im Dunkeln, und seine Kapuze und sein Mantel sahen nicht rot aus, sondern braun oder gar grün, eine erdige Farbe. Sein Bart war lang, aber dünn und struppig und grau. Es war ein echter Bart, und auch sein Gesicht war echt. Eine schmale, spitze Nase, keine rosige Fülle, kaum ein Lächeln. Seine Augen konnte ich nicht erkennen, so tief im Schatten lagen sie und wurden von seiner Kapuze noch weiter überschattet.

Er sagte nichts. Der Vorhang aus Kreppapier hielt das Licht und die Wärme und sogar einen Großteil des Lärms im Saal fern. Neben ihm auf dem Boden lag ein Grabbelsack. Verlegen stand ich da und wartete.

»Du glaubst nicht an mich«, sagte er verdrossen.

»Natürlich nicht«, erwiderte ich und versuchte, meiner Stimme einen spaßenden Ton zu geben.

Ich spürte, wie er mich anstarrte, aber ich konnte mich nicht dazu überwinden, ihm in die verdeckten Augen zu blicken. »Greif schon zu«, seufzte er schließlich und hielt mir ein Päckchen hin. »Steck deinen Sixpence in die Büchse.« Ich nahm das längliche Päckchen entgegen. Es fühlte sich kalt an, als sei der Sack feucht. »Fröhliche Weihnachten«, fügte er trübselig hinzu.

Vor der Grotte war es hell und laut und warm. Ich steckte mein Geschenk ungeöffnet in meine Manteltasche und ging zurück zu Mrs. Broom, um ihr zu helfen. Als Bronwyn wiederkam, war sie rot angelaufen und kicherte. »Ist der nicht klasse?« sagte sie. »Ich seh ihn jedes Jahr.«

»Wer ist es denn?«

»Der Weihnachtsmann natürlich. Wer sonst?« Ihr Päckchen enthielt eine Schnur mit weißen Steckperlen. Sie legte die Kette an, aber mit dem Kragen und der Krawatte ihrer Schuluniform wirkte sie lächerlich.

»Was hast du abbekommen?« fragte sie.

»Ich mache meins erst später auf«, sagte ich und wandte mich von ihr ab, um einige Tassen zu spülen. Plötzlich drängten Kunden heran; die Leute wollten eine letzte Tasse Tee zu sich nehmen, bevor sie sich in die Kälte hinauswagten. Meine Füße waren müde, und an einem Dampfstrahl aus der Teemaschine verbrannte ich mir das Handgelenk. Sämtliche Würstchen waren verkauft, und die meisten Törtchen und Mince Pies ebenso. Die Dose mit dem Geld war randvoll. Langsam löste sich die Menge auf und ließ meterweise schmuddeliges Kreppapier, verstreute Abfälle und Krumen zurück.

Ich ging hinüber zur Grotte, um das Flittergold abzunehmen. Der Weihnachtsmann war spurlos verschwunden. Sein Winkel war immer noch sehr kalt. Ich rollte das Rauschgold ordentlich zusammen, aber das Kreppapier zerknüllte ich zu großen Kugeln. Bronwyn kam herüber, um mir zu helfen. »Was ist denn los?« fragte sie.

»Nichts«, antwortete ich. »Ich gehe jetzt besser nach Hause.«

»Warum kommst du nicht mit zu uns? Wir könnten zum Beispiel Kakao trinken.«

»Nein, ich gehe jetzt lieber.«

Ich verabschiedete mich von Mrs. Broom und einigen anderen Helferinnen. Mrs. Broom hatte Münzsäulen vor sich aufgetürmt und versuchte auf einem Zettel auszurechnen, wieviel wir eingenommen hatten. »Vielen Dank fürs Mithelfen, meine Liebe«, sagte sie. »Hat's denn auch Spaß gemacht?«

»Ja«, antwortete ich.

»Gut. Ich wollte dich fragen, ob du nicht Lust hättest, mit Bronwyn zur Sonntagsschule zu gehen.«

Ich schüttelte den Kopf. Der Pastor kam zurück, und ich hatte den Eindruck, daß es gleich wieder ein Gebet gäbe, und so zog ich meinen Mantel an. »Also bis morgen«, rief Bronwyn mir nach, als ich hinausging.

Es war eine klare Nacht, und die Sterne waren wie Nagelköpfe am Himmel festgehämmert; der mit Reif bedeckte Bürgersteig klirrte beim Gehen unter meinen Füßen. Als ich die Hand in die Manteltasche steckte, um meine Handschuhe hervorzuholen, fand ich das Geschenk. Unter einer Straßenlaterne hielt ich an, um es auszuwickeln. Das Weihnachtspapier war mit Knallbonbons und Plumpuddingen bedruckt. Darunter befand sich eine Schicht braunes Packpapier und darin eine Schachtel. Die Schachtel war leer – und ich war nicht einmal überrascht.

Einen Moment stand ich still, und mir war, als stünde ich auf etwas sehr Zerbrechlichem, wie eine dünne Eisschicht, die sich über einen dunklen Raum erstreckte, ein Loch, das kein Durchlaß ins Wunderland oder in den Sonnenschein war, sondern einfach leerer Raum, ein Nichts. Ich zerknautschte das Geschenkpapier und schleuderte es in eine Hecke. In meiner Kehle zog sich etwas zusammen, als würde ich gleich in Tränen ausbrechen, doch der Augenblick ging vorüber, und statt dessen merkte ich, wie sich auf meinem Gesicht ein frostiges Lächeln ausbreitete. Denn der mir nichts zum Geschenk gegeben hatte, war ein Spaßvogel, ein Spaßvogel und ein Schwindler, und das sah ich in ihm. Mein Gelächter blies alberne Atemwölkchen in den Laternenschein. Ich warf auch die leere Schachtel in eine Gartenhecke und rannte mit klappernden Absätzen heim. Rannte heim zu Mutter und Bob.

Bronwyn sagte, es sei ein Versehen gewesen. Sie sagte, viele andere Kinder hätten gleichfalls leere Schachteln erhalten. Es war ein Versehen, sagte sie. Es hätte Perlen für die Mädchen und Wasserpistolen für die Jungen geben müssen. Die Leute hätten sich beschwert, sagte sie, aber ich hatte nicht gehört, daß sich jemand beschwert hätte. Ich war die ganze Zeit über dagewesen und hatte nichts davon gehört. Und Bronwyn *hatte* ihre Perlen.

Ich setzte mich zu Mutter und Bob und versuchte alles wiedergutzumachen. Ich vermied es, Bobs Körper zu betrachten, und antwortete auf Mutters Fragen. Ich erzählte ihr von dem Basar, vom Tee und vom Kuchen und von der Tombola, aber den Weihnachtsmann ließ ich aus. Als ich sehr klein war und merkte, daß der Weihnachtsmann nicht zu Mutter und Bob kam, hatte ich Mutter gefragt, wann er das letzte Mal zu mir kommen würde. »Wenn du dreizehn bist«, hatte sie erwidert, und als ich sechs oder sieben zählte, war es bis dahin eine sichere Spanne Zeit, so weit wie der australische Busch. Doch jetzt war ich dreizehn und mußte annehmen, daß er nicht mehr wiederkommen würde. Ich fühlte mich betrogen aus der Gewißheit heraus, daß das vergangene Weihnachtsfest das letzte gewesen war, aber ansonsten machte es mir nicht allzuviel aus. In den vergangenen zwei, drei Jahren hatte ich wach gelegen, wenn Bob auf Zehenspitzen in mein Zimmer geschlichen kam und meinen leeren Strumpf mit einem gefüllten vertauschte. In dem Licht, das vom Flur hereinschien, hatte ich die unterdrückte Erregung auf seinem Gesicht gesehen, wenn er sich übertrieben vorsichtig auftretend wieder hinausstahl. Danach blieb ich ewig lange liegen und befühlte mit dem Zeh das schwere Gewicht, das auf meinem Bettende lag, neugierig, aber auch müde und nicht willens, mir vor Anbruch des Weihnachtstages die Überraschung zu verderben.

Wie ich an dem Abend zwischen Mutter und Bob so dasaß, versuchte ich nochmals ein Kind zu sein. Mutter war am Stricken, Bob hatte sich ein Buch vorgenommen, und ich versuchte so zu tun, als sei alles gemütlich und in schönster Ordnung, und wieder zu jenem Ich zurückzufinden, das ich gewesen war, bevor ich das Grau erblickte, das hinter allem lag. Bevor es sich auf meine Seele gelegt hatte.

Ich sagte: »Erinnert ihr euch noch an damals, als Tante May den Plumpudding ruiniert hat?«, und Mutter lachte bei der Erinnerung. Tante May war alt – senil, sagte Bob –, aber Mutter schnalzte mit der Zunge, wenn er das sagte. Einmal hatte Tante May den Plumpudding, um ihn zu flambieren, mit vergälltem Spiritus übergossen, und in der Tat war er aufgelodert, und zwar so grell, daß wir die Flammen nicht ausblasen konnten und hilflos umherwedelten, bis Bob schließlich die Geistesgegenwart besaß, sie mit Vanillesoße zu ersticken. Und dann war der Pudding uns im wahrsten Sinne des Wortes vergällt, weil er schrecklich verbrannt schmeckte. Mir war die Aufgabe zugedacht worden, am zweiten Weihnachtsfeiertag die geschrumpften Überreste aufzuschneiden, um das eingebackene silberne Threepence-Stück in Sicherheit zu bringen, bevor wir den Rest an die Enten im Park verfütterten.

»Und wie er gesunken ist!« entsann sich Mutter. »Bevor die Enten ihn auch nur kosten konnten! Gesunken wie ein Stein.«

»Welch ein Segen für die Enten«, bemerkte Bob.

»Kommt sie dieses Jahr?« erkundigte ich mich.

Mutter legte eine Pause ein, um die Maschen zu zählen.

Die Brille auf der Nasenspitze balancierend, bewegte sie lautlos die Lippen. »Achtundsechzig«, zählte sie. »Dem Himmel sei Dank. Natürlich wird sie herkommen.«

»Noch verkalkter als früher«, murmelte Bob.

»Ohne Tante May wäre Weihnachten nicht Weihnachten«, sagte Mutter.

»Früher oder später schon«, beschied ihr Bob. »Sie hat ein langes, erfülltes Leben gehabt.«

Ich schwieg. Tante May hatte mich stets Jacqueline genannt, und nie war es jemandem aufgefallen. Sie kam nur ein-, zweimal im Jahr zu uns, zu Weihnachten und manchmal auch zu Ostern. Sie konnte nicht mehr als ein paar Schritte tun und mußte mit dem Taxi von dem Altenheim abgeholt werden, wo sie lebte. Mutter besuchte sie oft; als ich noch jünger war, hatte ich es auch getan, aber diese Gewohnheit hatte ich aufgegeben. Sie hatte mich stets Jacqueline gerufen, mich, wenn ich sie berichtigte, ausdruckslos angestarrt und in ihrer schleppenden Art gesagt: »Ach so ...« Aber dann hatte sie mich auch weiterhin mit Jacqueline oder gar nicht angeredet.

Tante May war Mutters Großtante und einhundertundeins. In meinen Augen sah sie immer gleich aus: winzig, mit einem Eidechsengesicht, langen, schuppigen Lidern über den trüben Augen und mit ihren zu Klauen gekrümmten Fingern. Ihre Stimme klang, wenn sie ertönte, wie aus fernen Zeiten, trocken und rauh und wie von weit her, selbst wenn ich mein Ohr an ihre Lippen hielt, wie ein Radio, das auf ein anderes Jahrhundert eingestellt ist. In meinen Augen war Tante May schon immer so alt gewesen, wie einer nur werden konnte, und Mutter und Bob waren beträchtlich jünger. Nicht eigentlich jung, aber doch etwa in der Hälfte ihres Lebens, in mittlerem Alter. Jetzt dagegen war Mutter alt, eine Großmutter, und verdrängte Tante May von ihrem Lebenspfad, um selbst ihren Platz einzunehmen. Grollend betrachtete ich Mutters Altersgrau.

»Guten Abend, gute Nacht, mit Rosen bedacht«, gähnte Bob. »Wirst du morgen früh beim täglichen Dutzend mitmachen, Jennifer?« Ich zuckte zusammen. Ich dachte, sie hätten gemerkt, daß ich mit alldem fertig war. Ich hatte nicht erwartet, daß sie noch einmal danach fragen würden. Quietschend stieß Mutter ihre Stricknadeln durch die Wolle, während sie auf meine Antwort warteten.

»Es gefällt mir nicht«, wisperte ich. Ich fühlte mich gefährdet. Ich wollte festhalten, was ich besaß, und mich nicht drängen lassen. Die Erinnerung an unsere schwabbelnden Leiber und fuchtelnden Gliedmaßen, so ungelenk und nackt zwischen den Vorhängen und den geblümten Kissen, ängstigte mich. Ich wollte, daß wir normal wären. Es war schlimm genug, wie Bob sich aufführte. Es war schon fast nicht mehr zu ertragen, ohne daß wir anderen auch noch... Dankbar betrachtete ich Mutters Wollrock, ihre Strümpfe und Pantoffeln. Wenn wir dabei doch nur nicht nackt sein müßten, wollte ich sagen, brachte es aber nicht heraus. Ich wollte keinen Zank. Ich wollte Geborgenheit. So saß ich stumm da und hatte vor lauter Jammer einen Kloß im Hals, bis sie es aufgaben, länger auf Antwort zu warten.

Im Bett setzte ich mich aufrecht und las in Johnnys Buch, damit ich etwas zu sagen hätte, wenn ich es zurückgab. Einige Seiten handelten von einer politischen Meinungsverschiedenheit beim Weihnachtsschmaus. Von der Politik verstand ich nichts, aber die Familie sah ich bildhaft vor mir, wie sie um den Tisch herumsaß, das große rotglühende Feuer und den um den Kerzenständer gewundenen Efeu. Ich roch fast das Aroma von gekochtem Schinken, Sellerie und Puter, dampfend und duftend in weihnachtlichem Glanz, und fand den Streit schandbar. Es war schandbar, wenn alles nicht mehr wie vorher war, wenn Menschen klarsehen mußten. Es stimmte mich traurig. Es stimmte mich traurig, daß ich mich nie wieder richtig auf Weihnachten freuen konnte. Ich könnte und würde Vorfreude heucheln und manchmal sogar auf meine eigene Heuchelei hereinfallen, aber es war nur eine dünne Haut, nur eine Umhüllung wie das hübsche Geschenkpapier um die leere Schachtel. Mutter und Bob ließen sich furchtbar leicht täuschen. Ich brauchte nur ein paarmal zu lächeln, eine fröhliche Bemerkung zu machen, und schon glaubten sie, alles sei wieder in Ordnung. Aber für sie war es das ja vielleicht auch. Ich schob das Buch unter mein Kopfkissen und löschte die Lampe. »Jacqueline«, flüsterte ich im Dunkeln. »Mutter … Mum.« Ich fand, »Mum« war ein stumpfes Wort, es hatte einen dumpfen Klang. So würde ich sie nie nennen. Sollte ich je die Gelegenheit erhalten, beschloß ich, so würde ich sie Jacqueline nennen.

14

Samstag war ein milder, sonniger Tag. Einer dieser strahlend schönen Tage, an denen auf Mauern und Bürgersteigen das Moos grün leuchtet und in den Büschen die kahlen Zweige golden glitzern. In den Gärten blühten noch die Blumen, späte Rosen, sogar Geranien, noch immer scharlachrot in ihren Töpfen. Zwischen den Grabsteinen tanzten die Mücken. Ich lief zu meinem Spielplatz. In der Manteltasche hatte ich Johnnys Buch, das ich ihm zurückgeben wollte, doch zuallererst wollte ich allein sein. In der für die Jahreszeit ungewöhnlichen Wärme tirilierten die Vögel. Ich setzte mich auf meine Schaukel und schwang sanft hin und her, und das leise Quietschen ergänzte den Vogelgesang. Der Himmel war von einem zarten Blau, das am Rand zu einem winterlichen Rosa erglühte. Wenn die Sonne unterging, würde es kalt werden, aber noch war es wunderbar lind. Eine Amsel, deren Schnabel wie eine Butterblume leuchtete, schnappte sich einen Brocken aus der Erde, hüpfte auf ihren zierlichen Füßchen, dann schwang sie sich mit einem leisen Schnarren der Federn in die Lüfte.

Etwas war an dem Morgen zu Hause vorgefallen. Bob war, sittsam in Hosen gekleidet, am Frühstückstisch erschienen. Nur war er nicht sittsam, irgendwie sah er nackter aus denn je in seiner zu engen Khakihose, die ihm in den Schmerbauch schnitt. Bis spät in die Nacht hatte ich den gemurmelten Wortwechsel zwischen Mutter und Bob gehört, der mit der Entscheidung geendet haben mußte, in meiner Gegenwart aufs Nacktsein zu verzichten. Ich verlor kein Wort darüber, und sie auch nicht. Ansonsten hatte Bob sich wie immer verhalten, bis auf die einfältige Miene, mit der er mich bat, ihm die Milch oder die Marmelade zu reichen. Ich wußte, er wollte, daß ich etwas sagte oder ihm ein Zeichen der Anerkennung zukommen ließ, doch ich schwieg. Was gab es schon zu sagen? Ich blieb zwar stumm, aber ich empfand ein erfrischendes – und erschütterndes – Gefühl der Macht. Von einer lebenslangen Gewohnheit hatte ich ihn abgebracht, einfach indem ich geschmollt und gegafft hatte, und dafür wollte er nichts weiter als meine Freude darüber. Ich würde sie ihm nicht zugestehen.

Ich zog Johnnys Buch aus der Tasche, aber ich las nicht darin. Die Sonnenstrahlen tanzten so hell auf den Seiten, daß meine Augen brannten. Ich stieg das Klettergerüst hinauf und spähte zu den Häusern hinüber. Die schwangere Frau stand in Morgenrock und Gummistiefeln in ihrem Garten. Sie rührte sich nicht, sondern stand nur da und starrte vor sich hin. Wie ich ihr zusah, strich sie sich mit den Händen über den Bauch, als wolle sie ihn erforschen. Erst drückte sie oben auf die hochgewölbte Fläche, dann fuhr sie mit den Händen darüber nach unten, dazu bewegte sich ihr Mund, als spräche sie mit dem Baby in ihr. Die Vorhänge oben im Haus waren zugezogen, und ich fragte mich, ob jemand krank sei, einer der Jungen oder ihr Mann. Vor der Haustür stand ein eingetopfter Weihnachtsbaum, der darauf wartete, daß er hereingeholt und geschmückt würde. Bis Weihnachten war es noch zwei Wochen hin, und ich wußte, Weihnachten in diesem Haus würde schön werden, die Kinder glaubten an den Weihnachtsmann und würden ein zauberhaftes Fest erleben. Wie ich die schwangere Frau anblickte, fiel mir Jacqueline ein, und daß ich auch einmal zusammengefaltet wie eine fette Knospe in ihr gelegen hatte. Vielleicht hatte sie inzwischen noch ein Kind oder mehrere. Vielleicht hatte ich irgendwo Geschwister, die, von meiner Existenz nichts ahnend, Weihnachten entgegenfieberten. Einen Augenblick lang stellte ich mir sogar vor, daß es Jacqueline war, die dort in ihrem Garten stand, über ihre Schwangerschaft nachsinnend, und daß sie ihrer Tochter gedachte, der Fremden, und davon träumte, wie es wohl gewesen wäre, wenn sie mich bei sich behalten hätte. Ich sah genauer hin, kritischer. Nein. Das war eine ganz gewöhnliche Frau. Nett, aber nicht weiter bemerkenswert. Jacqueline, das wußte ich, wäre hochgewachsen mit hohen Backenknochen und dunklem Haar, und würde nicht in einem so durchschnittlichen Haus wohnen. So nahe konnte sie ja gar nicht wohnen, so nahe, daß wir uns auf der Straße begegnen konnten.

Plötzlich sah die Frau zu mir herüber, und für den Bruchteil einer Sekunde trafen sich unsere Blicke. Rasch drehte sie sich um und ging ins Haus zurück. Ich war weit entfernt, nur eine ferne Gestalt, die über eine Hecke spähte, über ein Stück Ödland. Von mir drohte keine Gefahr. Doch fast unmittelbar darauf gingen oben die Vorhänge auf, und der Mann schaute heraus, hinter ihm die Frau, die auf mich deutete. Ich kletterte hinunter. Ich wollte nichts Böses.

Ich setzte mich wieder auf die Schaukel. Jetzt, wo man mich gesehen hatte, war alles verdorben. Niedergeschlagen wartete ich darauf, was ich als nächstes tun würde, und drückte den Zigarettenstummel, den ich das vorige Mal dagelassen hatte, mit der Schuhspitze in den Boden. Da hörte ich, wie sich in der Hecke etwas regte, ein wildes Rascheln und Schütteln, das heftiger war als von einem Vogel oder anderen Tier. Ich erstarrte und wartete, wer oder was da auftauchen mochte. Natürlich war es Johnny, der, Dornen in den Haaren, unter lauter kleinen Reißgeräuschen hervortrat.

»Guten Morgen«, sagte er, als sei er durch eine Tür in einen Salon eingetreten. Ich sah weg, verärgert, weil er sich hier an meinem Ort eingeschlichen hatte. Der hatte in der hellen Wärme des Sommers ganz mir gehört – sein Rosa, sein Grün und das goldene Gesumme der Bienen. Doch jetzt hatte der Winter die Heckenrosen entblättert, die Bienen eingeschläfert, und es war kalt und oft so düster, daß ich mich nicht mehr geborgen fühlte. Und mich hatten feindliche Blicke erspäht, und Johnny war in meinen Ort eingedrungen wie ein unsanfter Schrei, der einen zerrinnenden Traum vollends zerstört.

»Lange nicht gesehen«, sagte er. »Schön, dich wiederzusehen.«

»Ich bin nicht hier, um Sie zu sehen.« Ich blickte auf meine Schuhe und auf den Boden – überallhin, nur nicht auf ihn.

»Du bist wohl beleidigt«, sagte er. »Ich war nicht ganz auf dem Damm, als du das letzte Mal vorbeigekommen bist. Hiermit leiste ich feierlich Abbitte. Ich fürchte, bei mir geht's immer auf und ab wie auf so 'ner verdammten Wippe.« Er schaute sich um, aber da war natürlich keine Wippe, nur der Eisenstumpf.

»Sie haben mich nicht beleidigt«, sagte ich. »Allerdings, überrascht war ich schon. Sie waren so anders.«

»Na, sind wir das nicht alle von Zeit zu Zeit?« fragte er. »Du etwa nicht?« Er drehte das Karussell im Kreis und rief jenes entsetzlich trockene Kreischen hervor. Ich hielt mir die Ohren zu.

»Scht!« rief ich.

»Komm, ich dreh dich ein bißchen, Jacqueline«, sagte er, und ich war verblüfft. Ich hatte vergessen, wer ich für ihn war.

»Nein.« Das Karussell hielt knirschend an.

»Dieser Ort atmet Vergangenheit«, bemerkte Johnny. »Früher ging's hier hoch her. Denk nur an all die Kinder...« Mit den Fingern zeichnete er die eingravierten Buchstaben nach, die auf den noch nicht abgeblätterten Farbresten am Schaukelgestell zu erkennen waren.

»In letzter Zeit keine mehr«, sagte ich. »Außer mir.«

»Nein. Schon seit geraumer Zeit nicht mehr. Schließlich ist die Hecke nicht über Nacht gewachsen. Mysteriös, deucht mich.«

»Genau wie Ihre Kirche«, sagte ich, »die keine richtige Kirche ist. Das ist genauso seltsam.«

»Spielt keine Rolle.«

»Ich dachte nur, früher einmal muß es doch eine Kirche, eine richtige Kirche, gegeben haben. Woher sonst der alte Grabstein?«

»Bis Gott der Herr den Silberfaden löste...«

»Ja genau, Silberfaden.«

»Der wird von woandersher versetzt worden sein.«

»Aber weshalb sollte jemand einen alten Grabstein versetzen wollen?«

Johnny zuckte die Achseln. »Leute handeln aus allen möglichen Gründen. Oder auch aus gar keinem Grund.«

»Jedenfalls«, sagte ich, »ist es jetzt keine geweihte Stätte mehr.«

»Keine geweihte Stätte«, sinnierte Johnny. »Keine gefeite Stätte. Verstehst du?« Aber ich wollte nicht verstehen. »Hat keinen Humor«, vermerkte er.

»Ich wollte Sie nicht hier haben«, sagte ich, und das Machtgefühl, das Bob am Morgen in mir ausgelöst hatte, brannte unter meinen Rippen und machte mich mutig. »Gehen Sie.«

Er gab ein erstauntes Lachen von sich. »Das ist ja reizend! Nach all der Gastfreundschaft! Was ist denn in dich gefahren?«

Ich wußte, daß ich ungerecht war. Ich zuckte die Schultern und spürte, wie mein Gesicht spitz und grämlich wurde. »Ich hab Sie nicht eingeladen«, murmelte ich. »Es ist mein Spielplatz, das ist alles.«

»Ach, aber das stimmt ja wohl nicht, oder?« sagte Johnny. Ich warf den Kopf zurück und fing an zu schaukeln. »Der Spielplatz gehört dir ebensowenig, wie die Kirche mir gehört. Wir leihen sie uns nur aus, solche Orte, solche Spielräume, genauso wie wir unsere Körper ausleihen.«

»Unsere Körper ausleihen?«

»Ja. Körper sind Marionetten, die reinsten Marionetten, Maschinen ...«

Bemüht, der möglichen Wahrheit dieser Bemerkung zu entgehen, schwang ich mich höher und höher hinauf, bis das Gestänge klirrte und schwankte.

»Und wenn du ihn abgenutzt hast, oder jemand hat ihn zugrunde gerichtet, dann verziehst du dich woandershin«, rief er. »Das einzige, was wirklich dir gehört, kannst du nicht sehen.«

»Was Sie nicht sagen«, spottete ich. Das Gestänge ruckte heftig.

»Paß auf«, warnte Johnny. »Stopp! Sieh doch, der Boden hebt sich schon. Er wird rissig.« Ich bremste ab, setzte die Füße auf den Boden und sah, daß in dem Beton am Fuß der Schaukel in der Tat frische Risse entstanden waren.

»Die wird doch wohl nicht umkippen?« fragte ich.

»Keine Ahnung. Aber riskieren würde ich es nicht.« Er lächelte mich an, und zum erstenmal hielt ich seinem Blick stand, und seine Augen nötigten mir ein Lächeln ab.

»Ich hab Ihnen Ihr Buch mitgebracht«, sagte ich.

»Hat's dir gefallen?«

»Manches, einige Stellen... Ich fand's schwer, aber was ich gelesen habe, hat mir gefallen. Die Art, wie's geschrieben ist.«

»Kein Wunder.«

»Wieso kein Wunder?«

»Bei deiner poetischen Ader.«

»Ach so...«

»Lies es zu Ende. Es verdient, zu Ende gelesen zu werden. Es ist meine Absicht, auf unbegrenzte Zeit, vielleicht sogar länger als erwünscht, in der näheren Umgebung zu bleiben. Damit wäre dir reichlich Zeit gelassen, ein so schmales Bändchen geistig zu verarbeiten.«

Ich lachte. »Sie reden vielleicht manchmal komisch daher«, sagte ich.

»Vielleicht«, sagte er. »Worin besteht hier die grammatische Funktion des Wörtchens ›vielleicht‹?«

»Aber so reden Sie.«

»Ich mache eben gern von meinem Wortschatz Gebrauch«, räumte er ein. »Und du bist nicht die erste, die sagt, daß ich mich gelegentlich einer leicht idiosynkratischen, um nicht zu sagen exzentrischen Ausdrucksweise befleißige.« Er zog eine breite Grimasse, und ich fühlte mich an ein kluges Hündchen erinnert, das Männchen macht, um sich tätscheln zu lassen.

»Aber nicht immer reden Sie so«, sagte ich.

»Ich tue nie etwas *immer.*«

»Und wenn Sie gehen, wohin werden Sie dann gehen?« fragte ich.

Er kehrte sich ab. »Ich wollte gerade Wasser aufsetzen«, sagte er. »Kann ich dich für eine kleine Erfrischung gewinnen?«

»Wollen Sie mir nicht verraten, was es ist?« fragte ich und lief um die hölzerne Konstruktion herum. »Bitte, bitte. Ich werd's auch nicht weitersagen. Wem sollte ich es schon sagen?«

»Kannst du nicht sehen, was es ist?«

Ich beäugte sie von allen Seiten und zermarterte mir das Hirn, aber ich hatte keinen Schimmer. Es war ein riesenhaftes Ding, eine Art Gerüst oder Gestell.

»Sieh's dir an ohne vorgefaßte Meinung hinsichtlich seiner Machbarkeit«, sagte er.

»Wie bitte?« fragte ich. Aber ich hatte ihn durchaus verstanden. Ich schloß die Augen, schlug sie wieder auf und zwang mich zu sehen, was da war, und plötzlich konnte ich es erkennen: es waren Flügel. So offensichtlich waren es Flügel, daß ich nicht begriff, weshalb ich nicht schon vorher darauf gekommen war. Ich stellte mich neben die eine Flügelspitze, und jetzt erkannte ich, daß es sich um eine symmetrische Konstruktion handelte, die in der Mitte zusammengefügt war. Beide Flügel waren an mehreren Stellen mit Scharnieren und Gelenken versehen, so daß sie wie Vogelschwingen schlagen und flattern konnten, statt steif herauszuragen wie die Tragflächen eines Flugzeugs.

»Also, es sieht mir nach Flügeln aus«, sagte ich und kam mir lächerlich vor.

»Goldrichtig!« rief er aus. »Welchen Scharfsinn sie an den Tag legt!«

»Wie?«

»Flügel. Zum Behufe des Fliegens.« Er sah erfreut aus, nein, eher noch, als unterdrücke er Freude oder Fröhlichkeit.

»Wirklich? Im Ernst?«

»Natürlich noch nicht fertig.«

»Aber geht denn das? Daß Sie fliegen?«

»Wenn Dädalus es konnte. Kennst du dich in den griechischen Sagen aus? Und sein Sohn – Ikarus –, aber der flog, jugendlich hochgemut, zu dicht an der Sonne...«

»Und was ist passiert?«

»Er plumpste mit einem mächtigen Platsch ins Meer, wie ein großer gebratener Truthahn.«

»Und Dädalus?«

»Der landete sicher. Ein glänzender Kopf, dieser Dädalus. Der hielt nichts für unmöglich.«

»Wie Sie?«

Johnny lachte erfreut. »Natürlich sind sie noch nicht vollendet. Wenn ich mit dem Tragwerk fertig bin, muß ich es noch verkleiden.«

»Mit Federn?« schlug ich vor.

Er zog die Brauen hoch, als ob ich mich erst recht lächerlich gemacht hätte. »Mit Federn? Gewäsch! Nein, mit Seide. Ich habe Seide. Einen Fallschirm. Ich werde wie ein Schmetterling sein, wie ein gottverdammter Schmetterling. Nein, wie ein Nachtfalter, weich wie ein Nachtfalter.« Ich blickte wieder auf das schwere, splittrige Holz. »Du bist skeptisch«, sagte er, und ich dachte: mehr als nur skeptisch. »Schau dir das an«, sagte er und bückte sich, und irgendwo aus dem Dunkel hinter seinem Koffer zog er etwas hervor, das aussah wie ein Flußlauf, der ihm durch die Hände strömte. Er zog und zog, bis seine Arme voll beladen waren und es sich zu seinen Füßen hin bauschte.

»Wie schön«, hauchte ich.

»Komm mit nach draußen«, sagte er. Er ging zur Tür und schleifte den Stoff hinter sich her wie eine Brautschleppe. Draußen im Sonnenschein warf er ihn in die Höhe, bürstete die an ihm haftenden Sägespäne ab und breitete ihn aus, eine dünne glitzernde Haut, durch die die Grabsteine herausragten wie Knochen. »Geh drüben hin.«

Er deutete auf die andere Seite, und ich gehorchte, und zusammen hoben und senkten wir die Seide, zuerst im Takt, daß die Seide gegen die Luft schlug, dann gerieten wir aus dem Takt und flappten so ungestüm, daß sie sich blähte und kabbelte wie mondbeglänztes Wasser in einem Sturm. Ich schrie vor Lachen.

»Siehst du, sie hat fast ein eigenes Leben«, sagte Johnny und lachte ebenfalls. In seinen Armen raffte er sie zusammen. Ich folgte ihm wieder in die Kirche und sah ihm beim Teebrühen zu.

»Ich verstehe immer noch nicht, wie Sie fliegen wollen«, sagte ich. »Mit der Seide könnten Sie ja vielleicht noch schweben, aber das ganze Ding zusammen wiegt doch eine Tonne.« Ich legte meine Hand auf eine hölzerne Strebe. Ein Sonnenstrahl traf sie und ließ in der Mitte eines einzelnen roten Farbstreifens einen Nagelkopf aus Messing aufleuchten. Er hob die Augenbrauen. »Ja«, wagte ich mich vor, »ich glaube, Sie sind übergeschnappt.«

»Mag sein«, pflichtete er mir bei und sah mich mit ausdruckslosen Augen an, und jetzt war ich wirklich nicht sicher, ob er verrückt war oder weise.

»Woher, sagten Sie, kommen Sie?« fragte ich.

Er lächelte. »Jetzt fragst du dich, ob ich aus der Klapsmühle entflohen bin, stimmt's?« Er tat Zucker in seinen Tee und drehte mit einem irritierend gleichförmigen Klirren den Löffel in seiner Tasse herum. »Oder vielleicht bin ich ja ein Verbrecher, ein entlaufener Sträfling?«

»Unter meinen Vorfahren gab es einen Sträfling«, sagte ich mit einem Anflug von Stolz.

»Ach ja?«

»Sie hieß Peggy, und sie hatte einen Pfau gestohlen, und sie wurde nach Australien deportiert.«

»Also eine Wilddiebin?«

»Nein… ich glaube, der Pfau war eher ein Haustier«, sagte ich zögernd, denn mir ging auf, wieviel von dem, was ich wußte, meiner eigenen Phantasie entstammte.

»Sie fuhr auf einem Schiff, sagst du? Zur Botany Bay?«

»Ist das in Australien?«

Johnny hielt seinen Zeigefinger in die Höhe, um mir Schweigen zu gebieten. Er setzte seine Tasse ab und wandte sich um. Er glättete sich die Haare, dann drehte er sich wieder um, trat in einen gelblichen Lichtfleck, stellte einen Fuß auf seine Kiste, legte die Hand ans Ohr und begann in einem merkwürdig nasalen Tonfall zu singen, als hätte er lästige Polypen:

Auf, ihr kecken Wilderer, zieht ohne Furcht umher,
Zieht aus in milder Mondesnacht mit Schlinge, Hund,
  Gewehr;
Die Hasen und Fasane – auch Pfauen – sind euer
  Unterpfand,
Drum achtet nicht der Unbill auf Van Diemen's Land.

Da war Jock Brown aus Glasgow und Tante Peggy
  auch,
Das waren kecke Wilderer, die kannten jeden Strauch;
Als Wächter sie ertappten, die Büchse in der Hand,
Gab's vierzehn Jahr' Verbannung nach Van Diemen's
  Land.

Wir landeten am Ufer – der Tag war schicksalsschwer –,
Sofort umringt von Siedlern, gut achtzig oder mehr.
Sie trieben uns wie Schlachtvieh und schacherten am
  Strand,
Sie spannten uns ins Joch, zu pflügen Van Diemen's
  Land.

Das ganze Lied über mußte ich lachen über den Ernst, mit dem er Peggy in sein Lied aufnahm, doch als er ausgesungen hatte, verstummte ich, denn ich stellte mir Peggy vor mit ihrer Papierkrone auf dem Kopf, unter das Gewicht des Jochs gebeugt, hinter sich die langgestreckten Furchen roter Erde.

»Die haben Australien aufgebaut. Es zu dem gemacht, was es ist. All diese verrückten, schlechten Menschen. Man hätte erwartet, daß es schlimmer zugerichtet worden wäre«, sagte Johnny und setzte sich auf seine Kiste.

»Aber es gab da doch schon Menschen, nicht wahr?«

»Ja, die Aborigines.«

»Was die sich wohl gedacht haben, als die Sträflinge aufgekreuzt sind?«

»Ich bezweifle, ob es jemandem eingefallen ist, sie danach zu fragen. Übrigens muß ich der Genauigkeit halber darauf hinweisen, daß Van Diemen's Land in Tasmanien liegt, nicht in Australien selbst.«

»Noch direkter unter uns als Australien, wenn Sie sich den Globus anschauen«, sagte ich.

»Ach wirklich?«

Ich sah Johnny scharf an. Wieder war er wie verwandelt.

Jegliche Scherzhaftigkeit war von ihm gewichen, und er schien geradezu kleiner, seine Schultern waren schmal, seine Stimme dünn. Ich war abgetan. Ich konnte mich nicht daran gewöhnen: an diese jähen Stimmungsumschwünge. Er ging zur Tür und schüttelte den Teesatz aus seiner Tasse ins Gras. »Muß weitermachen, solange es noch hell ist.«

Ich stellte meine Tasse neben seinem Koffer ab und betrachtete das Bild seines unglücklichen Großvaters, einen Moment lang gefesselt von dem blassen Schimmer in dessen Augen. Ich überlegte, ob Wahnsinn erblich sei.

Verrückt wie ein Hutmacher, dachte ich.

Johnny holte sein Werkzeug hervor und wollte sich an die Arbeit machen. »Solltest du damit etwa mich gemeint haben?« fragte er.

Ich fuhr zusammen, erschrocken darüber, daß ich laut gesprochen hatte. »Nein, eigentlich nicht. Ich dachte nur eben an den Fünf-Uhr-Tee des verrückten Hutmachers«, erklärte ich. »Sie wissen schon, *Alice im Wunderland.* Mit der Haselmaus.«

»Waren die nicht *alle* verrückt im Wunderland?« fragte Johnny. »War das nicht der Clou vom Ganzen?«

Ich dachte nach. Unlogisch waren sie gewiß. »Alle bis auf Alice«, sagte ich.

»Aber die haben bestimmt gedacht, sie wäre die Verrückte, darauf kannst du Gift nehmen«, erwiderte Johnny. »Jetzt verschwinde.«

»Was ich nicht so recht verstehe«, sagte ich, »ist, wie Sie die Flügel hinausschaffen wollen, selbst wenn Sie damit fliegen könnten. Die passen doch gar nicht durch die

Türe, wissen Sie.« Ich ging zur Tür und blickte zurück ins Dunkel.

Johnny hatte bereits damit begonnen, ein Stück Holz zu hobeln. Ich war mir nicht sicher, ob er mich gehört hatte. »Übrigens«, rief er und hielt einen Augenblick inne. »Ich würde ganz gern mal eins von deinen Gedichten sehen.«

»Meinetwegen«, sagte ich. »Tschüs!« Als ich nach draußen ging, sah ich, daß das Tageslicht bereits nachließ und die Sonne sich hinter den dunklen Turm verkrochen hatte. Hoch über mir kratzte ein Flugzeug einen rosa Striemen in den Winterhimmel. Langsam zottelte ich nach Hause. Ich machte mir Sorgen wegen der Gedichte und fragte mich, ob eines wohl ausreichte, oder ob er ganze Bündel erwartete.

Im Bett dachte ich an Johnny und seine Flügel. Ich versuchte mir auszumalen, wie er sich emporschwang oder dahinglitt. Ich versuchte mir den seidenen Nachtfalter vorzustellen, der er seiner Meinung nach sein würde. Doch das einzige, was ich vor mir sah, war das rohe, splitternde Holz, mehr Fußbodendielen als Flügelknochen. Das einzige, was ich mir vorzustellen vermochte, waren sein Absturz und Aufschlag. Es war eine großartige Idee, soviel sah ich. Aber ziemlich verrückt.

15

Nur noch eine Woche bis Weihnachten«, sagte Bronwyn und hakte sich bei mir unter. »Nur noch zwei Tage Schule. Bist du gar nicht gespannt?«

»Klar doch«, sagte ich und bemühte mich, gespannt zu sein. Inzwischen wimmelte das Haus von zarten Papiergebilden, Engeln und Sternen und Rentieren, sogar ein Weihnachtsmann, alle gefaltet und zerbrechlich. Mutter hatte eine Packung Glitzerstaub verschüttet, und er hatte sich überallhin ergossen, so daß wir ihn in den Teppich traten und ihn in unseren Haaren fanden. Selbst mein Haferbrei am Morgen funkelte. Einen Baum hatten wir noch nicht besorgt. Unsere Familientradition verlangte, daß sich Bob spät am Heiligabend ankleidete und ausging, um einen Tannenbaum zu kaufen. Nach dem Abendbrot schmückten wir ihn alle gemeinsam, dann aßen wir Mince Pies und sangen manchmal sogar Weihnachtslieder, bis es Schlafenszeit für mich war. Und dann war da die Sache mit dem Weihnachtsstrumpf und dem Glas Sherry und der Mohrrübe, die man dem Weihnachtsmann und dem Rentier hinlegte. Mutter hatte beschlossen, daß ich dieses Jahr noch einen Strumpf haben könnte, das wäre dann aber auch der letzte. Und am anderen Morgen nach dem Frühstück würde Bob, der, angetan mit Schlips und Kragen, sonderbar feierlich aussehen würde, wie immer Tante May abholen, und dann kämen die Bescherung und der Festschmaus und die Knallbonbons – und die gemeinsamen Spiele.

Ich strengte mich sehr an, gespannt zu sein, doch wie ein dunkler Film legte sich für mich über alles eine Trübheit. Vielleicht hatte ich sie selbst heraufbeschworen, wegen meiner Wut auf Mutter und Bob, wegen ihrer Lügen. Um mich abzusondern von ihnen und sie als beschränkte kleine Leute anzusehen, unbedeutend wie alles, was sie trieben. Doch jetzt wollte ich wieder zurück zu ihnen. Den Film ablösen und noch einmal alles in einfachen, leuchtenden Farben sehen. Ich wollte, daß der Weihnachtsmann rot und weiß und fröhlich wäre und nur in meiner Phantasie existierte; nicht trübsinnig und grünlich und – womöglich – wirklich. Von dem Schrecken wollte ich mich erholen, den ich mir selbst eingejagt hatte, von dem dünnen Eis auf festen Boden zurückkommen, durch den ich niemals durchfallen konnte.

»Weihnachten mußt du aber vorbeikommen«, sagte Bronwyn. »Mum besteht darauf. Nicht am Weihnachtstag selbst, da haben wir alle meine langweiligen Kusinen da. Aber nach Weihnachten. Du könntest sogar übernachten. Wie fändest du das? Uuhh, du hast ja Glitzerstaub auf der Nase.« Bronwyn befeuchtete ihren Finger und drückte ihn auf meine Nasenspitze, um das glitzernde Staubkorn zu entfernen. »Wirst du kommen dürfen?«

»Fragen kann ich ja«, erwiderte ich.

Am vorletzten Tag des Schultrimesters wurde in der Aula ein Weihnachtsliederabend abgehalten. Für den Rest der Schule hatte es bereits einen gegeben, dieser war für die

Eltern und die Öffentlichkeit gedacht. Ich sang im Chor mit, und so saß ich vorn auf der Bühne, und meine aufgestoßenen Knie sahen unter meinem Rock hervor. Hinten in der Aula, hinter den raschelnden Zuhörerreihen, stand der hohe Christbaum. Im Dunkel seiner Zweige funkelten bonbonfarbene Lichter. Ich sang gern, aber angesichts der vielen wachsamen Augen war ich nervös. Bronwyn war mit ihrer Mutter da, und Mutter und Bob saßen direkt hinter ihnen, und dann waren da die Eltern der beliebten Mädchen in ihren eleganten Kleidern, mit ihren modischen Frisuren und ihrem Make-up. Neben ihnen wirkte Mutter furchtbar alt und unscheinbar. Ich war auf sie wütend. Sie hätte wenigstens etwas Lippenstift auftragen oder einen Hut aufsetzen können, um ihr graues Haar zu verdecken. Bob hatte seinen weihnachtlichen Kragen und Schlips an und sah ebenfalls völlig unpassend aus, schäbig und verschwitzt. Alle anderen unterhielten sich, blickten sich um und benahmen sich natürlich, nur Mutter und Bob saßen stumm und ergeben da, starrten auf ihren Schoß oder suchten meinen Blick. Aber ich schaute nicht zu ihnen hinüber. Ich stierte geradewegs über ihre Scheitel hinweg den Christbaum an und dachte, daß der bis vor kurzem noch ein wildes, lebendiges Ding gewesen war, dessen Wurzeln sich tief ins Erdreich erstreckten. Ich überlegte, was er wohl darüber denken würde – wenn er hätte denken können –, daß seine Wurzeln durchtrennt und der Stamm statt dessen in einen verkleideten Mülleimer versenkt worden war, oder über das irritierende Prickeln der Lichter. Ich schämte mich, Mutter und Bob anzusehen, und ich fürchtete mich, Bronwyn anzusehen, aus Angst, sie könnte mich zum Lachen bringen.

Endlich hielt die Schulleiterin ihre Ansprache, und das Publikum beruhigte sich. Die Mädchen mit den lautesten, klarsten Stimmen verlasen den Bibeltext, jedes ein paar Verse, und zuerst konnte ich mich nicht konzentrieren, war doch mein Kopf angefüllt mit Belanglosigkeiten, mit albernen Wahrnehmungen; doch als der Chor erst einmal ein Weihnachtslied gesungen und sich daraufhin alles von den Plätzen erhoben hatte, um *Once in Royal David's City* anzustimmen, und sich scharrend wieder setzte, vergaß ich alles um mich herum und lauschte der Lesung eines beliebten Mädchens namens Susan, die in meiner Klasse war:

Und es waren Hirten in derselben Gegend auf dem Felde bei den Hürden, die hüteten des Nachts ihre Herde. Und siehe, des Herrn Engel trat zu ihnen, und die Klarheit des Herrn leuchtete um sie; und sie fürchteten sich sehr. Und der Engel sprach zu ihnen: Fürchtet euch nicht! Siehe, ich verkündige euch große Freude, die allem Volk widerfahren wird; denn euch ist heute der Heiland geboren, welcher ist Christus, der Herr, in der Stadt Davids. Und das habt zum Zeichen: Ihr werdet finden das Kind in Windeln gewickelt und in einer Krippe liegen. Und alsbald war da bei dem Engel die Menge der himmlischen Heerscharen, die lobten Gott und sprachen: Ehre sei Gott in der Höhe und den Menschen ein Wohlgefallen.

Beim Zuhören verspürte ich einen Kloß im Hals, denn dies waren wunderbare Worte. Der Stern im Wipfel des Baumes stellte den Stern dar, der die drei Weisen aus dem

Morgenland nach Bethlehem geleitet hatte, sagte Miss Clarke. Und ich dachte an einen leuchtenden Stern am Himmel und stellte mir die ungeheure Kraft vor, die erforderlich war, um daran zu glauben, daß er überhaupt etwas bedeutete. Und als die Worte verklangen und Susan sich setzte, flüsterte ihr jemand ein »Gut gemacht« zu, und ich mußte die Tränen zurückhalten, die in mir aufstiegen wegen des dumpfen Verlustgefühls in meiner Brust, wegen der Sehnsucht nach etwas, von dem ich nicht einmal wußte, daß ich es je besessen hatte. Sämtliche Eltern und die ganze Schule schienen plötzlich so lieb und vertraut und kindlich, daß ich es kaum ertragen konnte. Aber der Baum hinter ihnen allen stand dunkel da. Kein christliches Symbol. Er strahlte eine heidnische Würde aus, und selbst der dümmliche Frohsinn des Baumschmucks, das nichtssagende Funkeln der Lichter vermochten daran nichts zu ändern.

Der Chor sang einige Weihnachtslieder von Benjamin Britten, raffinierte Kompositionen, die mir gut gefielen, und dann standen alle auf, um *Nun freut euch, ihr Christen* zu singen. Und ich sang aus voller Kehle. All die verworrenen Gefühle in meinem Innern strömten in mächtigen Wogen aus mir heraus, und als eine silberhelle Stimme das erste Mal *Kommt, lasset uns anbeten* sang, wurden aller Mühe zum Trotz meine Augen feucht, und ich konnte kaum noch an mich halten, konnte den großartigen, machtvoll brausenden Gesang am Ende, wenn alle Stimmen zusammen anschwellen, kaum mehr erwarten. Mir war ganz heiß in der Magengegend, ich war aufgewühlt, erregt und verstört. In meinen Ohren hörte ich einen sachten Flügelschlag, und vor mir sah ich Johnnys Gesicht und Johnnys klare Augen zwischen den muskulösen Engelsschwingen. Dann war es Zeit zum Schlußgebet, und ich sah, daß Mutter mit gesenktem Kopf zu beten vorgab, aber ich sah auch, daß wenigstens Bob kein Heuchler war. Er blickte zu mir her, das Haupt hoch erhoben unter all den gesenkten und murmelnden Köpfen. Ich lächelte ihn an – das erste Mal seit Wochen, daß ich ihn angelächelt hatte –, doch er erwiderte mein Lächeln nicht, bis ich merkte, daß er überhaupt nicht zu mir herüberschaute, sondern gerade vor sich hin starrte, mit leerem Blick, angeödet von all der rituellen Inbrunst.

Als ich nach dem Gottesdienst Mutter und Bob suchen ging, faßte Susan mich am Arm. »Ich mag deine Stimme«, sagte sie. »Ich hab dich unter all den anderen heraushören können. Du hättest einen Solopart abkriegen sollen.«

Zuerst dachte ich, daß sie mich aufziehen wollte, daß ich mich dumm angestellt, zu laut gesungen und mich zum Gespött der Leute gemacht hätte. Ich schaute mich nach ihren Freundinnen um, die jeden Augenblick losplatzen würden. Doch da war niemand, nur ein Gemenge von Leuten, die sich die Mäntel anzogen. »Danke«, sagte ich.

Dann nahm ihr Vater sie in Beschlag, und neidisch blickte ich ihnen nach. Er war ein eleganter Mann mit Anzug und Seidenkrawatte, und er legte ihr sanft die Hand auf die Schulter, um sie durch das Gedränge zu lenken.

Weiter unten im Gang stieß ich auf Mutter und Bob, die

mit Bronwyn und ihrer Mutter ein armseliges Grüppchen bildeten. Bronwyn faßte mich am Arm und nahm mich beiseite. »Das hat ja ewig gedauert«, beschwerte sie sich. »Hast du's gut überstanden? Ich dachte schon, du würdest losheulen.«

»Sei doch nicht dämlich«, entgegnete ich. »Weshalb sollte ich denn?«

»Meine Mutter fragt gerade, ob du am zweiten Weihnachtsfeiertag zu uns zum Abendessen kommen darfst«, sagte sie. »Magst du...? Wir haben ein ganz besonderes Abendessen. Normalerweise finde ich den zweiten Weihnachtsfeiertag scheußlich, eine richtige Enttäuschung, aber wenn du vorbeikommst...«

»Jenny«, sagte Mutter und lächelte zu mir herüber. »Das war wunderhübsch. Zu Weihnachten höre ich so gern ein paar Lieder. Natürlich gibt's auch im Radio welche, aber das ist doch nicht dasselbe, nicht wahr?« Dabei schaute sie Mrs. Broom an.

»Ich wünschte, meine Bronwyn könnte singen«, sagte Mrs. Broom und schaute zärtlich zu ihrer Tochter hinüber. »Sie ist wie ein Nebelhorn. Kein musikalisches Gehör.«

Bronwyn grinste.

»Würdest du gern bei Mrs. Broom und Bronwyn über Nacht bleiben?« fragte mich Mutter. »Das wäre doch bestimmt lustig?«

Ich sah Bob an. Ich war überrascht, daß er zustimmte. Gewöhnlich wollte er, daß wir alle beisammen wären, und die Weihnachtszeit hatte er mit am liebsten. Er war damit beschäftigt, an der Wand eine Collage zu betrachten, und signalisierte weder Zustimmung noch Ablehnung. »Na schön«, sagte ich.

»Jennifer!« mahnte Mutter.

»Ja, sehr gern. Vielen Dank für die Einladung«, sagte ich zu Mrs. Broom.

»Dann wäre das ausgemacht, so Gott will«, sagte sie. »Komm, Bronwyn.« Sie faßte Bronwyn bei der Hand. »Fröhliche Weihnachten, dann sehen wir dich also am zweiten Weihnachtsfeiertag.« Händchen haltend, gingen sie zusammen davon, obwohl Bronwyn einen halben Kopf größer war und es von hinten so aussah, als wäre sie die Mutter und Mrs. Broom das Kind.

»Dann mal los«, sagte Bob, erleichtert über ihren Weggang, denn in Gesellschaft fühlte er sich immer befangen. »Wir haben uns gedacht, es wäre eine kleine Überraschung fällig, stimmt's, Lilian? Wie wär's mit einer schönen Portion Pommes frites, um den Abend abzurunden?«

Und dieses Mal hasteten wir nicht mit den Fritten nach Hause, um sie im Ofen aufzuwärmen und sie, wie es sich gehört, am Tisch zu verspeisen, sondern bummelten die Straße entlang und aßen sie, herrlich heiß und golden, aus dem Zeitungspapier, und als ich mir das Fett und den Essig von den Fingern leckte, war ich einen Augenblick lang beinahe glücklich, glücklich auf eine schlichte, körperliche Art, entspannt in der friedlichen Stille, in der wir uns auf unsere Pommes frites konzentrierten. Und ich war verdutzt und überrascht über Susans freundliche Worte. Das war ein zusätzliches Geschenk. Ihre kleinwüchsige Adrettheit hatte stets einschüchternd auf mich gewirkt. Sie hatte wuschelige rote Locken und einen Kurzhaarschnitt, wie ich ihn gern gehabt hätte, und eine so winzige Nase, daß der Schatten, den ihr Profil an der Klassenzimmerwand warf, fast völlig flach war. Von den Geheimnissen, die sie mit den anderen teilte, dem Schalk in ihren murmelgrünen Augen, war ich stets ausgeschlossen gewesen. Nicht jedoch heute. Befreit atmete ich durch, und mein Atem war eine weiche, weiße Blüte der Freude. Doch sobald ich mir meines Glücksgefühls bewußt wurde, bemächtigte sich meiner wieder eine schreckliche Angst. Sie war wie die Angst vor dem Absturz ins Nichts. Oder vielleicht war es die Angst vor dem Glück, Angst davor, sich vom Glück getäuscht zu sehen. Es war eine Art heftiger Sehnsucht nach Gegenwart.

Bob und Mutter murmelten sich zu, daß Fritten aus der Zeitungstüte schon immer besser geschmeckt hätten, und ich verlangsamte meinen Schritt und zählte mit vollem Mund die Weihnachtsbäume, die die ganze Straße entlang zwischen den Vorhängen aufglänzten. Dann blieb ich stehen und sah zum Himmel hinauf, nach den winzigen fernen Sternen, die außerhalb ihres Soseins keinerlei Bedeutung hatten und nirgendwohin den Weg wiesen. Mit zurückgeneigtem Kopf stand ich da und starrte durch Jahrmillionen empor, bis mir schwindelig wurde. Mir war, als fiele ich in die Schwärze hinein. Die Mondsichel hing frostig am Himmel, ein schiefes Lächeln – oder herabgezogene Mundwinkel, je nachdem, von welcher Seite man sie betrachtete.

»Komm schon, Jennifer«, rief Mutter, und ich sah, daß sie an der Ecke auf mich warteten, und beeilte mich, wieder aufzuschließen.

»Mrs. Broom scheint nett zu sein«, sagte Mutter.

»Eine angenehme Erscheinung«, stimmte Bob ihr zu. »Diese Bronwyn ist ganz schön gut gebaut für ihr Alter. Meine Güte, ja«, fügte er voller Wohlgefallen hinzu.

»Es muß schwierig sein für Betty – für Mrs. Broom«, sinnierte Mutter.

»Was?« fragte ich.

»Allein für ein Kind sorgen zu müssen, während ihr Mann… du weißt schon… abwesend ist. Ich muß schon sagen, ich war erstaunt, wie sie damit herausrückte, einfach so.«

»Wahrscheinlich hat sie geglaubt, wir wüßten es schon«, sagte Bob. »Das ist jedenfalls mein Eindruck. Wahrscheinlich nimmt sie an, daß Jennifer uns davon erzählt hat. Vermutlich nimmt sie an, daß Jennifer mit uns redet.«

Ich antwortete nicht. Ich aß meine Pommes frites auf und verlangsamte abermals meinen Schritt, um den salzigen Essig und die winzigen knusprigen Frittierteigkrümel, die sich mit den Pommes vermengt hatten, aufzulecken, bevor ich die Tüte zerknüllte.

»Jedenfalls macht sie einen netten Eindruck«, fuhr Mutter fort. »Und Jennifer tut es gut, endlich eine Freundin zu haben. Ich glaube nicht, daß wir uns Gedanken darüber zu machen brauchen…«

»Worüber?« rief ich.

»Über schlechten Einfluß«, sagte Mutter.

»Schließlich ist es nicht *ihre* Schuld«, sagte ich. »Sie tun mir leid.«

»Mir doch auch«, besänftige mich Mutter. »Das meine

ich doch. Die meisten Familien haben eine Leiche im...« Beklommen brach sie ab. »Ich sage ja, sie machen einen sehr netten Eindruck.«

Als ich abends im Bett lag, dachte ich darüber nach, was Mutter gesagt hatte. Sie hatte sich furchtbar gefühllos ausgedrückt: Jede Familie hat eine Leiche im Keller. Ich stellte mir den armen Mr. Broom vor: nichts als Knochen – hübsche Knochen – in einer länglichen Kiste unter der zugefrorenen Erde. Nur, ob es englische oder amerikanische Erde war, wußte ich nicht. Die Weihnachtslieder klangen mir noch in den Ohren, als ich in den Schlaf hinüberdämmerte.

In der Nacht träumte ich, die Kirche hätte verzweigte flatternde Flügel, die sie von ihrem Dach ausspannte. Sie flatterte mit den Flügeln, als wollte sie abheben, während Johnny lächelnd zusah. Er schnitzte an einem Stock und pfiff dazu *Waltzing Matilda* – nur in einem Traum konnte jemand lächeln und gleichzeitig pfeifen. Dann befand ich mich in einem Haus, und auf dem Boden stand ein verschlossener Kasten, von dem ich wußte, daß ich ihn öffnen mußte. Ich mußte den Schlüssel finden. Bob saß, nur mit einer Windel bekleidet, in einem Laufgitter in einer Ecke. Der Schlüssel hing an einem Haken außer Reichweite. Plötzlich fiel etwas krachend zu Boden, ich hob es auf und sah, daß es die Kirche war, winzig wie ein Sperling. Sie hatte einen gebrochenen Flügel. Ich fütterte sie mit Kuchenkrümeln und hüllte sie in meine Schulmütze ein. Mutter sagte, an dem Kuchen würde sie sterben, sie brauche Würmer. Johnny gab ihr recht und sagte, sie sei eine weise Frau, und früher sei sie Tänzerin gewesen. Johnny holte mir den Schlüssel herunter, aber der war weich und klebrig wie Toffee, und im Schlüsselloch schmolz er.

Am letzten Nachmittag des Trimesters hielten wir im Klassenzimmer eine Weihnachtsfeier ab, mit Limonade, Kartoffelchips und Mince Pies, gefolgt von einem Frage-und-Antwort-Spiel. Susan war einer der Mannschaftskapitäne. Sie sollte ihre Mannschaft zusammenstellen, und ich sackte auf meinem Stuhl zusammen in der Gewißheit, daß ich als letzte – oder womöglich als vorletzte, vor Bronwyn – aufgenommen würde. Doch Susan rief meinen Namen gleich nach den Namen der beliebten Mädchen auf. Ein heftiger, freudiger Schock durchfuhr mich. Ich war in ihre Mannschaft aufgenommen. Und dazu noch vor vielen anderen. Als ich das Klassenzimmer durchquerte, um meinen Platz in ihrer Mannschaft einzunehmen, fühlte ich neidische Blicke auf mir ruhen, und die Luft war wie elektrisiert, das einzige Dunkel waren Bronwyns finstere Augenbrauen. »Wer hat *Alice im Wunderland* geschrieben?« lautete eine Frage, und natürlich kam meine Antwort wie aus der Pistole geschossen. Und es kam mir vor wie ein Zeichen, ein gutes Omen.

Nach dem Quiz ging ich Susan aus dem Weg, aber sie sagte: »Frohe Weihnachten, bis zum neuen Jahr«, und ich winkte und sah ihr nach, bewunderte ihre schmalen Fesseln und ihren Gang – als würde sie gleich entschweben.

Ich wandte mich um und merkte, daß Bronwyn hinter mir wartete. »Was ist denn mit dir?« fragte ich, dabei wußte ich ganz genau, weshalb sie mir böse Blicke zuwarf.

»Nichts«, sagte sie, und ich duldete, daß sie neben mir ging und sich bei mir einhakte, obwohl ich über die Anfänge eines Wunders nachsann und kein Wort von dem, was sie sagte, mitbekam.

16

Am Morgen des Heiligen Abends holte Bob die Pappschachtel mit dem Christbaumschmuck vom Dachboden. Es war meine Aufgabe, die Weihnachtskugeln zu sichten, abzustauben und die elektrischen Kerzen zu entwirren, bevor Bob sie testete. Diese Aufgabe hatte mir immer zugesagt. Jedes Jahr aufs neue stellte ich fest, daß ich vergessen hatte, wieviel Schmuck wir besaßen und wie hübsch er war. Am liebsten hatte ich die Schnur mit elektrischen Kerzen. Sie waren uralt – gemeingefährlich, meinte Bob – und bereiteten uns immer Mühe. Jedes Licht war anders. Meine Lieblingskerzen waren überzuckert wie Fruchtpastillen, einige hatten die Form altmodischer Kutschlaternen, andere waren wie winzige Äpfel, Orangen oder Ananas, und wieder andere schlichte hellbunte Glaskugeln. Von den ursprünglichen Lichtern war nur noch eins übrig, eine zierliche elektrische Kerze mit einem kleinen durchsichtigen Glasdocht, der wie eine Flamme aufleuchtete. So sorgsam man sie auch am vergangenen Dreikönigsabend weggepackt hatte, am nächsten Heiligabend waren sie stets verheddert, als hätten sie sich in der Schachtel aneinandergekuschelt. Eine der Glaskugeln auf dem Grund der Schachtel war zerbrochen, und die Splitter glitzerten gefährlich. Es gab fast zuviel Schmuck für einen einzigen Baum bei all den Papiergebilden, die Mutter gebastelt hatte, und all den Pralinen, die Bob mit elegantem

Schwung als letztes hervorzauberte. Das heißt, als letztes vor der Fee, denn die Fee kam stets zuallerletzt.

Beim ersten Mal überlegte ich, wofür die Fee wohl stand. Sie hatte nicht dieselbe Bedeutung wie ein Stern. Als ich klein war, war die Christbaumfee mir das liebste auf der Welt gewesen. Vorsichtig hob ich sie aus ihrem Schuhkarton. Es war eine richtige Fee, kein Engel und schon gar kein Hermaphrodit. Sie trug ein silberweißes, mit Rauschgold gesäumtes Ballkleid. Um die Hüfte hatte sie einen Perlengürtel geschlungen, und auf dem goldenen Haupt ruhte, wie ein kostspieliger Glorienschein, ein Perlendiadem. Ihre Flügel waren aus Chiffon, der in einem spiralförmigen Muster mit Pailletten bestickt war. In der Hand hielt sie einen funkelnden Zauberstab, der an der Spitze mit einer glitzernden Sternschnuppe aus goldglänzendem Stanniolpapier verziert war. Es war dieselbe Fee, die wir immer, solange ich zurückdenken konnte, gehabt hatten, und trotzdem fand ich jedesmal, daß sie so frisch und neu aussah, als wäre sie eben erst gemacht worden. Mutter meinte, es liege am Zauber der Weihnacht, doch dieses Jahr bemerkte ich, daß die entblößten Schultern leicht verblaßt waren und eine Staubschicht das steife Haar überzog.

»Hast du die Kleider für die Fee genäht?« rief ich zu Mutter hinüber, die sich in der Küche an einer Füllung zu schaffen machte.

»Zum Teil«, erwiderte sie, und ich wußte den Grund: Jacqueline hatte den Rest übernommen. Die fast unsichtbaren Stiche an den Flügeln, das Paillettenmuster entstammten der Hand meiner Mutter. Ich strich mit dem

Finger über die Fee und blies den Staub aus ihrem Haar. Ihr Antlitz zeigte ein heiteres Lächeln, und ihre Augen mit dem aufgemalten Flecken Blau blickten rätselhaft an mir vorüber in die Ferne. Sorgfältig legte ich sie wieder in den Karton, bis der Augenblick gekommen wäre.

»Ich glaube, ich gehe ein wenig vor die Tür«, sagte ich und trat in die Küche.

»Bringst du mir Schinkenspeck mit? Durchwachsen?« sagte Mutter und deutete mit dem Kopf auf ihren Geldbeutel auf dem Tisch. »Und kauf dir eine Flasche Limo, wenn du magst.«

Ich nahm etwas Geld aus der Börse, dann ging ich zurück und besah mir den Schmuck. Ich dachte an Johnny, der allein in der Kirche war. Einige von den kleineren Kugeln hob ich auf – die würde niemand vermissen –, zog eine Handvoll Lametta aus der Schachtel und stopfte alles in meinen Schulranzen. Ich nahm eine Abschrift meines Gedichts zur Hand, faltete sie und legte sie in eine Weihnachtskarte.

»Bis gleich«, rief ich.

»Bleib aber nicht zu lange, Ja... Jennifer«, rief Mutter. »Vergiß nicht, daß wir noch den Kuchen glasieren müssen.« Eine Grimasse schneidend, ging ich aus dem Haus, denn ich stellte mir vor, wie Mutter in der Küche wegen des alten Versprechers zusammenzuckte.

Als ich an den Geschäften vorüberkam, betrachtete ich die Auslagen. Fast alle waren geschmückt: Lämpchen flimmerten auf, Schnee- und Weihnachtsmänner grinsten. Es war ein grauer, durchschnittlicher Tag ohne die leiseste

Aussicht auf Schnee. Nicht einmal kalt war es. Ich überquerte die Hauptstraße und ging hintenherum den schmalen Pfad entlang zum Friedhof. Mittlerweile benutzte ich öfter die Straße dorthin, aber bei Tageslicht nahm ich immer noch den Fußweg. Der Boden war feucht und glitschig, und es lag ein Haufen Abfall herum, darunter eine zerbrochene Apfelweinflasche. Eine Katze leckte an einem weggeworfenen Kotelettknochen. Ich hielt nach dem weißen Kätzchen Ausschau. Seit dem ersten Mal, als es mich zum Spielplatz führte, hatte ich es nicht mehr gesehen. Wenn es nur nicht gestorben war, es hatte so mager und verwahrlost ausgesehen.

Als ich beim Friedhof anlangte, brach ich an der Eibe einen Zweig ab und schmückte ihn mit den Kugeln und dem Lametta. Er sah hübsch aus. Doch zwischen den feuchten Grabsteinen wirkte er fehl am Platz. Ich pochte an Johnnys Pforte. Er meldete sich nicht gleich, aber als ich erneut anklopfte, hörte ich seine Stimme. Ich öffnete die Tür und trat, den geschmückten Zweig vor mich haltend, ein. Wie üblich konnte ich Johnny nicht gleich erkennen.

»Ich habe Ihnen ein Geschenk mitgebracht«, sagte ich.

Einen Augenblick herrschte Stille, dann sagte eine Frauenstimme: »Wer zum Teufel?«

»Schon gut, schon gut. Hallo, Jacqueline«, sagte Johnny, während er sich aufrichtete. Seine Haare waren zerzaust, sein Gesicht war gerötet. »Das ist meine kleine Freundin«, erklärte er der Frau neben sich, die sich allmählich aus dem Dunkel herausschälte.

»Darf ich bekannt machen? Jacqueline, Mary – Mary,

Jacqueline«, sagte er, als wären wir auf einer Abendgesellschaft. Die Hand konnte ich ihr nicht geben, denn Mary kauerte noch immer im Dunkel, und mit den Händen hielt ich den Zweig. Ich kam mir albern vor. »Mary ist eine alte Freundin«, sagte er zu mir.

»So alt nun auch wieder nicht, wenn du nichts dagegen hast«, entgegnete sie.

Johnny kam auf mich zu und nahm mir den Zweig ab.

»Fröhliche Weihnachten«, sagte ich töricht.

»Die Güte in Person«, sagte er, und ich wußte nicht, ob die Bemerkung spöttisch gemeint war.

Die Frau erhob sich. Ihre kurzgeschnittenen, dunklen Haare standen ab. Sie war etwas größer als Johnny, und sie hielt seinen Arm fest umklammert.

»Ich geh dann wohl lieber«, sagte ich. »Ich wollte nur sagen...«

»Fröhliche Weihnachten«, lächelte Johnny und zwang mich, ihm in die Augen zu sehen.

»Ja. Also dann, auf Wiedersehen.« Ich setzte mich in Bewegung, mein Gesicht brannte vor Verlegenheit.

»Nein, nein, nein«, sagte er. »Du darfst noch nicht gehen. Bleib noch auf ein Gläschen, einen weihnachtlichen Toast. Sie soll noch bleiben, nicht wahr, Mary?« Seine Stimme verriet, daß er bereits mehrere Toasts hinter sich gebracht hatte.

Offenkundig war sich Mary nicht so sicher, aber gutmütig zog sie die Achseln hoch.

»Schau, ich stelle ihn hierher.« Er lehnte den Zweig an die Mauer. »Sieht der nicht prächtig aus? Putzt ungemein.«

»Putzt?«

»Kümmere dich nicht um ihn, Kleines. Der Dämel hat das ganze Wörterbuch verschluckt«, sagte Mary und wandte sich an Johnny: »Ist sie nicht ein bißchen zu jung dafür?«

»Wofür?«

»Für einen Drink?«

»Ein Tröpfchen hat noch niemandem geschadet.« Johnny holte aus seinem Koffer drei Gläser, die ich zuvor noch nie gesehen hatte, und goß in jedes Whiskey ein.

»Du solltest dich geschmeichelt fühlen«, sagte Mary. »Bis du hereingeschneit kamst, haben wir aus der Flasche getrunken.«

»Nun ja, Jacqueline ist Dichterin«, sagte Johnny.

»Bin ich nicht – Was hat denn das damit zu tun?« wandten Mary und ich wie aus einem Mund ein.

»Auf uns. Ein frohes Fest«, sagte Johnny und hob sein Glas. Er trank den Whiskey in einem Zug aus, ich dagegen bekam ihn kaum herunter, so scharf brannte er. Ich hätte ihn lieber verdünnt mit einer Tasse Tee getrunken. Ich mußte würgen und prusten.

»Um Himmels willen, gib ihr etwas Wasser zu«, sagte Mary.

Johnny tat, wie ihm aufgetragen, und beide sahen zu, wie ich nach Fassung rang. Mein Gesicht war glühend heiß, und ich war dankbar für den Dämmerschatten.

»Mary ist gekommen, um mir mein Weihnachtsgeschenk zu überreichen«, sagte Johnny.

»Ah ja, was ist es denn?« erkundigte ich mich höflich.

»Ein guter Hobel«, sagte Johnny. Mary platzte heraus, aber ich wußte nicht, was er meinte.

»Und ein Paar Stiefel«, sagte Mary. »Zeig sie ihr, Ray.«

»Nicht eben elegant, aber gute Qualität. Mary ist kein Geizkragen.« Johnny führte einen kleinen Tanz auf und hob jeden Stiefel einzeln hoch, daß ich ihn bewundern konnte. Es waren Stiefel, wie Bauarbeiter sie tragen.

»Gut sehen sie aus, haltbar«, sagte ich. »Ist Ray Ihr Zweitname?«

»Ha!« rief Mary. »Was hat er dir denn gesagt, wie er heißt?«

»Johnny«, sagte ich.

Sie lachte. »Wie originell! Das muß ich ihm lassen. Johnny!«

»Was ist ein Name? Was uns Rose heißt...«, wandte Johnny ein. »Die Idee des Namens...«

»Ach, ich scheiß auf deine Ideen«, erwiderte Mary. »Keinen Heller sind die wert. Alles hohles Geschwätz und Schaumschlägerei.« Sie setzte sich mit angezogenen Knien auf einen Haufen Decken, so daß ich den blauweißen Schimmer der Innenseite ihrer Schenkel sah. »Setz dich her.« Folgsam ließ ich mich auf der Kiste nieder. »Wie kommt's denn, daß du Raymond... Johnny kennst?« Sie lächelte und fuhr sich mit der Hand durch die Haare. Sie hatte ein schelmisches Gesicht, viel jünger als Johnnys.

»Ich habe ihn pfeifen hören«, sagte ich. »Da hab ich hereingeschaut...«

»Hmmm. Magst du eine Rumkugel?« Sie wühlte unter den Decken und förderte eine Papiertüte zutage, aus der sie eine mit Schokoladenstreuseln bedeckte Praline von der Größe eines Golfballs nahm. Ich biß hinein, und die Streusel prasselten auf den Boden.

»Nimm dich bloß in acht vor ihm«, sagte Mary, als wäre er gar nicht anwesend. »Ein nettes Mädchen wie du. Wie alt bist du denn?«

»Dreizehn«, sagte ich, und sie seufzte.

Johnny nahm einen Schluck aus der Flasche und grinste mich an.

»Wo du's schon einmal schmutzig gemacht hast, kannst du ebensogut dein Glas benützen«, sagte Mary. Sie beugte sich zu mir: »Wo ich überall gewesen bin, wo ich überall hinmußte, um ihn wieder einzufangen«, klagte sie.

»Wie haben Sie ihn denn gefunden?«

»Ab und zu schickt er eine Karte... Bildet sich ein, ich würde alles stehen und liegen lassen und ihm hinterherrennen.«

»Was du ja auch tust«, sagte Johnny und torkelte.

»Um Himmels willen, setz dich«, sagte Mary. »Was ich *manchmal* tue. Wenn ich nichts Besseres zu tun habe.«

»Sind Sie verheiratet?« fragte ich. »Ich meine, miteinander.« Die Frage klang selbst in meinen Ohren ungehörig.

»Verheiratet!« höhnte Mary. »Den alten Knacker heiraten?«

»Wenn ich ihr einen Antrag machte, würde sie es auf der Stelle tun«, sagte Johnny.

»Würde ich nicht, und wenn du vor mir auf die Knie fallen würdest«, versetzte Mary.

Johnny kniete schwankend vor ihr nieder. »Hiermit halte ich feierlich um deine Hand an und bitte dich, mit mir in den heiligen Stand der Ehe zu treten«, sagte er. »Oder in den Stand der heiligen Ehe.«

Mit der Zehenspitze schubste Mary ihn hintüber. »Zieh

Leine«, sagte sie, und obwohl sie lächelte, sah sie geknickt aus.

Um das Thema zu wechseln, fragte ich Mary: »Bleiben Sie über Weihnachten hier?«

»Keine Bange. Ich wollte nur mal eben vorbeikommen. Ich wohne bei Verwandten, da gibt's ein richtiges Weihnachtsfest. Raymond nehme ich auf ein paar Tage mit.«

Überrascht sah ich Johnny an, doch der setzte sich auf und zuckte die Schultern, als sei ihm alles aus der Hand genommen.

»Hat er dir erzählt, was er hier treibt?« fragte Mary. Sie wies auf die Flügel.

»Er will fliegen.«

»Fliegen?« lachte sie. »Fliegen! Das ist ja glänzend!«

Johnny schien mir zuzublinzeln, aber dann rieb er sich mit seinen langen, scharfen Fingern kräftig das Gesicht. Er konnte eine Rasur vertragen. Ich wünschte, Mary würde weggehen, damit ich ihm beim Rasieren zuschauen, das schaumige Schaben der Klinge hören und die Seife riechen könnte. Ich wollte mit ihm allein sein, um ihm mein Gedicht überreichen zu können. Solange Mary da war, konnte ich das unmöglich. Sie würde lachen, so wie sie über Johnnys hochfliegende Ideen lachte, die für sie nichts weiter als ein Scherz, eine Torheit waren. Die Frau war phantasielos, das sah man. Ich glaubte, daß ich Johnny besser verstand als sie, daß sie ihn nicht zu schätzen wußte. Und Raymond war ein völlig verkehrter Name für ihn, der überhaupt nicht zu ihm paßte.

»Vielleicht klappt's ja«, sagte ich.

»Ha, der wird genausowenig fliegen wie ich.«

»Ich verstehe zwar nicht, wie er die Flügel hinausbugsieren will«, gab ich zu. »Aber ich bin sicher, daß er's schafft.«

»Ihr werdet schon noch sehen«, sagte Johnny geduldig.

In der Kirche war es kalt, es fehlte die Behaglichkeit, die Johnny und mich manchmal umgab, wenn nur wir zwei zugegen waren. Der Whiskey hatte mich nicht aufgewärmt. Ich kam mir tölpelhaft und riesig vor, mit Fingern wie Bananen. Ich nahm meine Zigaretten aus der Tasche und bot Mary eine an. Johnny machte: »Ts-ts-ts.«

»Du rauchst doch wohl nicht schon in deinem Alter?« fragte Mary und bediente sich. »Üble Angewohnheit. Wenn du mein Kind wärst, würde ich dir den Hintern versohlen.«

»Ich hab gerade erst damit angefangen«, sagte ich, »aber es schmeckt mir nicht besonders. Wenn ich die Schachtel aufgeraucht habe, höre ich wahrscheinlich wieder damit auf. Da kann ich sie ebensogut aufbrauchen.«

»Gib mal her«, verlangte Johnny. Ich tat es. Er behielt die Packung einen Augenblick lang in der Hand und flüsterte eine Art Zauberwort, dann ließ er sie hinter seinem Rücken herumgehen und gab sie mir wieder zurück. Ich blickte hinein. Die Zigaretten waren verschwunden.

»Aber wo sind sie?« fragte ich. Ich traute meinen Augen nicht. In der Packung hatten sich ganz bestimmt eben noch zwei Zigaretten befunden, und jetzt war da keine mehr. Nichts als Tabakgeruch und ein paar bräunliche Flecken.

»Sieh an«, sagte er.

»Zauberkunststücke«, sagte Mary verächtlich und zündete sich ihre Zigarette an. Sie sog den Rauch tief in die Lungen ein, dann machte sie den Mund auf und zu wie ein Fisch und blies Rauchringe in die Luft.

Ich sah zu, wie die Kringel ins Dunkel aufstiegen, blaß und unscharf wurden und sich schließlich auflösten. »Ich sollte jetzt lieber gehen«, sagte ich und stand auf. Mir war schwindelig, und ich fühlte mich riesenhaft, sie turmhoch überragend. Keiner von beiden antwortete. »Dann also ein schönes Fest«, sagte ich. »Werde ich Sie nach Weihnachten wiedersehen?«

»Nimm dich vor ihm in acht«, riet Mary mir. »Dem ist nicht über den Weg zu trauen.«

Johnny zwinkerte. »Mit den besten Wünschen zum Fest«, murmelte er.

Ich ließ sie beide auf dem Boden neben dem Weihnachtszweig zurück und ging nach draußen. Es hatte angefangen zu regnen. Der Whiskey, der in mir brannte, machte mich schwerfällig und ließ mich straucheln. Bevor ich den Friedhof verließ, blieb ich bei dem Engel stehen. Über ein Auge war grünlicher Vogelkot getröpfelt. »Fröhliche Weihnachten«, flüsterte ich und kam mir einfältig dabei vor. Da war nicht der leiseste Anschein einer Antwort, sondern nur der Regen, der von den steinernen Flügelbogen herabtroff. Zum Glück waren meine Zigaretten verschwunden; schon von Marys Rauch, den ich eingeatmet hatte, war mir übel, und doch hätte ich gern gewußt, wie Johnny es angestellt hatte und ob er sie später wiederauftauchen lassen würde – als ein Geschenk für Mary. Ich steckte die Hand in meine Tasche und fühlte den Umschlag mit dem Gedicht, es war immer noch da. Jetzt mußte ich mich mit der Übergabe bis nach Weihnachten gedulden, wenn wir wieder allein wären.

Ich verließ den Friedhof und wollte nun auf der Straße statt auf dem vom Regen aufgeweichten Fußweg laufen, da hörte ich hinter mir rasches Füßegetrappel. Mary holte mich ein. Ich wartete, während sie sich an eine Mauer lehnte, um Atem zu schöpfen. Eine Hand hielt sie an ihre Taille gepreßt. »Seitenstechen«, keuchte sie. Ihre Haare waren naß, und bei Tageslicht konnte ich die orangene Schminke auf ihrem Gesicht erkennen und unter den Augen einen dunklen Schmierfleck. »Bleib weg«, sagte sie, als sie wieder zu Atem gekommen war. »Ich sag's dir im Ernst, mit dem ist nicht zu spaßen. Ich weiß nicht... Ich bin mir nicht sicher, sonst würde selbst ich wegbleiben, aber wir sind durch dick und dünn miteinander gegangen, Ray und ich. Über Jahre. Sicher gewesen bin ich mir nie.«

»Sicher worüber?« fragte ich. »Ich weiß nicht, wovon Sie sprechen.«

Sie seufzte. »Ich doch auch nicht, Kleines, das ist ja das Problem. Aber Vorsicht ist die Mutter der Porzellankiste, nicht wahr? Ich würde mir ja nichts draus machen, aber du bist ein so nettes Mädchen.«

»Aber was...«

»Ich mach mich davon«, sagte sie. »Hier draußen ersaufe ich noch. Denk dran...« Und stöckelnd hastete sie in ihren hochhackigen Schuhen davon, den Kopf in den Regen gesenkt, die nackten Beine schlammbespritzt.

Auf dem Heimweg fiel mir Mutters Schinkenspeck ein, und ich machte bei der Fleischerei halt und reihte mich in die Schlange ein, die sich bis nach draußen unter die tropfende Markise erstreckte. Im Fenster des Fleischerladens, zwischen den Truthähnen und den Steakscheiben, befand sich ein wollflockenbedeckter Weihnachtsmann, der zur Farbe von getrocknetem Blut verblichen war. Die Leute kamen mit riesigen Putern unter dem Arm heraus. Das eingedellte Weiß der Putenhaut erinnerte mich an Marys Schenkel, und ich dachte, daß sie auf mich eifersüchtig sei und mich deswegen fernhalten wollte, und bei dem Gedanken mußte ich grinsen.

17

Zum erstenmal fiel mir der weibliche Geruch des Strumpfes auf, den Mutter mir gab, damit ich ihn auf dem Bettende auslegte. Es war ein ausrangierter Strumpf von ihr. Er lag auf meiner Tagesdecke wie eine abgestreifte Schlangenhaut. Als Bob sich hereinstahl, hielt ich mein Gesicht der Wand zugekehrt. Mein Mund war trocken, und in meinem Kopf hämmerte das Blut. Mutter hatte mir ein winziges Gläschen Sherry zugebilligt, nachdem wir den Baum geschmückt hatten; dabei hatte ich mich noch gar nicht richtig von dem Whiskey erholt. Ich hörte das Rascheln und Knistern des gefüllten Strumpfes, als Bob ihn mit dem leeren vertauschte, und atmete so leicht und ruhig wie eine Schläferin. Einen Augenblick lang stand er reglos da und betrachtete mich, und ich bewegte mich sogar leise wie in einem Traum.

Als er hinausgegangen war und die Tür geschlossen hatte, drehte ich mich um und schaute auf das erleuchtete Zifferblatt meines Weckers. Es war halb eins. Ich langte nach dem Strumpf, und in dem Lichtschimmer, der vom Gang durch die Türritzen hereindrang, zog ich alles heraus: einen Schneemann aus Schokolade, von der Art, wie Susan ihn für ihr Gedicht gewonnen hatte; eine neue Zahnbürste; einen Waschlappen und ein Stück Seife; drei Schlüpfer; etwas Schokoladengeld; und eine Mandarine. Bis auf die Schokolade alles Dinge, die sie mir ohnedies gekauft hätten. Ich knibbelte einige Schokoladentaler auf und aß sie in dem dumpfen Gefühl, betrogen worden zu sein. Dann schob ich alles wieder an mein Bettende, legte mich lang und schlief tief und fest bis zum folgenden Morgen.

Nach dem Frühstück ging Bob, der vollständig angekleidet war und mit seiner neuen roten Krawatte beunruhigend festlich wirkte, aus dem Haus, um nach einem Taxi zu telefonieren, mit dem er Tante May abholen wollte. Ich half Mutter beim Abwasch, dann ging ich, während sie die Kartoffeln schälte und den Truthahn in den Ofen schob, ins Wohnzimmer und betrachtete den Weihnachtsbaum. Ich knipste die Lichter an. Bob hatte bis spät in die Nacht hinein an ihnen herumgebastelt, jetzt funkelten sie gehorsam und spiegelten sich in den Glaskugeln und dem glitzernden Lametta. Ich hielt mein Gesicht dicht an eine große, grüne Kugel und sah, wie sich mein winziges, verzerrtes Spiegelbild von einer riesigen, platten Schnauze nach hinten bog. Es sperrte sein Maul nach mir auf, wie ein Ungetüm, das dem Wasser entsteigt. Ich fuhr zurück.

Der Baum sah tadellos aus, wie die Abbildung auf einer Weihnachtskarte. Er war dunkelgrün und kräftig und strotzte vor Gesundheit. Bob hatte ihn in einen roten Eimer eingetopft, dann hatten wir ihn mit seinem Putz versehen, so daß jeder Zweig im Glanz erstrahlte. Am spitz zulaufenden obersten Zweig war die Fee festgebunden. Bob hatte die Kerzen so angeordnet, daß sich hinter ihr ein rotes Licht befand, welches ihre Flügel rosarot erglühen ließ. Heiter blickte sie durchs Zimmer wie ein

Mensch in seinem Element. Da sandte ich einen Gedanken an Jacqueline aus, die, wo immer sie war, irgendwo in der Welt Weihnachten feierte, mit einer eigenen feinbestickten Fee auf der Spitze eines eigenen Baumes.

Unter dem Christbaum lagen die Geschenke, die wir auspacken würden, wenn Tante May eintraf. Sie waren alle in dasselbe grellbunte Geschenkpapier eingeschlagen. Im übrigen war das Zimmer vollgestopft mit Engeln und Sternen aus Papier. Sie füllten die Fensterbänke, drängten sich mit den Weihnachtskarten auf dem Kaminsims und hingen an schwarzen Zwirnsfäden von der Decke herab. Auf einem niedrigen Tisch stand Mutters Krippe mitsamt zerdrücktem Esel und alledem. Es war lächerlich. Es war goldig. Es war, auf seine Art, schön. In mir prallten die widersprüchlichsten Empfindungen aufeinander. Ich konnte die Empfindlichkeit all des mit so aufreizender Sorgfalt geknifften Papiers, die Zerbrechlichkeit des festlichen Anlasses nicht ertragen. Ich wollte alles zertreten und zertrümmern und verschmähen – und ich wollte daran glauben und daran teilhaben. Ich wollte einen langen Zug tun und wundergläubig alles schlucken.

Bob trug Tante May ins Wohnzimmer und setzte sie in seinem Sessel ab. In dem Maße, wie ich im Laufe des Jahres größer geworden war, war sie kleiner geworden, und ihre Füße baumelten über dem Boden. Hellwach musterte sie mich aus ihren tiefliegenden, zusammengekniffenen Augen. Durch den schütteren Bausch farblosen Haars war die ausgedörrte kleine Nuß ihres Schädels zu erkennen. Ihre Augenbrauen waren jede auf drei, vier Haare reduziert; die aber waren lang und ragten wie verdrehte Drähte hervor. Rund um den Mund wuchsen ihr Schnurrhaare. Sie hatte keine Zähne mehr, und ihr Mund war zu einer schmalen, feuchten Knospe zusammengeschrumpft.

»Hallo, Tante May. Frohe Weihnachten«, sagte ich und beugte mich vor, um sie auf die Wange zu küssen. Bob zog eine Grimasse und bohrte sich, zu Mutter gewandt, die ihn geflissentlich übersah, den Zeigefinger in die Schläfe.

»Tante May...« Mutter setzte sich auf die Sessellehne und umarmte May mit ungeheuchelter Zuneigung.

Tante May starrte mich an. »Das Mädchen hat sich verändert.« Sie preßte die Worte hervor, und ihre Stimme klang wie von weit her.

»Dreizehn geworden. Ein richtiger Teenager«, sagte Mutter. Sie wandte May beim Sprechen den Mund zu, so daß diese ihr die Worte von den Lippen ablesen konnte, denn sie war schon fast taub.

»Na dann. Laßt uns mit den Festlichkeiten beginnen«, sagte Bob und rieb sich die Hände. »Sherry, Lilian? Ein Glas Limonade, Jenny?«

Als ich klein war, hatte mich die Art, wie wir die Geschenke auswickelten, zur Raserei getrieben. Es war meine Aufgabe, sie auszuteilen, dann öffneten wir sie langsam, der Reihe nach, und ein jeder betrachtete und bewunderte sein Geschenk und reichte es zur allgemeinen Besichtigung herum. Es war ein langwieriger Prozeß, und obendrein lachhaft, wenigstens von Mutters Standpunkt aus, hatte sie doch fast alles selbst ausgewählt und eingepackt. Dieses Jahr dauerte das Verfahren sogar noch länger, weil Tante May immer wieder hinüberdämmerte, nicht in den Schlaf, sondern an einen Ort jenseits von uns, und wir größte Mühe hatten, sie zurückzuholen.

»Tante May!« brüllte Bob. »Eine Taschenlampe von Lilian für mich – schau nur – erstklassig.« Er knipste sie an und aus. »Heller Strahl – normaler Strahl – und aus. Danke schön, Lilian. Genau das Richtige. Äußerst nützlich.«

Mutter lächelte und wickelte Bobs Geschenk für sie aus, ein Buch über Makramee und ein Knäuel Jutegarn, die sie sich selbst ausgesucht hatte. Sie reichte das Garn Tante May, die es bewundern sollte, aber die behielt es in der Hand und schaute verwirrt zu mir herüber. Sie sagte: »Möchte jemand Tennis spielen?« oder etwas Ähnliches, und Bob lachte, als wäre es ein Scherz.

Ich packte meinen schwarzen Pullover aus und rannte nach oben, um ihn überzuziehen und vorzuführen. »Du kriegst langsam Busen«, bemerkte Bob, und Mutter nannte den Pullover »schick«. Von Tante May bekam ich Badesalzwürfel mit Pfirsichblütenduft, die mir sehr bekannt vorkamen, weil ich sie ihr das Jahr zuvor geschenkt hatte. »Danke«, sagte ich.

Sie blickte mich aus ihren schmalen Augenschlitzen an und nickte.

Mutter und Bob wickelten unter Ausrufen meine Geschenke für sie aus, und um seine Billigung auszudrücken, schneuzte sich Bob auf der Stelle in sein neues Taschentuch.

»Noch ein kleines Geschenk für Jenny«, sagte Mutter. Sie kniete sich vor den Baum. Ich hielt den Atem an, einen Augenblick langte glaubte ich, daß Jacqueline an mich gedacht hatte. Mutter wühlte unter dem Baum und zog ein winziges Päckchen hervor. »Beinahe wär's verlorengegangen, so klein ist es.« Es war wieder das gleiche Geschenkpapier, und ich wußte sogleich, was es war: ein neuer Talisman für mein Armband. Es war ein kleines goldenes Büchlein. »Mach's auf«, sagte Mutter erwartungsvoll. Mit dem Zeigefinger drückte ich auf den winzigen Verschluß, und eine kleine Ziehharmonika winziger Fotografien fiel heraus. Ansichten von Paris.

»Wie hübsch«, sagte ich. Die Enttäuschung blieb mir in der Kehle stecken, dick und zerbrechlich wie ein Ei. Da waren der Eiffelturm, der Arc de Triomphe und Versailles – alles Bilder, die ich von den Postern an den Wänden des Erdkundezimmers in meiner Schule her kannte.

»Wenn du es neben dem Glücksbringer einhängst«, sagte Mutter, »hast du was zum Herumklimpern.«

Tante May kicherte aus keinem ersichtlichen Grund. Wir alle hielten inne und blickten zu ihr. Mutter half ihr dabei, das Geschenk von sich und Bob auszupacken – ein Paar Pantoffeln. Sie streifte Tante May die schmalen, schwarzen Schuhe von den Füßen und zog ihr statt dessen die blauen, flauschigen Pantoffeln an. Sie waren viel zu groß und rutschten ihr sofort von den baumelnden Füßen. »Ich kann sie umtauschen«, sagte Mutter traurig und betrachtete Tante Mays Füße – verbogene, verschrumpelte Ästlein.

Ich dachte, ich wäre nicht in der Lage, das Mittagessen zu mir zu nehmen, das Mutter mit so viel Mühe zubereitet hatte, doch beim Essen kam mir der Appetit, und ich belud meinen Teller mit zarter weißer Truthahnbrust, sämiger Sauce und mehr und mehr Kartoffeln. Wer nicht viel aß, war Bob. Das sah ihm nicht ähnlich, und Mutter drängte ihn wieder und wieder, doch etwas zu essen, bis er ärgerlich wurde. Tante May fütterte sie mit zerkleinerten Happen. Tante May sperrte den Mund weit auf, um jede Gabelvoll entgegenzunehmen, und kam mir vor wie ein glanzäugiges Vogeljunges in seinem Nest. Wir rissen die Knallbonbons entzwei, lasen die albernen Sinnsprüche und setzten uns für den Nachtisch Papierkronen auf. Tante Mays Krone war ihr viel zu groß, andauernd rutschte sie herab und legte sich wie eine Krause um ihren Hals, bis Mutter sie mit Tesafilm festklebte.

Nach dem Essen setzten wir uns gesättigt ans Kaminfeuer. Bob drehte an den Knöpfen des Radios herum, und wir lauschten der knackenden Stimme der Queen, dann nickten Bob und Tante May ein. Mutter kniete sich auf den Boden, band an die Lehne eines Küchenstuhls einige Längen Jutegarn und fing an, mit ihrem Makramee herumzuexperimentieren. »Ich glaube, das werd ich ganz prima hinkriegen«, sagte sie. »Möchtest du einen Gürtel? Ich könnte auch einen Klingelzug knüpfen.«

»Aber wozu denn?« fragte ich. Ich sah ihren flinken Fingern zu, bis ich selbst einschlief. Kurze Zeit später weckte mich ein Papierengel, der mir von der Decke in den Schoß gefallen war. Mutter hatte bereits mehrere Zentimeter ihrer Arbeit vollendet.

»Kreuzweise diagonal geschnürt«, sagte sie erwartungsvoll, sobald ich die Augen aufschlug. »Und schau dir das an – ein flacher Knotenknopf. Ich brauche ein paar Perlen. Ich könnte einen Wandbehang machen. Sogar Gardinen ...«

»Ich setz mal Teewasser auf«, sagte ich. Als ich in der

Küche in die Bauchhöhle des halb verzehrten Truthahns spähte, mußte ich an Johnny denken und an das Weihnachtsfest, das er mit Mary und ihrer Familie verbrachte oder womöglich ganz allein in der Kirche, in der ihn lediglich der kleine Zweig daran erinnerte, daß Weihnachten war. Ich war überrascht – schockiert – gewesen, als ich herausfand, daß er eine Freundin hatte. Ich hatte ihn mir als Einzelgänger vorgestellt. Es überraschte mich auch, was für ein Frauentyp Mary war – eine ganz gewöhnliche Frau, die sich über ihn lustig machte und ihn herumkommandierte. Ich konnte mir nicht denken, was er in ihr sah, nahm aber an, daß es mit Sex zu tun hatte. Ich rupfte eine Faser Fleisch von dem Gerippe. Ich war unruhig. Bob hatte angefangen zu schnarchen, und ich konnte ihn von der Küche aus hören. Es war im Haus zu heiß und stickig.

»Ich glaub, ich mach einen Spaziergang«, flüsterte ich Mutter durch den Türspalt zu. Über ihre Brillengläser sah sie mich erstaunt an, behielt aber den Zeigefinger auf einer Anleitung in ihrem Buch. »Einverstanden?«

»Einverstanden«, erwiderte sie. »Möchtest du, daß ich mitkomme?« Sie brachte mir damit ein Opfer, jetzt, wo sie mit ihrem Makramee begonnen hatte.

»Nein«, sagte ich. »Ich bleib nicht lange. Nur ein bißchen frische Luft schnappen. Ich mach uns den Tee, wenn ich zurückkomme.« Sie nickte erleichtert und wandte sich wieder ihren Knoten zu.

Ich ging gern nachmittags durch die Straßen, wenn es schon so dunkel war, daß die Lichter brannten, aber die Vorhänge noch nicht zugezogen wurden. Am liebsten waren mir die Häuser ohne Stores, durch die ich im Vorüberschlendern ungehindert einen Blick auf die Familienidyllen erhaschen konnte. Viele Familien saßen um den Fernseher, und wenn ich stehenblieb und Augen und Ohren aufsperrte, konnte ich eine Zirkusnummer aufschnappen, einen flirrenden Sprung und prasselnden Beifall. Baumkerzen flimmerten. Dies war der Tag der Tage. Die ganzen Straßen entlang saßen puddingschwere Familien zusammengesackt hinter dem erleuchteten Fensterglas. Ich sah einen schlummernden Mann, dessen Papierkrone ihm über die Augen gerutscht war, ich sah einen Jungen, der einen Federball schlug, ich sah eine Frau mit Teegeschirr. Neben mir fuhr ein Wagen vor, aus dem sich aufgeregt kreischend eine paketbeladene Familie ergoß, und als ich mich bückte, um mir den Schnürsenkel zu binden, tat sich die Haustür auf, die Familie wurde begrüßt und von einer Diele voller Licht und Luftballons verschluckt. Um zu erfahren, daß die Familie in dem blauen Haus eine Bilderbuchweihnacht feierte, brauchte ich nicht erst zum Spielplatz zu gehen und auf das Gerüst zu klettern. Ich zwang meine Füße, nicht zur Kirche, sondern wieder nach Hause zu gehen.

Bob war aufgewacht, er stand in der Küche und schenkte Tee ein. »Na, hast du wieder einen klaren Kopf?« fragte er. Ich fand, daß er blaß aussah, und bemerkte, daß seine Hand zitterte.

»Das wollte ich doch besorgen«, sagte ich. »Stimmt mit dir etwas nicht?«

»Jetzt fang *du* nicht auch noch damit an«, entgegnete er.

Nach einer Tasse Tee war es Zeit für Spiele. Bob war mit

Begeisterung bei der Sache. Mutter spielte getreulich mit, und ich schloß mich an, weil mir kaum eine andere Wahl blieb, wenn ich ihnen Weihnachten nicht ganz verderben wollte. Nie wünschte ich mir sehnlicher einen Fernseher als während der Weihnachtsfeiertage. Neidisch dachte ich an all die Familien in der Straße, die in geselliger Schweigsamkeit vor dem Flimmerkasten zusammengesunken waren. Wir begannen ganz unverfänglich mit *Zwanzig Fragen*, einem Frage-und-Antwort-Spiel. Bob hielt sich pedantisch an die Regeln und erfand immer neue hinzu, »damit wir hübsch auf Zack bleiben«, wie er sagte. Er hatte die vogelförmige Pfeife, die er in seinem Knallbonbon gefunden hatte, zur Hand, und jedesmal, wenn jemand gegen eine Regel verstoßen hatte, stieß er damit einen scharfen Triller aus. Es fiel ihm nicht ein, daß vielleicht auch einmal ein anderer die Rolle des Schiedsrichters übernehmen könnte. Er ersann die Regel, daß »Hm« und »Äh« nicht erlaubt seien und jede Frage binnen fünf Sekunden beantwortet werden müsse – vier Faustschläge auf die Sofalehne, dann, bei der Zahl Fünf, wies sein grimmiger Zeigefinger antwortheischend auf das Opfer.

Tante May war hierfür ein hoffnungsloser Fall und mußte ausscheiden. Sie warf mir einen schelmischen Blick zu, und ich grinste zurück. Bei Tante May wußte man nie, wieviel sie mitbekam. Mutter sagte, als junge Frau habe sie immerfort gelacht und jeden geneckt, und selbst jetzt funkelten ihre alten Augen vor Schalk, wenn Bob seine Trillerpfeife an die Lippen setzte. Das erste Spiel brachten wir einigermaßen reibungslos hinter uns. So war es immer. Wir fingen an mit harmlosen, an Regeln gebundenen Spielen, bei denen man entweder siegte oder verlor – für den Gewinner gab es keinen anderen Preis als Erleichterung, denn je mehr sich der Pegel der Brandyflasche senkte, desto spöttischer benahm sich Bob dem Verlierer gegenüber. Es folgten Scharade und *Onkel Otto sitzt lachend in der Badewanne,* und ich merkte, daß mir letzteres sogar Spaß machte. Danach richteten Mutter und ich das Abendbrot: Sandwiches mit Putenfleisch und Füllung, Piccalilli und Weihnachtskuchen. Nach dem Abendessen gab es eine Abwasch- und Verdauungspause, dann kündigte Bob, wie ich befürchtet hatte, *Leben auf dem Dorf* an.

Das war ein Spiel, das er sich selbst ausgedacht hatte. Es gab so viele Regeln, daß niemand außer Bob sie sich alle merken konnte oder auch nur mitbekam, ob er sie während des Spiels umänderte. Dieses Jahr war ich die Postbotin, mein Sack mit Weihnachtskarten war mir gestohlen worden, und das Ziel des Spiels bestand darin, herauszufinden, wer ihn entwendet hatte und wo er sich befand. Das alles geschah mit Hilfe von Würfeln, einer aufwendig gezeichneten, gefalteten und verschmierten Karte, in Knetmasse gesteckten Streichhölzern und Zetteln – geheime Aufzeichnungen, die verschlüsselt sein mußten –, und jede Runde dauerte bis zu zwanzig Minuten. Hin und wieder befahl Bob Mutter oder mir, das Zimmer zu verlassen, damit eine vertrauliche Unterredung stattfinden konnte. Wie immer spielte Bob den Detektiv. Er hob eine von Mutters Stricknadeln auf, eine dünne, biegsame, mit der er fuchtelte, wenn er uns herumkommandierte oder in den angsterfüllten Gesprächspausen darauf wartete, daß wir an die Reihe kämen. Mutter und ich schauten einander mißtrauisch an. Tante May gab einen rätselhaften Kehllaut von sich. Bob fuhr mit der Nadel durch die Luft, vor meinen Augen glitt ein Schatten vorüber, ich schien zu sehen, wie er drohend aufragte, und einen Moment lang krümmte ich mich und kniff die Augen zu in der Gewißheit, daß er mich auspeitschen würde. Doch als ich aufblickte, saß er, die Nadel auf dem Schoß, in seinem Sessel und schaute nicht einmal in meine Richtung.

Mutter musterte mich befremdet. »Laß uns hiermit aufhören und Scrabble spielen«, flehte sie Bob an. Ich sah, wie ihr Blick zu ihrem Makramee wanderte.

»Aber wir sind ihm doch gerade auf der Fährte!« protestierte Bob. »Willst du denn *gar* nicht herausfinden, wer der Täter ist?«

Mutter hob die Brauen, und ich blickte zu Tante May, die nickte. »Heim«, sagte sie und sah zur Uhr hinüber.

»Ja, Bob, es wird Zeit, daß du Tante May zurückbringst«, sagte Mutter, und ihre Miene verriet Erleichterung darüber, daß das Spiel vorüber war, vermischt mit dem Bedauern, daß es schon wieder an der Zeit war, sich von Tante May zu verabschieden. Widerstrebend erklärte Bob sich dazu bereit, und nie sollten wir herausfinden, wer denn nun die Post gestohlen hatte, und Bob sagte, der Grund sei, daß *irgend jemand* die Sache verbaselt hätte, und blickte finster auf Mutter, deren Gesicht völlig ausdruckslos war, als sie Tante May in den Mantel half.

Ich war froh, als der Tag zu Ende war. Ich half Mutter beim Aufräumen, dann ging ich auf mein Zimmer, wo noch immer die Geschenke aus dem Weihnachtsstrumpf auf meinem ungemachten Bett herumlagen. Ich zog meinen Pyjama an, setzte mich mitten in den Wirrwarr und verzehrte meine Mandarine. Der Weihnachtstag war vorüber, und meine Ängste hatten sich als unbegründet erwiesen. Es war nicht schlimmer als sonst gewesen. Ich nahm Johnnys Buch zur Hand und las, wie Stephen seine Brille zerbrach und dafür ungerechterweise eine Tatze bekam. Ich fand, »Tatze« war ein komisches Wort für etwas Schmerzhaftes, es klang zu sehr nach Bär, nach Teddybär, und reimte sich auf Katze, ein Kuscheltier. Da trat zögernd Mutter in mein Zimmer.

»Was liest du denn da?« fragte sie. Ich zeigte ihr das Buch. »Das habe ich ja noch gar nicht gesehen«, sagte sie.

»Ich hab's mir von jemandem ausgeliehen«, sagte ich.

»Aha...« Sie setzte sich zu mir auf die Bettkante. »War's schön heute?« fragte sie.

»Ja«, antwortete ich.

»Ich weiß, Bob ist ein bißchen... aber so sind Familien nun mal. Und er ist herzensgut. Das solltest du wissen. Für einen Vater gar nicht übel.«

»Nur, daß er nicht mein Vater ist.« Ich versuchte, von ihrem Gewicht auf meiner Bettkante wegzurücken. In mir stieg Verärgerung auf. Der Tag war glimpflich verlaufen, ich hatte alles unter Kontrolle gehabt, und jetzt war er zu Ende, aber natürlich mußte sie mir auf mein Zimmer folgen, mußte die Sache zu weit treiben.

»Du brauchst mir nichts vorzumachen, Mutter, ich bin kein Kind mehr.«

»Nein«, seufzte sie. »Natürlich nicht. Das ist sehr wahr.«

»Man kann nicht sagen: *sehr* wahr«, krittelte ich. »Entweder etwas ist wahr oder nicht wahr.«

»Da wirst du recht haben.« Einige Augenblicke lang saß sie so da, räusperte sich und seufzte.

»Nun?« sagte ich schließlich. Durch ihre Gegenwart fühlte ich mich eingeengt, unfähig, zu denken oder mich zu rühren, unfähig, zur Ruhe zu kommen.

»Da ist noch ein Geschenk«, sagte sie. Sie sah nicht auf, sondern nestelte an dem gefransten Saum meiner Tagesdecke herum. »Ich wollte es dir vorhin nicht geben – vor Tante May – und vor Bob – und überhaupt. Ich wußte nicht, was ich tun sollte. Ich wollte dich – die anderen nicht durcheinanderbringen – Weihnachten nicht durcheinanderbringen.«

Sie wartete auf meine Antwort, und als ich meine Stimme wiederfand, war sie ganz kalt und klar. »Von ihr? Von Jacqueline?«

»Ja, Liebes. Der Brief hat dich so mitgenommen, da wollte ich nicht...«

»Wo ist es?«

»Ich hol's dir.« Sie eilte aus dem Zimmer und kam mit einem Päckchen zurück, das in anderes Geschenkpapier eingewickelt war, nicht in Mutters. Es war dunkelgrün mit winzigen versilberten Stechpalmenblättern, teures, geschmackvolles Papier – genau die Sorte Papier, wie ich sie von Jacqueline erwartet hätte. Auf einem passenden

Anhänger standen, mit grüner Tinte geschrieben, die Worte: *Für Jennifer, in Liebe zu Weihnachten, Jacqueline.* Das war alles. Eine elegante Handschrift, die erwachsene, weltläufige Version ihrer Handschrift in dem Brief. Wieder und wieder las ich sie, doch mehr stand da nicht. Immerhin, da stand Liebe, und sie hatte an mich gedacht. Ich stierte den Anhänger so lange an, daß Mutter zappelig wurde.

»Willst du es denn nicht aufmachen?«

»Ich möchte lieber allein sein«, sagte ich, ohne aufzublicken, denn ich traute mich nicht, den Blick von dem Paket abzuwenden.

»Nun gut, Jenny. Du kannst es uns ja morgen früh zeigen.« Ihre Stimme klang flach. »Gute Nacht«, sagte sie, und ich murmelte irgendeine Erwiderung, und einen Augenblick zauderte sie, als wolle sie mir einen Kuß geben oder noch etwas sagen, doch dann ging sie hinaus und zog die Tür mit einem enttäuschten Klacken hinter sich zu.

Ich erhob mich von meinem Bett, nahm die Nagelschere aus meinem Necessaire und schnippelte mit größter Sorgfalt, um nur ja nicht das Papier zu zerreißen, das Päckchen auf. Darin befand sich eine Schachtel, und selbst ohne ihr tröstliches Gewicht hätte ich gewußt, daß *diese* Schachtel nicht leer sein konnte, nicht leer sein würde. Ich glättete das Papier, faltete es zurecht und legte es zusammen mit dem Anhänger in das Geheimfach meines Schmuckkästchens. Ich zwang mich, einen Moment zu warten und der Ballerina zuzuschauen, wie sie zum Eiswagengebimmel der Melodie eine Pirouette drehte. Mein

Herz schlug so schnell, daß es schmerzte. Was immer in der Schachtel war, es war mir wichtig. Wichtiger als alles andere, solange ich zurückdenken konnte. Schließlich öffnete ich die Lasche auf dem Deckel der Schachtel. Darin lag, wohlverpackt in zusammengeknülltem Seidenpapier, ein massiver schwarzer Fotoapparat. Er war nicht neu, sondern wies Kratzer und andere Zeichen der Abnutzung auf. Um so teurer war er mir. Ich hegte die Hoffnung, daß er Jacqueline gehört hatte. Sie hatte mir kein bedeutungsloses, im Laden gekauftes Geschenk gegeben, sondern etwas aus ihrem Besitz, etwas, das *ihr* vielleicht teuer war. Ich durchwühlte die Schachtel und strich jeden Bogen Seidenpapier glatt, doch weiter fand sich nichts, keine Nachricht, kein Foto, wonach mich so sehr verlangte. Aber der Fotoapparat war ein Zeichen, daß ich ihr wichtig war, daß ich in ihren Gedanken lebte, ebenso wie sie in meinen.

Ich legte mich, die Kamera auf der Brust, auf den Rücken und zog mir die Decken über. Ich hatte noch nie eine Kamera besessen, noch nie in meinem Leben ein Foto aufgenommen. Mutter und Bob interessierten sich nicht für Fotografie. Zum erstenmal fiel mir auf, daß es im ganzen Haus kein einziges Foto gab: keine Alben, keine gerahmten Porträts, keine Bilder von mir als Baby, keine Bilder von Jacqueline. Es war ein gutes Gefühl, daß etwas, das ihr gehörte, auf meiner Brust lastete, mir aufs Herz drückte, mich aufs Bett preßte. Zufrieden sank ich in Schlaf; später jedoch erwachte ich schweißgebadet, von einem Alptraum heimgesucht. Johnny kniete auf meiner Brust, drückte mit den Knien auf mich, bis ich glaubte, meine Rippen würden nachgeben und ich müßte sterben. Doch es war nur die Kamera. An der Stelle, wo sie auf mir gelastet hatte, war mein Schlafanzugoberteil schweißgetränkt. Ich stellte die Kamera auf den Boden neben mein Bett, drehte mich um, und die Hand auf sie gelegt lag ich da in Erwartung des Schlafes.

18

Nun?« fragte Mutter beim Frühstück, als klar wurde, daß ich keine Auskunft geben würde.

»Nun was?«

»Was war's denn nun? Das Geschenk?«

Bob schlürfte seinen Tee bis auf den letzten Tropfen aus und klopfte an seine Tasse, um Mutter anzuzeigen, daß er nachgeschenkt haben wollte.

»Nun?« wiederholte er.

»Eine Kamera«, sagte ich.

Mutter goß ihm Tee ein. »Ja«, sagte sie, »natürlich.«

»Was meinst du damit?«

»Einmal hat sie von uns zum Geburtstag eine Kamera bekommen. War es an ihrem dreizehnten, Bob? Sie hat's zu ihrem Hobby gemacht. Das Fotografieren. War ganz versessen darauf.« So viel hatte Mutter über Jacqueline noch nie von sich gegeben. Ich war erfüllt von dem Verlangen, mehr zu erfahren.

»Teure Angelegenheit«, murrte Bob.

»Vielleicht ist sie immer noch versessen darauf«, bemerkte ich.

»Könnte sein«, stimmte Mutter mir zu.

»Wie habt ihr sie gerufen?« fragte ich. »Jacqueline oder Jacqui? Wie sah sie aus? Sehe ich wie sie aus? Habt ihr keine Fotos? Was ist aus ihren geworden?«

»Schon wieder *Zwanzig Fragen*«, sagte Bob.

Ich blickte Mutter an und wartete auf eine Antwort, da sah ich, daß ihre Augen glänzten und ihre Lippen bebten. Sie stand auf und ging aus dem Zimmer.

»Lilian...« rief Bob hinter ihr her, aber wir hörten, wie sie die Treppe hinaufhastete und die Badezimmertür hinter sich zuwarf. Bob zog die Augenbrauen hoch.

»Schlafende Hunde«, sagte er, »soll man nicht wecken.«

»Schlafende Hunde wecken?« erwiderte ich. »Angelogen habt ihr mich. Ich will nur die Wahrheit wissen.«

»Sei nicht albern«, sagte Bob und blickte mich scharf an, er sah mir geradewegs in die Augen, auf eine Weise, wie er es seit Monaten nicht mehr getan hatte. »Was hat denn die Wahrheit damit zu schaffen? Schau dich nur an, wie du in Selbstmitleid badest. Du bekommst Essen und Kleider und wirst geliebt. *Verwöhnt.* Wenn man es bedenkt, hätte es sehr viel schlimmer ausgehen können. Wir erwarten keine Dankbarkeit, aber merkst du eigentlich, wie du Mutter mit deinem Getue verletzt? Und jetzt schickt uns das Mädchen Geschenke ins Haus, um uns herauszufordern, um Erinnerungen wachzurufen... Wir hätten die Katze nie aus dem Sack lassen sollen. Ich hab's Lilian ja gesagt... Und nie ein Wort für *uns.* Geschenke für *dich,* das wohl... aber kein Sterbenswörtchen für Lilian, ihre eigene Mutter. Es wird ihr noch das Herz brechen.«

Mir war kalt. Bob hatte noch nie so lange gesprochen. Sein Gesicht war bleich, und seine Finger zitterten, als er seine Tasse an die Lippen führte. Auf seiner Oberlippe standen Schweißperlen, und an der Stelle, wo am Vortag sein Hemdkragen in den Nacken eingeschnitten hatte, war ein roter

Striemen zu sehen. Er hatte recht, an Mutters Gefühle hatte ich nicht gedacht. Sie und Bob nahm ich lediglich als Hindernis wahr, das mich von der Wahrheit fernhielt, von meiner Mutter, und von meinem eigentlichen Ich.

»Dann hat sie euch also nichts geschickt?«

Auf der Treppe hörten wir Mutters Schritte. Bob stellte seine Tasse wieder auf die Untertasse und verdrehte die Augen. Ich war erleichtert, daß er zu seinem alten unbekümmerten Selbst zurückfand. »Nicht die kleinste Kleinigkeit«, sagte er. In diesem Augenblick trat Mutter ein, sie hörte noch das Ende unseres Gesprächs.

»Wir rechnen auch gar nicht damit...«, sagte sie in ihrer normalen, hellen Stimme. »Mag noch jemand Toast?«

»Nein danke, Lilian«, antwortete Bob. »Setz dich doch und trink noch eine Tasse Tee, so ist's recht.«

»Ich nehm noch ein Täßchen«, sagte Mutter. »Schließlich ist nicht alle Tage Weihnachten.« Sie schenkte sich ein und ließ sich nieder. »Tante May sah gut aus, findet ihr nicht?«

»Ja, wirklich«, pflichtete ich ihr bei.

»Für ihr Alter«, sagte Bob. »Aber eins kann ich euch verraten, das wird ihre letzte Weihnacht gewesen sein. Sie hat ein langes, erfülltes Leben gehabt.«

»Das sagst du jedesmal. Und außerdem stimmt es nicht. Sie hat noch viele Jahre vor sich«, sagte ich, um Mutter aufzuheitern, aber auch in der Hoffnung, ich hätte recht. Ich mochte Tante May und das Dinosaurierfunkeln in ihren uralten Augen. Ich sah es gern, wenn sie neben dem Weihnachtsbaum in Bobs Sessel thronte, die Füße baumeln ließ und mit ihrem kleinen Köpfchen nickte.

»Heute abend schläfst du bei Bronwyn«, erinnerte mich Mutter. »Laß dir lieber ein Bad einlaufen, bevor du gehst, und nimm deine neue Zahnbürste und deinen Waschlappen mit.«

»Macht es euch auch wirklich nichts aus, daß ich euch am zweiten Weihnachtsfeiertag allein lasse?« fragte ich. »Mir macht es nichts aus, hierzubleiben.«

»Mit dem *Leben auf dem Dorf* ist dann Schluß«, maulte Bob.

»Wir können immer noch *Scrabble* spielen«, sagte Mutter. »Das macht dir doch Spaß.«

»Es wird mir wohl nichts anderes übrigbleiben«, sagte Bob.

Wieder auf meinem Zimmer, drückte ich die Kamera an mich und besah mir die winzigen Ziffern um den Ring am Objektiv. Ich hatte keine Ahnung, wie sie zu bedienen war. Für einen Film hatte ich kein Geld, und jetzt konnte ich schlecht darum bitten. Ich stellte mich ans Fenster und spähte durch die obere Öffnung des Apparats. Der Garten war gespiegelt und zu einem winzigen, scharfen Abbild zusammengedrängt, das vollendeter und befriedigender war als die wuchernde Wirklichkeit. Er sah aufgeräumt und weit entfernt aus, als wäre er bereits ein Foto. Die Eisschicht auf dem Teich am Ende des Gartens glitzerte, ein winziger metallen glänzender Fleck hinter den mit Reif bedeckten Zweigen der Bäume. Jacqueline hatte vermutlich vom Garten, von Mutter und Bob und von all den Dingen, die sie sah, Aufnahmen gemacht. Womöglich war sie auf dem Friedhof gewesen. Vielleicht hatte sie sogar auf dem Spielplatz gespielt, bevor er überwachsen war. Sie hatte hier ein Leben vor mir, und ein Leben hinterläßt Spuren. Es war doch sicher nicht möglich, daß ein Mensch sich einfach in Luft auflöste?

Ich lief, den Riemen um den Hals geschlungen, im Haus umher und untersuchte die anderen Spuren, die Seidenfäden, die Pailletten.

»Wenn du nichts zu tun hast«, sagte Mutter, »würdest du für mich auf den Dachboden gehen? Da steht ein Karton mit Krimskrams, den ich gebrauchen könnte.«

Ich ging nach oben, sah zu der zum Dachboden führenden Klapptür in der Decke hinauf. »In Ordnung«, rief ich. In Anbetracht der Möglichkeit, daß sich dort oben noch mehr von Jacqueline fände, etwas Greifbareres, war mein Interesse geweckt.

»Bob holt dir die Leiter«, sagte Mutter und kam nach oben, um mir zuzusehen.

Bob kletterte auf die Leiter und stieß die Klapptür auf. »Du wirst eine Taschenlampe brauchen«, sagte er und gab mir seine, die er zu Weihnachten bekommen und sich in den Hosenbund geklemmt hatte. »Aber tritt um Himmels willen nur auf die Dachbalken, sonst kommst du mir noch durch die Decke gesaust.«

Ich kraxelte auf den dunklen Dachboden, wo zwischen den Balken eine pelzdicke Staubschicht lag.

»Schau in dem großen Karton nach«, rief Mutter. »Obendrin liegt eine Pralinenschachtel mit Kätzchen drauf.«

Ich beugte mich hinaus und blickte auf Mutter und Bob hinab, die unter mir standen, die Gesichter mir wie durstige Blumen entgegengereckt.

»Sei vorsichtig«, mahnte Bob, und ich kroch weg von ihnen, in eine erstaunliche Wärme. Staub wirbelte auf und rieselte herab. Es gab mit Staubfusseln verfilzte Spinnweben, und im Schein der Taschenlampe krabbelte eine Spinne an ihrem unsichtbaren Faden empor.

»Alles in Ordnung?« rief Mutter, und ihre Stimme klang gedämpft. An den Stellen, wo ein Dachziegel den nächsten nicht genau überlappte, sah ich schmale Lichtstreifen. Es lag nur sehr wenig herum, so als habe es ein vorsätzliches Ausmerzen, eine Ausmusterung der Vergangenheit gegeben. Ich hörte, sehr laut, das Scharren von Krallen auf dem Dach, dann Vogelgesang. Der Wasserbehälter gluckerte. »Siehst du den Karton?« rief Mutter.

»Warum gehst du nicht selbst hinauf, Lilian?« schlug Bob vor.

Da standen dichtgedrängt einige Schachteln. Gleich in der ersten, die ich öffnete und in die ich den Strahl der Taschenlampe lenkte, glitzerten Mutters Perlen, in denen sich kleine Kämme und Haarspangen verheddert hatten, eine Miniaturschere, Borten und Stickgarnreste.

»Ich hab's«, rief ich. »Was ist in den anderen Kartons?«

»Nichts«, sagte Bob.

»Geschirr«, sagte Mutter.

»Angelzeug«, ergänzte Bob.

»Darf ich mal nachsehen?«

»Wenn du möchtest.«

Ich öffnete den Deckel eines großen Kartons. Von dem Staub fühlten sich meine Finger so trocken an, daß ich die Berührung der rauhen Pappe nicht ertragen konnte. Der Staub stieg mir in die Nase und legte sich auf meine Zähne.

Ich leuchtete mit der Taschenlampe in den Karton und sah Teller, einen Haufen Gabeln und eine Teekanne mit angeschlagener Tülle. Darunter lagen ein paar alte Strickmusterhefte von Mutter und ein veraltetes Konversationslexikon. Mich überkam ein Gefühl von Öde. Hier gab es für mich nichts, keine bedeutende Entdeckung. Es war ganz gewöhnlicher Ramsch, Haushaltsgerümpel. Hier war nichts, das auch nur das geringste mit Jacqueline zu tun hatte. Möglicherweise hatte sie mit einer der Gabeln von einem der Teller gegessen. Vielleicht hatte sie, wenn sie ihre Hausaufgaben erledigte, in dem Konversationslexikon nachgeschlagen. Vielleicht auch nicht. Und selbst wenn, was folgte schon daraus? Das waren doch nur Gegenstände. Das war nicht *Jacqueline.* Demnach waren Spuren doch nicht so wichtig. Ich kroch auf dem Dachbalken zur Klapptür und reichte Bob Mutters Karton hinab. »Fertig da oben?« fragte er.

Ich nickte und kletterte hinunter. Mutter brachte den Karton in ihr Zimmer. Ich wusch mir den Staub von den Händen. Mein Zopfende war grau von Staub und von den Spinnweben, die ich mitgezerrt hatte. Ich ging in Mutters Zimmer. Sie hatte den Inhalt des Kartons aufs Bett gekippt und war am Sortieren. Lächelnd sah sie zu mir auf. »Du solltest wirklich ein Bad nehmen«, sagte sie, dann ließ sie ihren Blick auf mir ruhen und kniff verständnisinnig die Augen zusammen. »Ich begreife dich ja«, sagte sie, und in ihrem Tonfall schwang eine rauhe Intimität mit, die mich fuchste.

»Was?«

»Daß du reden möchtest, über...«

»Jacqueline.« Ich brachte den Satz für sie zu Ende. Ich wollte ihr Verständnis nicht. Der Augenblick war verpaßt.

»Ja, Jacqueline.«

»Es ist schon gut«, sagte ich.

»Nein … ist es nicht. Es ist zu vieles unausgesprochen geblieben. Wir waren im Unrecht.«

»Nein, wart ihr nicht. Es ist schon gut. Ich komme damit klar. Ihr habt eure Pflicht getan.«

»Aber wir können doch – wir müssen doch – miteinander reden.«

Ich hob die Achseln. »Ich wüßte nicht, weshalb.«

Sie seufzte und ließ eine Kette heller Perlen durch ihre welken Finger gleiten. Ihre Handrücken waren fleckig und geädert. Ich stocherte in dem Trödel herum. Da lag ein Ring mit einem dunkelroten Stein. »Ist das ein Rubin?« fragte ich.

Sie lächelte. »Nein, das nun leider nicht. Es ist ein Granat. Steck ihn dir mal an.« Ich steckte ihn an meinen Finger. »Behalt ihn«, sagte sie. »Meine Finger sind mittlerweile zu dick dafür.«

Ich streckte meine Hand aus und fuhr mit ihr hin und her, damit das Licht darauf fiel und der Granat rot aufblitzte. »Na schön«, sagte ich. Ihre Miene verfinsterte sich angesichts meiner Undankbarkeit, und ungeduldig stand ich auf.

»Willst du denn gar nichts weiter darüber wissen?« fragte sie.

»Es ist bloß ein Ring«, erwiderte ich, aber natürlich wollte ich wissen, ob er je an Jacquelines Finger gesteckt hatte. Ich wollte alles wissen, aber ich wollte nicht, daß *sie* mir davon erzählte. Ich wollte ihr Verständnis nicht.

»Ich geh nach draußen«, sagte ich. Im Garten starrte ich in den Teich und mußte wieder daran denken, wie ich das Loch gegraben hatte. Erinnerte mich eines anderen Ichs zu einer anderen Zeit. Der Teich war teilweise zugefroren, und in der Eisschicht staken Zweige und Blätter. Tief unten im zähflüssigen, grünen Wasser sah ich ein orangefarbenes Huschen, der undeutliche Schimmer eines lauernden Fisches.

In Bronwyns Haus stand ein künstlicher silberner Baum. »Seit Dads Tod haben wir uns keinen richtigen mehr geleistet«, sagte sie. »Er ist immer aus dem Haus gegangen und hat einen riesigen Baum besorgt, der bis dicht unter die Decke ging. Aber nur für Mum und mich lohnt es sich nicht.«

»Er sieht doch hübsch aus«, sagte ich. Das tat er auch. Hübsch sah er aus, aber kleingewachsen.

Wir standen in der düsteren Diele und schauten ins Wohnzimmer. Ich bemerkte ein paar Karten auf dem Kaminsims. Alles wirkte sehr ordentlich, hier drängten sich keine Engel.

»Was hast du zu Weihnachten bekommen?« erkundigte sie sich. »Ich habe einen Kettengürtel gekriegt, ein Nachthemd und ein Puzzle – tausend Teile – und ein Parfüm, Devon Violets, hier, riech mal.« Sie hielt mir ihr Handgelenk unter die Nase, und ich atmete den Duft eines Süßwarenladens ein. »Gefällt's dir? Es ist von meiner Tante in Torquay. Mum war ganz sauer.« Ich versuchte mir Mrs. Broom sauer vorzustellen, aber es gelang mir nicht. Sie war zu klein, und dünn wie Papier.

»Ich hab eine Kamera bekommen«, sagte ich.

»Wirklich? Eine richtige?« Bronwyn war beeindruckt und ganz klein und häßlich.

»Geh nur mal rasch in die Küche und begrüße Mum«, sagte sie, »dann wollen wir nach oben.«

Mrs. Broom war am Brotschneiden. »Frohe Weihnachten, meine Liebe«, sagte sie und betrachtete mich ängstlich. »Und – wart ihr froh?«

»Ja, danke«, erwiderte ich und warf Bronwyn, die wegsah, einen fragenden Blick zu.

»Sandwiches mit Hühnerfleisch«, sagte sie, »und eine reiche Auswahl an Pickles. Magst du das?« Sie wischte sich an einer offensichtlich nagelneuen Schürze die Hände ab.

»Und *Gâteau,* fügte Bronwyn stolz hinzu, mit einem näselnden Akzent, den ich für französisch hielt.

»*Gâteau* hab ich bisher noch nie gegessen«, gestand ich.

»Der schmeckt himmlisch«, sagte Bronwyn und rollte mit den Augen. »Komm jetzt nach oben.«

»Warum bleibt ihr nicht hier im Warmen?« fragte Mrs. Broom. »Und leistet mir Gesellschaft?«

»Ich will Jenny zeigen, wo sie schläft«, sagte Bronwyn und zog mich aus dem Raum, obwohl ich lieber in der Wärme der Küche geblieben wäre.

Auf dem Boden in Bronwyns Zimmer lag, sorgfältig als Bett hergerichtet, eine Matratze. Mir fiel auf, daß die Laken aus Nylon waren. »Mum wollte dich im Gästezimmer unterbringen«, sagte sie, »aber ich wollte dich hier bei mir haben. Damit wir quatschen können. Das macht mehr Spaß.« Ihre Augen wurden träumerisch und starrten an mir vorbei in die Vergangenheit. »Als ich auf der Moncrieff war, habe ich immer irgendwelche Leute zum Übernachten dagehabt. Manchmal das ganze Wochenende.« Sie ließ sich auf ihr Bett plumpsen und blickte zur Decke auf. »Ein- und ausgegangen sind die Leute hier. Dads Freunde. Die hatten immer Abendgesellschaften mit Kerzen und all so was.«

»Was ist aus den Leuten geworden?« fragte ich.

»Na ja, nachdem Dad – du weißt schon –, sind sie alle ver-schwun-den.«

»Warum?«

»Ach, du weißt schon... Ein Freund im Glück bleibt in der Not zurück.« Sie rümpfte die Nase.

»Du armes Ding«, sagte ich.

»Was kümmert's mich?« sagte sie tapfer mit hocherhobenem Kopf. Im Zimmer war es eiskalt. Am Fenster hatten sich Farnblätter aus Frost gebildet, und meine Zehen wurden langsam taub.

»Soll ich die Vorhänge zuziehen?« fragte ich.

Sie zuckte die Achseln. »Wenn du magst.« Der Vorhangstoff war dünn und klamm, und die Vorhangringe hatten sich verhakt.

»Die gehen nicht zu«, sagte ich.

Sie zog ein Gesicht. »Ach, laß nur. Ich mach mir nie die Mühe.«

»Sollen wir nach unten gehen?« schlug ich vor. »Mich friert.« Selbst die Puppen sahen ganz verfroren aus in ihren dünnen Kleidchen, die Gliedmaßen bläulich schimmernd im trüben Dämmerlicht.

»Nein. Mum wird ihre Nase in alles stecken. Ich will

dich ganz für mich haben. Es ist sowieso bald Abendbrotzeit.«

»Nimmst du dir eine Wärmflasche ins Bett?« fragte ich. Ich stellte mir die kalte Berührung der Laken auf meiner Haut vor und die Zugluft, die unter der Tür hindurch über die Matratze wehen würde.

»Es könnte sein, daß wir irgendwo eine haben«, sagte sie. »Ich werde Mum fragen. Oh... das ist aber schön!« Sie faßte nach meinem Armband. Ich streifte es ab und zeigte ihr, wie man das Büchlein öffnete, damit sich die Pariser Aufnahmen aufblätterten.

»Jedes Jahr zu meinem Geburtstag und zu Weihnachten bekomme ich ein neues Amulett, bis ich einundzwanzig bin«, sagte ich.

»Ich werde Mum fragen, ob ich auch eins bekomme«, sagte sie. »Aber mit allen Amuletten auf einmal. Mit nur zweien sieht's nach nichts aus, findest du nicht?« Sie schob es über ihr Handgelenk und betrachtete es kritisch, bevor sie es mir zurückgab.

»Und ich habe einen Ring«, sagte ich. »Mit einem Granat.«

»Was ist das?«

»Eine Art Rubin.«

»Wo?«

»Zu Hause in meinem Schmuckkästchen.«

»Glaub ich dir nicht«, sagte sie, setzte sich an ihre Frisierkommode und machte sich an ihren Haaren zu schaffen.

»Hab ich aber doch, ich werd ihn dir zeigen«, sagte ich.

»Wann?«

»Nächstes Mal.«

Bronwyn schnaubte. Sie hatte eine ganze Untertasse voller Haarklammern und Spangen. Sie nahm ihre Haare zur Seite und steckte sie dort fest. »Spanisch«, verkündete sie.

»Wieso hat deine Mum mich danach gefragt, ob wir frohe Weihnachten hatten, gerade so, als würde sie daran zweifeln?« fragte ich.

»Weil du sie angeflunkert hast.«

»Angeflunkert?«

»Du hast behauptet, dein Dad wäre krank. Vergiß nicht, sie hat deine Großeltern kennengelernt.«

»Ach so.« Das hatte ich ganz vergessen. »Ich hab sie nicht richtig angeflunkert. Bob geht es wirklich nicht so gut.«

Bronwyn zuckte mit den Schultern und kniff die Augen zusammen, während sie sich im Spiegel bewunderte.

»Mir ist kalt«, beschwerte ich mich. »Und langweilig. Was sollen wir anfangen?«

»Ich hab mich so auf deinen Besuch gefreut.« Bronwyn drehte sich mit gekränktem Gesichtsausdruck zu mir um. »Und jetzt sagst du, dir ist langweilig. Von meinen Freundinnen auf der Moncrieff hat sich nie eine gelangweilt.«

Ich setzte mich auf ihr Bett, und eine Weile sagten wir nichts. Ich hörte Geschirr und Besteck klappern – Bronwyns Mutter deckte den Tisch.

»Das ist das erste Mal, daß ich eine Nacht von zu Hause wegbleibe«, sagte ich, und zu meinem Erstaunen empfand ich Sehnsucht nach meinen eigenen Sachen und meinem eigenen Zimmer, wo es wenigstens warm war.

»Wirklich?« Ungläubig hob Bronwyn die Augenbrauen. »Hast du denn nie Ferien gemacht?«

»Ich meine, das erste Mal ohne Mutter und Bob«, erklärte ich.

»Wieso nennst du sie so? Warum nicht Nan und Granddad? So nenne ich meine Großeltern. So nennen die *meisten* Leute ihre Großeltern.«

»Ich weiß nicht«, erwiderte ich. »Ich hab sie schon immer so genannt.«

Bronwyn leckte sich die Lippen und schüttelte sich. »Ich weiß, was wir spielen können«, sagte sie und wurde mit einem Schlag munter. »Wir können einen Schönheitssalon aufmachen.«

»Einen was?«

»Ich frisiere dir die Haare, ja? Daß du ganz be-zau-bernd aussiehst. Magst du etwas Parfüm? Komm schon, du wirst wunderbar duften.« Sie hielt das kleine violette Fläschchen schräg und tupfte etwas Parfüm hinter meine Ohren. »So. Jetzt setz dich.« Ich setzte mich auf den Hocker vor die Frisierkommode und zuckte zusammen, als sie mir das Gummiband vom Zopfende riß. Sie dröselte meine Haare auf, bis sie mir in hellen, strähnigen Schlangen auf den Rücken hingen. »Die reichen dir ja bis über den Hintern«, sagte sie.

»Ich kann mich auf sie draufsetzen«, sagte ich und führte es ihr vor.

»Die sind hübsch. Wenn ich meine Haare lang wachsen lasse, werden sie nur immer buschiger.«

Ich erhob mich von meinen Haaren und begann sie zu bürsten. Die feinen Haarspitzen sprangen der Bürste entgegen.

»Elektrisch«, stellte sie fest.

»Ich hasse sie«, sagte ich. »Ich will sie wirklich kürzer haben. Mutter hat gesagt, ich darf sie mir kurz schneiden lassen.«

»Ich schneid sie dir«, erbot sie sich, indem sie eine lange Strähne seitlich heraushob und mit den Fingern schnipp, schnapp machte.

»Lieber nicht.«

»Ach komm... laß mich doch.« Bronwyn beugte sich über meine Schulter, so daß unser beider Gesichter sich im Spiegel berührten. »Das kann ich gut«, drängte sie. »Mums schneide ich immer. Wenn ich von der Schule abgehe, werde ich Fri-seu-se. Lehrling. Mum sagt, ich hab den Bogen raus.«

Plötzlich mußte ich an Susans kurze Haare denken, die sich in hübschen Strähnen um ihre Ohren legten. »Na, dann mach halt«, sagte ich. Schließlich waren es nur Haare, abgestorbenes Zeug, das wieder nachwächst. Sie würden schon wieder nachwachsen. Und außerdem gefiel es Susan vielleicht. Alle beliebten Mädchen trugen die Haare kurz.

Sie war überrascht. »Ach... Ich weiß nicht...«

»Los! Du hast es selbst gesagt. Ich will sie ratzekahl abgeschnitten haben. Jetzt!«

»Also, wenn du wirklich meinst...« Bronwyn ging die Schere holen. Ich fuhr mir mit den Fingern durch das kalte säuglingsfeine Zeug. Es war meine Kindheit, tote Seide zwischen meinen Fingern, hatte mit mir nichts mehr zu tun.

Bronwyn kam mit einer spitzen Schere zurück, aus

deren Griff ein Haken ragte. »Das ist eine richtige Friseurschere«, erklärte sie und zeigte mir, wie sie ihren kleinen Finger auf dem Griff aufruhen ließ. »Die hat mir Mum gekauft. Daran kannst du sehen, wie gut ich bin. Ich frisiere sie alle drei Monate, Haarschnitt und Dauerwelle. Allen auf der Arbeit gefällt's. Sie wird gefragt, zu welchem Frisiersalon sie geht.«

»Wo arbeitet sie?«

»Sie arbeitet nicht richtig«, sagte sie hastig. »Sie hilft nur aus, im Klub von meinem Onkel. Putzen. Aber sie ist keine Putzfrau. Sie hilft ihm nur, um ihm einen Gefallen zu tun. Jedenfalls könnte ich dir eine Dauerwelle machen.«

»Nein«, sagte ich. »Keine Locken. Ich will sie einfach nur kurz und glatt. Ganz kurz, mit einem Pony. Und von mir aus kann sie ruhig Putzfrau sein.«

»Ist sie aber nicht. Bist du dir sicher, daß du die Haare geschnitten haben willst?«

»Nun mach schon.« Sowie sie die ersten Schnitte tat, schloß ich die Augen und hielt den Atem an. Als sie immer mehr in Fahrt kam, begann sie unmelodiös vor sich hin zu summen. Ich atmete ihren Geruch ein, eine Mischung aus Veilchenduft und Schweiß, während sie sich um mich herumbewegte. Ihre Finger auf meiner Kopfhaut waren genauso kalt wie die Schere. Als meine Haare an mir herabfielen, wurde mir ganz leicht. Sie schnitt mir die Haare so, daß sie mir überall gerade noch bis über die Ohren reichten.

»Jetzt kann ich sie dir stylen«, sagte sie, und beide schöpften wir Trost aus dem modisch klingenden Fachbegriff. Direkt über meinen Brauen schnitt sie mir einen Pony. Durch das fallende Haar hindurch blinzelte ich meinem Spiegelbild zu. Ich wirkte jünger, was ich nicht bezweckt hatte. Ich wußte, Mutter würde gekränkt sein, weil ich sie nicht mit mir zum Friseur hatte gehen lassen, und Bob würde hinter verschlossenen Türen brummeln und grummeln.

»Ganz kurz?« fragte Bronwyn. »Willst du sie wirklich nicht Schritt für Schritt kürzer schneiden lassen?«

»Ratzekahl«, bekräftigte ich.

»Na gut, wenn du unbedingt willst.« Sie fing an, einzelne Haarsträhnen von meinem Wirbel aufzurichten und etwa zwei Zentimeter oberhalb der Wurzeln abzuschnippeln. »Weißt du, wo deine richtigen Eltern sind?« fragte sie. »Nur zu, mir kannst du's ruhig sagen. Ich behalte es auch für mich. Ich bin doch deine beste Freundin, oder?« Ich nickte halbherzig. »Und ich hab dir *mein* Geheimnis verraten. Über meinen Dad. Davon weiß fast niemand.«

»Stand es denn nicht in der Zeitung?«

»Nein, die Sache ist vertuscht worden.«

»Weshalb?«

Bronwyn zuckte die Achseln und schnippelte emsig an meinem Nacken herum. »Fertig«, sagte sie. *»Ratzekahl.* Jetzt sag schon.«

»Nun ja...« Ich zauderte. Bronwyn *war* ja wohl meine Freundin. Für den Augenblick war sie meine Freundin. Ich mußte mich in Freundschaft üben. Und so stellte ich mir vor, was Freundinnen trieben – daß sie einander in ihren Schlafzimmern flüsternd Geheimnisse anvertrauten. Ich war kein zutraulicher Mensch. Mutter klagte immer über meine Verschlossenheit. »Kein freimütiges Kind«, sagte sie oft, denn ich war so jemand, der sich gern zusammenrollt und seinen Kummer, ein widerwärtig igelgleiches Ding, an seiner Brust nährt. Doch jedes Schnipp, schnapp von Bronwyns Schere ließ ein kleines Fragezeichen in der Luft zurück.

»Oder weißt du's nicht?« half sie mir nach.

»Na schön«, sagte ich. »Meine Mutter heißt Jacqueline. Sie war noch jung, als ich zur Welt kam, sie hat mich bei ihren Eltern gelassen und ist fortgegangen. Ich weiß nicht, wo sie steckt. Hab sie nie gesehen. Aber sie hat mir ein Geschenk geschickt. Sie hat mir die Kamera geschickt. Au...«

Ich spürte, wie die Klingen der Schere sich um mein Ohr schlossen. »Gib doch acht!«

»Entschuldigung... Und was ist mit deinem Vater?«

»Weiß ich nicht.«

»Un-e-he-lich«, sagte sie, und ihr Seufzer war so gedehnt gehaucht, daß der Spiegel beschlug. »Ich wollte immer un-e-he-lich sein. Aber machst du dir keine Gedanken um ihn?«

»Nein«, sagte ich ganz wahrheitsgemäß, denn bis zu diesem Augenblick war es mir nicht eingefallen, mir Gedanken um meinen Vater zu machen.

»Bin fast fertig«, sagte sie. »Was meinst du, was soll ich mit deinen Nackenhaaren machen? *So* kurz hab ich sie bisher noch nie geschnitten. Wenn du die Wahl hättest, wen hättest du gern zum Vater?«

»Weiß ich nicht, das ist doch albern. Ich habe keinen Vater.«

»Aber irgendwo mußt du einen haben.«

»Was kümmert es mich, wer er ist? Ich sehe nicht ein, was für einen Sinn es hat, so zu tun, als hätte ich die Wahl.« Gereizt schüttelte ich Bronwyns Hand ab, die auf meiner Schulter geruht hatte. Sie wischte unter ihrer triefenden, vor Kälte geröteten Nase entlang.

»So, fertig«, sagte sie. »Gefällt's dir?«

»Ich glaub schon«, antwortete ich und drehte meinen Kopf hin und her. Ich sah gewöhnlich aus, und das gefiel mir.

»Es wirkt viel dunkler«, meinte sie, »aber hinten stimmt es nicht ganz.«

»Jetzt läßt es sich nicht mehr ändern«, sagte ich und wandte mich vom Spiegel ab. Bronwyn sah niedergeschlagen aus. »Danke«, setzte ich hinzu. Jetzt, wo mein Nacken ganz bloß war, spürte ich die Kälte noch stärker. Ich fuhr mit der Hand über die seltsam stoppeligen Haare auf meinem Hinterkopf. Susans Haare sahen nicht aus, als wären sie so stachelig, sondern weich und flaumig. Auf dem dunklen Teppichboden stand die matt glitzernde Lache meiner Haare. Ich nahm eine Handvoll und rieb sie zwischen den Fingern. Es war Babyhaar, meine Kindheit. Einen Moment lang hielt ich es fest, dann ließ ich es fallen. »Was wollen wir damit machen?« fragte ich. Bronwyn hob es auf und stopfte es in ihr Schubfach.

»Ich werd's verbrennen«, sagte sie. »Wenn Mum nicht da ist.«

»Das wird aber stinken«, sagte ich. Sie nahm den Klumpen Zuckerschwein aus der Lade und nagte daran.

»Es muß gleich Abendbrot geben«, sagte ich hoffnungsvoll.

»Ich weiß nicht, was Mum dazu sagen wird«, versetzte Bronwyn. »Du siehst so anders aus.«

Ich zuckte die Schultern. »Was sollen wir jetzt unternehmen?« fragte ich.

»Quatschen«, sagte Bronwyn. »Meine Freundinnen von der Moncrieff wollten immer quatschen. Wir haben stundenlang miteinander gequasselt.«

»Worüber denn? Überhaupt, wo sind deine Freundinnen von der Moncrieff eigentlich?« fragte ich boshaft, denn ich begann an ihrer Existenz zu zweifeln.

»Nach Dads ...«

»Ich verstehe nicht, was das für einen Unterschied machen soll.«

»Ach nein, wirklich? Da zeigt sich, wie wenig *du* weißt. Ich begreife gar nicht, weshalb du so garstig bist, und das, nachdem ich dir die Haare geschnitten habe. Jetzt wünsche ich fast, du wärst nicht gekommen. Dabei hätte *ich* dir etwas zu erzählen.« Sie bückte sich und zog ihre Socken hoch. Ihre Beine waren blaurot gefleckt.

»Was denn?«

»Ich wollte es dir nach dem Abendessen erzählen.«

»Warum kannst du's mir nicht jetzt erzählen?«

Bronwyn verlor ihren ängstlichen Gesichtsausdruck. Sie dachte wohl, ich wollte es wissen.

»Essen kommen, ihr zwei«, rief Mrs. Broom die Treppe hinauf. »Wascht euch vorher die Hände.«

Wir standen im Badezimmer und warteten darauf, daß das Wasser, das durch die knackende Leitung lief, sich etwas erwärmte. »Warte nur, bis du den *Gâteau* gekostet hast«, sagte Bronwyn. »Mein Dad hatte französisches Blut in den Adern, weißt du. Gallischer Charme. Deswegen haben wir auch *Gâteau*. Eine Fa-mi-lien-tra-di-tion. Aber untersteh dich, seinen Namen zu erwähnen.« Grimmig runzelte sie die Augenbrauen.

Ich mußte daran denken, was Mutter über Leichen im Keller gesagt hatte, und obwohl ich sie nicht sehr gut leiden konnte, bedauerte ich Bronwyn.

»Du wirst es bleiben lassen, ja?«

Ich nickte.

»Außerdem sind wir beide uns ziemlich ähnlich, oder?« sagte sie. »Eine Art Waisenkinder. Und deine Haare werden bald nachwachsen.«

»Eine *Art* Waisenkinder«, räumte ich ein, doch als ich ihr nach unten folgte, wußte ich, daß sie unrecht hatte. Ich war kein Waisenkind, und sie auch nicht. Wir hatten beide Mütter. Mrs. Broom war eine gute Mutter, aber als ich sah, wie sie, verblüht und verängstigt, in ihrer Schürze am Tisch hantierte, und ausschließlich an Jacqueline mit ihren Wangenknochen und ihrem Foto und ihrer feinen grünen Tinte dachte, da wußte ich, welche Mutter ich lieber wollte.

»Jennifer!« Mrs. Broom sah mich verdutzt an. »Du siehst aus, als ob ... aber nein doch ...« Vorwurfsvoll blickte sie zu Bronwyn. »Du hast doch wohl nicht? Du unartiges Mädchen!«

»Sie wollte es aber. Sie hat mich dazu aufgefordert«, jammerte Bronwyn.

»Wie ungezogen. Oh, Bronwyn ... und ausgerechnet an Weihnachten.«

Ich sah nicht ein, was das für einen Unterschied machen

sollte. »Es ist schon in Ordnung«, sagte ich, »ehrlich. Mir gefällt's. Und Mutter hat gesagt, ich dürfe mir die Haare schneiden lassen.«

Sie stand da und betrachtete mich, unruhig an ihrer Schürze herumzupfend.

»Es ist *wirklich* in Ordnung«, beteuerte ich.

Sie blickte Bronwyn finster an und schüttelte den Kopf. »Das ist doch wirklich die Höhe! Ich weiß nicht, was ich mit dir anstellen soll. Wenn doch nur dein Dad hier wäre...«

Bronwyn fuhr zurück, als wäre sie geschlagen worden. Nervös scharrte ich mit den Füßen. Mrs. Brooms Augen verfärbten sich rosa, als würde sie gleich losweinen. »Ich werde wohl deine Großeltern anrufen und eine Erklärung abgeben müssen... Ach, sie werden bedauern, daß sie dich haben kommen lassen.« Sie fing an zu schniefen. »Ich hätte nicht übel Lust, dich ohne...« Sie blickte von dem reich gedeckten Tisch zu Bronwyn und wieder zurück. Aber die Vorstellung, all das Essen sei vergebens, war ihr unerträglich, das ließ sich an ihrem Gesicht ablesen, all das Essen und die scharlachroten Servietten und die Knallbonbons.

»Sie haben kein Telefon«, erinnerte Bronwyn sie.

»Es ist wirklich in Ordnung, ehrlich«, suchte ich sie zu besänftigen. »Auf diese Weise spart Mutter das Geld für den Friseur.« Ich wandte meinen Blick wieder dem Tisch zu. »Da haben Sie uns aber reichlich aufgetischt«, sagte ich.

»Ja.« Schniefend hielt Mrs. Broom ihre Tränen zurück. »Wo ich mir schon so viel Mühe gegeben habe, können wir es uns genausogut auch zu Gemüte führen.«

Bronwyn setzte sich. Während des Tischgebets beobachtete ich sie. Auf Gesicht und Hals hatte sie dunkelrote Flecken, und ich dachte schon, sie würde auch gleich losheulen. Ausgelöst hatte es die Erwähnung ihres Vaters. Gleichviel, wir zogen an den Knallbonbons, setzten unsere Papierhüte auf und lasen uns die albernen Witze vor. Es waren die gleichen Knallbonbons, die wir schon zu Hause gehabt hatten, und mein Witz lautete genauso: *Warum wurde der Hummer rot? Weil er die Salatsauce sah.* Es gab Sandwiches, schön dick belegt mit Hühnerfleisch und Füllung, und verschiedene Arten von Pickles: Rote Beete, Rotkohl, große und kleine Zwiebeln, Gurken und Walnüsse und grellgelbe Piccalilli. »An Weihnachten essen wir gern Eingemachtes«, sagte Mrs. Broom, schon wieder heiter. »Gemüse einlegen ist eine traditionelle Kunst, weißt du, eine Methode, Lebensmittel für den Winter zu konservieren.«

Aus Höflichkeit arbeitete ich mich durch meinen vollgehäuften Teller vor, bis mir der Essig die Wangen von innen zusammenzog. Wir tauschten unsere Weihnachtserlebnisse aus. Ich erzählte ihnen von Tante May und dem Origami-Schmuck, und sie erzählten mir von den lauten Stimmen ihrer Kusinen und den Unmengen, die sie verdrückten.

Mrs. Broom sagte mir, meine Hilfe beim Kirchenbasar habe man sehr zu schätzen gewußt. »Du warst ein voller Erfolg«, sagte sie. »Du bist hochwillkommen, wann immer du …«

»Oh, nein danke«, unterbrach ich sie.

Enttäuscht schüttelte sie den Kopf über mich. »Wie du meinst. Wenn einmal Jesus bei dir anklopft …«

Bronwyn wäre an ihrem Sandwich fast erstickt. Ich konnte nicht zu ihr hinschauen. Ich spürte ein Kichern in mir aufsteigen wie eine widerliche, sich aufblasende Kröte, und ich legte die Stirn in Falten, heftete den Blick auf meinen Teller und dachte an alle möglichen Tragödien, bis die Belustigung abgeflaut wäre. Ich wollte Mrs. Broom nicht auslachen. Sie war freundlich, gutherzig, eine arme Witwe, die ihr Bestes tat. Sie war mir sympathischer als Bronwyn, und ich weigerte mich, Bronwyns Blick zu erwidern, solange sich der Lachreiz nicht gelegt hatte.

»Zeit für den *Gâteau*«, verkündete Bronwyn. »Soll ich ihn holen?«

»Nein, laß mich das machen«, sagte Mrs. Broom und erhob sich von der Tafel. »Magst du noch Tee, Jenny? Ich setze noch einmal Wasser auf.«

Sobald sie uns den Rücken zugekehrt hatte, sah Bronwyn mich an und klopfte feierlich auf den Tisch, und die Kröte hüpfte unversehens hoch und zum Mund heraus – ein lauter Lacher, und ein häßlicher dazu.

In der Erwartung, in den Scherz einbezogen zu werden, schaute Mrs. Broom sich lächelnd um. Bronwyn saß mit dem Rücken zu ihrer Mutter und verdrehte die Augen, während Mrs. Broom erwartungsvoll dreinblickte und das Lächeln auf ihren Lippen erstarb. Ich haßte mich dafür, doch meine Nervosität verstärkte mein Gekicher nur angesichts ihrer wässrigen, ängstlichen Augen und ihrer zuckenden kleinen Häschennase unter der grünen Papierkrone. Als das Wasser kochte, wandte sie uns wieder den Rücken zu, und ich bemerkte, daß ihr das Etikett aus dem Blusenkragen hing und durch den dünnen Blusenstoff ihr

BH-Träger zu sehen war, der ihr über die Schulter gerutscht war.

Bronwyn schielte zu mir herüber und klopfte von neuem, und ich wurde von entsetzlicher Angst ergriffen. Meine Schultern bebten, und mein Gesicht verzerrte sich vor Ausgelassenheit. Mein Gesicht war wie die Fratze eines Wasserspeiers, vor gräßlichem Übermut weit aufgerissen. Tränen traten mir in die Augen, mein Bauch tat weh, und um nicht in die Hose zu machen, rannte ich zum Badezimmer hinauf. Ich verriegelte die Tür und lehnte mich schaudernd und zitternd gegen die glatt gekachelte Wand. Ich klapperte mit den Zähnen, und ein schrecklich säuerlicher Geschmack füllte meinen Mund aus und stieg mir ätzend in die Nase. Ich wartete, bis der Anfall vorüberging – denn es war wie ein Anfall: entsetzliche körperliche Krämpfe; mit dem Kopf wehrte ich mich dagegen und hatte gar keinen Spaß daran. Ich haßte mich dafür, daß ich Mrs. Brooms Gefühle verletzt hatte und mich so furchtbar ungezogen benahm. Und auch Bronwyn haßte ich, denn sie stachelte meine Grausamkeit an.

Schließlich ging ich wieder nach unten. Auf dem Tisch stand der *Gâteau,* eine hohe Torte aus Schokolade und Rahm, verziert mit Mandelflocken und klebrigen Glacekirschen.

»Tut mir leid«, sagte ich zu Mrs. Broom und sah Bronwyn nicht an.

»Schon recht, meine Liebe.« Sie sah aus wie immer, als hätte sich gar nichts weiter zugetragen. Ich trank den Tee und lobte lauthals den lockeren, sahnigen *Gâteau,* aber die ganze Zeit über war mein Innerstes wie betäubt. Da war kein Schmerz, sondern eher eine Art Loch, so als hätte man mir etwas aus dem Leib gerissen.

Bronwyn verspeiste drei riesige Stücke *Gâteau.* An dem dunklen Flaum auf ihrer Oberlippe klebte ein Sahnerand.

»Bronwyn hat mir erzählt, daß du Verse schreibst«, sagte Mrs. Broom. »Als Mädchen mochte ich Gedichte. Als ich zur Schule ging, mußten wir eins auswendig lernen. Wie hieß das doch nur?« Vor lauter Konzentration verzog sie das Gesicht. »Gedächtnis wie ein Sieb ...«

Ich spürte, daß Bronwyn mich wieder ansah, aber ich war immer noch wie betäubt und erwiderte ihren Blick nicht. Der graue Film hatte sich auf mich herabgesenkt.

»Di-da di-da di-da di-da die Lady von Shallott!« rief Mrs. Broom triumphierend. Ich setzte meinen Papierhut ab.

Nach dem Abendessen spülte Bronwyn das Geschirr, und ich trocknete ab. Als wir fertig waren, warf sie mir einen verschwörerischen Blick zu und sagte: »Komm mit nach oben, ich wollte dir doch was erzählen, weißt du noch?«

»Ach, ich dachte, wir könnten alle zusammen Karten spielen«, sagte Mrs. Broom. »Nachher könnt ihr immer noch in die Kälte hinauf.«

»Es ist wirklich kalt da oben«, stimmte ich ihr zu und beachtete Bronwyns bedeutungsschwangere Blicke nicht.

Mrs. Broom lächelte mich an. »Braves Mädchen. Wir könnten eine Schallplatte auflegen, vielleicht Weihnachtslieder. Oder hast du von Weihnachtsliedern genug, Liebes? Wie wär's mit einem Musical? *Karussell.* Das hat Bronwyns Daddy am liebsten gehört.«

»Ach ja?« sagte ich und war auf der Hut.

»Laß uns gehen«, beharrte Bronwyn.

»Oder *Der König und ich?* Oder *West Side Story?* Nächste Weihnachten«, sagte Mrs. Broom, »werden wir alle wieder beisammen sein. Hat Bronwyn dir's schon gesagt? So Gott will, wird ihr Daddy bis dahin wieder nach Hause kommen.«

Ich sah zu Bronwyn hinüber, doch die starrte unverwandt zu Boden. Mrs. Broom wischte Spülbecken und Wasserhähne mit einem Tuch ab. »So, das wär's«, sagte sie. »Danke für deine Hilfe, Jenny.« Sie band die Schürze ab – das erste Mal, daß ich sie ohne sah. »Legst du einen Eimer Koks nach, Bron, und knipst die Christbaumkerzen an? Ich verschwinde nur eben mal, dann geselle ich mich zu euch.« Sie lief nach oben.

Bronwyn und ich schwiegen einen Augenblick. Dann sah sie mich herausfordernd an. »Er sitzt im Gefängnis«, sagte sie. »Er ist überhaupt nicht tot. Capito?«

»Und ich wette, deine Mutter ist *doch* Putzfrau.«

Sie antwortete nicht.

»Ein Sack voll Lügen«, sagte ich und hörte Bob aus mir sprechen.

»Na und?«

»Aber wozu nur?« fragte ich.

Sie zog eine Grimasse und zuckte mit den Achseln.

»Also, was hat er verbrochen?« fragte ich.

»Betrug.«

»Oh.« Sie tat mir beinahe leid, wie sie so linkisch und verlegen dastand, mit ihrer Brust, die sich unter dem Gewebe ihres Kinderkleides abdrückte, und ihren breiten, fleckigen Beinen.

»Ich glaube nicht, daß ich noch länger bleibe«, sagte ich und sah weg, weil ich mir grausam vorkam. Im dunklen Glas des Küchenfensters erkannte ich mein neues, kurzgeschorenes Spiegelbild.

»Warum denn nicht?« sagte Bronwyn. »Verstehst du keinen Spaß?«

»Dein Haarschnitt sieht ziemlich hübsch aus, weißt du das?« sagte Mrs. Broom, als sie wieder in die Küche kam. Sie hatte sich die Haare gekämmt und eine neu aussehende Strickjacke übergezogen.

»Ich fühle mich nicht so gut«, sagte ich. »Es ist mein Magen. Ich möchte gern nach Hause.«

»Ach je! Ich hoffe, daran ist nicht das Hähnchen schuld. Willst du dich nicht lieber hinlegen, meine Liebe? Wie wär's mit einem Alka Seltzer?«

»Lieber nicht.«

»Ach je!« Sie rang die Hände. »Dann bringen wir dich nach Hause, damit ich die Sache erklären kann. Und die Sache mit deiner Frisur.«

»Lieber nicht.«

»Aber ich kann dich nicht allein gehen lassen. Nicht bei Dunkelheit. Nicht am zweiten Weihnachtsfeiertag.«

»Mutter läßt mich auch bei Dunkelheit zu Fuß gehen. Es ist erst sieben Uhr. Ich laufe gern. Mir wird schon nichts passieren. Ehrenwort.«

»Na schön. Wenn du dir so sicher bist«, sagte sie zweifelnd. »Ist alles in Ordnung? Ihr zwei habt euch doch nicht etwa gezankt?«

»Nein«, erwiderte ich.

»Geh nicht«, sagte Bronwyn unvermittelt. Sie hatte ihre

flehentlichste Miene aufgesetzt, aber ich ließ mich nicht davon rühren.

Nachdem ich mich von ihrer Mutter verabschiedet, ihr für ihre Gastfreundschaft gedankt und als Mitbringsel für Mutter und Bob ein aufgeweichtes Stück *Gâteau* in Empfang genommen hatte, brachte Bronwyn mich zur Tür. »Willst du nicht einmal wissen, was ich mir für dich aufgespart hatte?« fragte sie.

Ich machte einen Schritt nach draußen, in die schneidend kalte Luft.

»Ich hab meine Regel«, zischelte sie hinter mir her, als ich den Weg hinunterging.

Ich hielt an und drehte mich um. »Ach, wirklich? Ich hab meine schon seit Urzeiten«, log ich, denn jetzt fühlte ich mich vollkommen berechtigt, sie gleichfalls anzulügen. »Tschüs!« – und meine Tasche über die eine Schulter geschlungen und die zermatschte Portion *Gâteau* auf der anderen Hand balancierend, ging ich davon.

Ich fühlte mich geprellt. »Ich hab dir *mein* Geheimnis verraten«, hatte sie gesagt, aber es war gar kein Geheimnis gewesen, sondern eine Lüge, eine *grobe* Lüge, in ihrer Grobheit beinahe imponierend. »Eine faustdicke Lüge«, hätte Bob sie genannt. Dabei hatte sie behauptet, meine beste Freundin zu sein, und törichterweise hatte ich ihr von Jacqueline erzählt. Eigentlich war ich nicht auf Bronwyn wütend, sondern auf mich selbst, weil ich so gutgläubig war, daß ich ihr gestattet hatte, mir mein eigenes Geheimnis zu entlocken.

19

Gemächlich schlenderte ich nach Hause. Ich hatte es nicht sonderlich eilig. Wo die Vorhänge noch nicht zugezogen waren, konnte ich hier und da einen Blick auf den warmen, strahlenden Festtag von Fremden erhaschen. Es roch nach Qualm, und bunte Lichter leuchteten. Jemand spielte, ziemlich schlecht, Klavier. Es war die Melodie von meinem Schmuckkästchen – *Der Tanz der Zuckerfee.* Ich lief schneller. Die kalte Luft bildete im Licht der Straßenlaternen längliche Wolken vor meinem Mund, während mein Blut mich zu durchpulsen begann. Als ich zu rennen anfing, heftete sich ein kleiner Hund an meine Fersen. Ich blieb stehen, um ihn zu streicheln, dann gab ich ihm das Stück *Gâteau,* weil ich es nicht länger mit mir herumschleppen wollte. Der Hund fiel so ungestüm über die weiche Masse her, als wäre sie ein Lebewesen, und ich rannte, diesmal schneller, davon. Meine Tasche schlug mir gegen die Hüfte, und mein Herz pochte, als ich vor unserem Haus angelangt war.

Leise näherte ich mich der Haustür und hatte schon die Hand erhoben, um die Klinke zu drücken – da hielt ich inne. Ich konnte mir vorstellen, wie sie auf meine unerwartete Rückkehr reagieren würden: Verblüffung, Bestürzung, Hinnahme, Begrüßung. Mutter würde, die Brille auf der Nasenspitze balancierend und die Zungenspitze zwischen die Zähne geschoben, an ihrem Makramee arbeiten.

Bob würde über seinem Kreuzworträtsel brüten und hin und wieder Mutter eine Frage stellen. Durch das offene Oberfenster im Wohnzimmer hörte ich das Radio, es lief irgendeine Komiksendung, eine blecherne Stimme wurde durch sporadisches Gelächter des Publikums unterbrochen. Ich ging von der Tür zum Fenster. Zwar waren die Vorhänge zugezogen, aber an einem Zweig des Weihnachtsbaums hatten sie sich verfangen, und es stand ein kleiner dreieckiger Spalt offen. Ich kauerte mich nieder und spähte durch den Spalt ins Wohnzimmer, erkannte neben Tannennadelspitzen Bobs ausgestrecktes Bein. Nackt. Er hatte sich nicht angezogen, weil sie unter sich waren, weil ich nicht da war, die ihm finstere Blicke zuwerfen und aus dem Zimmer stürmen konnte. Mutters Rock kam an mir vorbei, und ich hörte das Gemurmel ihrer Stimmen und das Klirren von Teetassen. »Noch ein Stück?« fragte Mutter. Die Fensterscheibe lief von meinem Atem an. Als ich mich aufrichtete, war mir schwindlig. Ich ging wieder zur Tür und hob erneut die Hand zur Klinke, aber ich brachte es nicht über mich, sie aufzudrücken. Ich hielt es nicht aus, dort in der Wärme zu sitzen, Tee zu nippen und Weihnachtskuchen zu essen, was sie – was wir – jedesmal am zweiten Weihnachtsfeiertag zu tun pflegten. Bald würden wieder die Spiele an die Reihe kommen, und der Gedanke daran war mir unerträglich.

Ich lief zum Garten hinaus auf den Bürgersteig und zögerte einen Augenblick, welche Richtung ich einschlagen sollte. Doch es gab nur einen Ort, wo ich hingehen konnte, eine Person, die ich sehen wollte, und das war

Johnny. Selbst wenn er nicht da sein sollte, selbst wenn er mit Mary fortgegangen war, wollte ich in seiner Kirche, bei seinen Sachen sein. Mir war seltsam zumute, wie ich mich auf der Straße von unserem Haus entfernte. Es war sonderbar, nachts außer Haus zu sein, ohne daß jemand wußte, wo ich mich aufhielt. Ich dachte an die gemütliche Szene daheim hinter den Vorhängen. Ich hatte mich geirrt. Hatten sie es sich abends erst einmal ohne mich bequem gemacht, wäre ich *so* willkommen nun auch wieder nicht gewesen, wenn ich unerwartet aufgetaucht wäre. Wenn ich es mir recht überlegte, hatten sie mich überraschend bereitwillig, ja liebend gern losziehen lassen. Was Bob anging, so war ich in ihr Familienleben nicht mehr einbezogen. Und das war meine eigene Entscheidung gewesen. Ohne mich konnte er nackt dasitzen, seinen breiten Hintern in den Sessel quetschen, soviel er Lust hatte, und sie konnten es sich gutgehen lassen ohne meine mürrisch krittelnde Gegenwart. Ich überlegte, ob Jacqueline wohl genauso empfunden hatte wie ich, und brannte darauf, sie danach zu fragen. Mir war fast, als liefe sie neben mir die Straße entlang, eine freiwillige Außenseiterin. Ich *wollte* nicht mit ihnen zusammensein, aber da sie es zufrieden waren, daß ich nicht da war, fühlte ich mich wie vor den Kopf geschlagen.

Ich überquerte die Hauptstraße, die an diesem Abend eigentümlich unbelebt war, keine Autos, keine Busse. Es war eine Nacht, in der man sich hinter Vorhängen und immergrünen Zweigen versteckte, in geselligem Kreis. Es war beinahe Vollmond. Der Mond tauchte hinter einem Wolkenfetzen auf und warf sein eisiges Licht auf den

Kirchturm. Ein Auto, das auf der menschenleeren Straße plötzlich auftauchte, raste vorbei und ließ eine Geräuschlosigkeit zurück, die noch undurchdringlicher war als die Stille zuvor. Durch den steinernen Torbogen betrat ich den Friedhof. Mir war nicht bange, sondern nach Experimenten zumute. Ich trat aus dem Lichtkegel der Straßenlaternen heraus und setzte vorsichtig, mit Bedacht einen Schritt vor den anderen. Inzwischen kannte ich den Pfad schon sehr gut, aber trotzdem stolperte ich. Der Mond tauchte die Grabsteine, die Zweige und welken Blumen in ein fahles, schwaches Licht. Die Flügelspitzen des Engels glänzten frostig, auch wenn sein Gesicht im Schatten lag. Mit einem Knirschen zertrat ich etwas, das den Schimmer spärlichen Lichts zurückwarf. Neben mir bäumte sich schwarz das Kirchgemäuer in den Himmel. Mein Herz krampfte sich furchtsam zusammen, beinahe wäre ich in Panik geraten und hätte die Flucht ergriffen. Plötzlich schien die Kirche ein kauerndes Lebewesen. Ich streckte die Hand aus und berührte das leblose Gestein der Mauer, und es fiel mir der Junge aus dem *Präludium* ein: Zwischen ihm und den Sternen ragte die Felswand auf. Es war alles nur Einbildung.

Ich schaute zum Mond auf, aber der wandte sich ab und verbarg sein Antlitz und versah die Wolke mit einem schimmernden gezackten Rand. Als ob sich im Boden ein Loch vor mir auftun könnte, bewegte ich mich mit winzigen Schrittchen vorwärts. Indem ich mich an der Kirchenmauer entlangtastete, gelangte ich langsam zur Seitenpforte. Ich hörte keinen Laut und sah unter der Tür kein Licht. Ich drückte auf die Klinke, und mit einem stotternden Knarren ging die Tür zentimeterweise auf. Drinnen war es düsterer denn je, und ich zögerte, bevor ich eintrat. Obwohl ich ahnte, daß er nicht anwesend war, rief ich Johnnys Namen, doch das Dunkel verschluckte meine Stimme. Ich tastete mich an der Wand zu der Stelle vor, wo Johnny seine Sachen aufbewahrte. Mein Rücken kribbelte, als hätten sich Augen auf ihn geheftet; dabei hätten keine Augen diese Finsternis durchbohren können, selbst wenn es welche gegeben hätte. Wieder sagte ich Johnnys Namen, und wieder erhielt ich keine Antwort. Ich brauchte Licht, ich mußte etwas sehen. Es war wie ein Schmerz, wie ein körperlicher Mangel. Es war, als ob ich das Dunkel einatmete, als ob ich erstickte.

Schließlich fand ich Johnnys Ecke und sank in die Knie. Als ich den eckigen Rand des Koffers fühlte, seufzte ich auf vor Erleichterung. Ich hatte schon befürchtet, Johnny sei tatsächlich mit Sack und Pack davongezogen. Ich machte den Koffer auf und wühlte so lange, bis ich Johnnys Streichhölzer gefunden hatte. Meine Hand zitterte, als ich die Schachtel öffnete und ein Hölzchen an der Mauer anstrich. Es machte ein lächerlich lautes Reißgeräusch, als durchschneide es die Dunkelheit, und brachte doch nur eine kleine, flackernde Flamme zuwege, die mir nichts nützte und nur meine Finger erhellte, nur *mich* erhellte, falls doch jemand zugegen war. Ich hielt das Streichholz in die Höhe, bis ich mir fast Zeigefinger und Daumen daran verbrannt hätte, dann ließ ich es zu Boden fallen. Ich tastete in dem Koffer nach einer Kerze und fuhr mit dem Daumenballen über etwas, das sich silbern und dünn anfühlte. Erst als ich spürte, wie eine dickflüssige

Wärme meine Hand herablief, wußte ich, daß es eine Klinge war. Ich umschloß den Daumen fest mit der Faust. Ich wußte, der Koffer enthielt Kerzen, ein ganzes Bündel davon, dick und weiß. Behutsam suchte ich mit der anderen Hand weiter, bis ich sie endlich fand. Jetzt, da ich wußte, daß ich mich geschnitten hatte, klopfte und schmerzte mein Daumen. Mühsam zündete ich eine Kerze an, erhitzte sie von unten und steckte sie auf die Kiste, die Johnny als Tisch und Stuhl benutzte, dann noch eine und noch eine.

Jetzt breitete sich ein schwacher Lichtkegel um mich aus, und die alte, klamme Decke um meine Schultern geschlungen, kuschelte ich mich in ihn hinein. Meine Finger suchten vergebens nach dem Ende meines Zopfes, um damit herumzuspielen. Meinen verletzten Daumen hielt ich weiterhin umklammert, aber ansehen wollte ich ihn mir nicht. Auf der Kiste waren dunkle Spritzer zu sehen, und an einer der Kerzen rann ein Blutstropfen herab. Als ich es doch wagte, meine Faust zu öffnen und nachzuschauen, sah ich eine gebogene Schnittwunde, die offenstand wie ein kleiner Mund, um das Dunkel in mir zu zeigen. Es war eine Schnittwunde, die hätte vernäht werden sollen. Wenn ich zu Hause gewesen wäre, wäre Bob zur Telefonzelle gegangen, um ein Taxi zu bestellen, und dann hätte Mutter mich ins Krankenhaus gebracht und mich bemuttert. Aber wenn ich zu Hause gewesen wäre, wäre es gar nicht erst passiert. Ich wickelte mein Taschentuch straff um die Wunde und hielt meine Hand mehrere Minuten lang hoch über den Kopf, um das Blut aus meinem Arm fließen zu lassen. Ich kam mir blöde vor, wie ich so mit erhobenem Arm dasaß, als wäre ich in der Schule und traute mich zum ersten Mal, eine Frage zu beantworten.

Der Weihnachtszweig, den ich Johnny geschenkt hatte, war verschwunden, und jetzt merkte ich, was ich zertreten hatte. Es mußte eine von den Weihnachtskugeln gewesen sein – ich hatte Mutter und Bob einen Teil ihrer kostbaren, unschuldigen Weihnacht entwendet, um sie im Dunkel dieses geheimen Orts zu zertreten.

Niemand in der ganzen weiten Welt wußte, wo ich steckte. Bei dem Gedanken durchzuckte mich ein Gefühl von Freiheit, das augenblicklich Angstgefühlen wich. Es war dumm von mir, mich ganz allein hier aufzuhalten. Tollkühn. Jeder Verrückte konnte hier hereingestürmt kommen. An Gespenster glaubte ich nicht, obwohl ich mir nicht mehr ganz so sicher war, aber es gab böse und verrückte Menschen. In unserer Stadt hatte es Mordfälle gegeben, Fälle von Mord und spurlosem Verschwinden, und natürlich war ich gewarnt worden, alle waren ständig gewarnt worden, aber bisher waren mir die Warnungen noch nicht unter die Haut gegangen, hatten mir nie eine klare Vorstellung davon gegeben, wovor ich mich zu fürchten hatte. Doch jetzt, im Dunkel der ungeweihten Kirche, schauderte mich. Ich wünschte, Johnny würde zurückkommen, und wir könnten Würstchen braten und gemeinsam einen Tee trinken. Ich wollte nach Hause gehen, fürchtete mich aber, wo ich nun schon einmal in der Kirche war, den kleinen Lichtkreis zu verlassen. Johnnys Großvater betrachtete mich kalt, seine dünnen und grämlichen Lippen zitterten in einer gehässigen Regung, und er schien kurz davor, Gift und Galle zu spucken. Ich wandte mich ab, um ihn nicht ansehen zu müssen, und kehrte der Wand den Rücken zu. Ich zog ein Buch aus Johnnys Bücherregal, und in dem verzweifelten Versuch, meine Gedanken durch eine Phantasiewelt zu bannen, fing ich an zu lesen. Ich weiß nicht, was ich da las. Obgleich ich die Seiten umblätterte, drang es nicht weiter als bis zu meinen Augen vor, denn mein Verstand war zu sehr von Furcht übermannt. Ich bekam einen Schluckauf von den säuerlichen Pickles. Im Koffer fand ich eine Packung Kräcker und knabberte an einem herum. Er war so kalt, als hätte sich der Winter in ihm breitgemacht, und schmeckte nach Stein.

Ich sehnte mich nach meinem Bett, meiner Wärmflasche, meiner Nachttischlampe, ja sogar nach dem Gemurmel von Mutter und Bob unter mir. Ich hatte keine Ahnung, wieviel Uhr es war. Vermutlich noch gar nicht so spät. Nicht später als zehn Uhr. Selbst nach der Matratze auf dem Fußboden neben Bronwyns Bett sehnte ich mich, bis ich müde wurde. Ich stöberte im Finstern herum, vermied es, Johnnys Großvater anzuschauen, und fand einige Kleider von Johnny, einen Wollpullover und ein paar Socken. Ich zog meinen Mantel aus, streifte mir den Pullover über und zog den Mantel darüber an. Die Socken streifte ich über meine Schuhe, schlug die Decke um mich und legte mich hin, den Kopf auf ein zusammengefaltetes Kleidungsstück gebettet.

Erstaunlicherweise konnte ich schlafen, obwohl ich bei jedem echten oder eingebildeten Geräusch auffuhr, und jedesmal, wenn das geschah, war mir, als ob ich aus der

Wirklichkeit aufschreckte, nur um mich in einem gräßlichen Traum wiederzufinden. Die Nacht zog sich in die Länge, die ungezählten Stunden dehnten sich, so daß es ebensogut Tage hätten sein können, die ich da lag, schlafend und wachend und nach dem ersten Licht schielend. Einmal mußte ich aufstehen, hinauskrabbeln und bei den Gräbern niederkauern, um meine Notdurft zu verrichten. Die Straßenlaternen waren erloschen, und der Mond hatte sich wieder hervorgewagt. Auf einem überwucherten Stein zitterte Efeu und schien sich zu winden.

Gegen Morgengrauen schlief ich tiefer, und als ich benommen erwachte, konnte ich mich nicht erinnern, wo ich war, bis ich die Augen aufschlug und nicht so sehr Licht sah als vielmehr das Schwinden der Dunkelheit in den oberen Lücken der zugemauerten Fenster. Mir war bitterkalt, und ich war so steif gefroren, daß ich mich kaum rühren konnte, doch ich lebte noch und triumphierte, weil ich es geschafft hatte, eine Nacht fast wie eine Verbrecherin zuzubringen und zu überstehen. In dem Augenblick glaubte ich Johnnys Leben – sein ständiges Auf-der-Flucht-Sein – zu verstehen. Aber was ich nicht verstand, das waren die Schwingen, die sich über mir aus dem Dunkel schälten.

In der Flasche war Wasser, und ich zündete den Gaskocher an und machte mir eine Tasse Tee. Ich trank ihn schwarz und aß dazu noch ein paar Kräcker. Es war noch ein wächsernes, fleckiges, kastanienbraunes Würstchen übrig, auf das ich keinen Appetit hatte, das sich aber als eßbar erwies. Bald würde ich nach Hause gehen und bei elektrischem Licht ein Putersandwich oder einen Mince

Pie essen oder was immer mein Herz begehrte. Die Decke um die Schultern geschlungen, trat ich zur Tür und schaute hinaus, ich trank meinen Tee aus und besah mir die lichter werdende Welt. Der Frost hatte die Grashalme steif gefroren und sich auf Zweige und Steine gelegt. Hier und da zwitscherte ein Vogel – der Tag brach an. Auf der Straße hatte der Verkehr eingesetzt, und die Laternen brannten wieder. Die schauerliche Nacht lag hinter mir wie eine abgestreifte Schlangenhaut, und erleichtert trat ich aus ihr heraus und atmete die frische, frostige Luft. Vor der Tür schüttete ich, wie Johnny, meine Tasse aus, dann untersuchte ich meinen Daumen. Das Taschentuch war mit getrocknetem Blut verklebt, aber aus Angst, daß die Wunde anfangen würde zu bluten, wenn ich es losriß, rührte ich es nicht an. Es tat weh, aber ansonsten fühlte ich mich gesund und kräftig, und irgendwie geläutert.

Mir fiel wieder mein Haarschnitt ein, und mit den Fingern fuhr ich mir durch die Haare. Ich fühlte, wie sie überall abstanden. Bob würde wütend sein, aber daran ließ sich nichts mehr ändern. Jetzt nicht. Ich dachte an Bronwyn, an ihre raffinierte Schere und ihre unnötigen Lügen. Als sie mich bat, mir einen Vater auszusuchen, wie ich ihn gern gehabt hätte, wenn ich wählen könnte, hätte ich mir denken können, daß sie genau das getan hatte. Sie hatte sich die Geschichte ausgesucht, die sie bevorzugte: kein Vater, der wegen irgendeiner geringfügigen Straftat im Gefängnis saß, sondern ein Vater, der wie in einem Gangsterfilm umgebracht worden war. Dem Banalen hatte sie das Glamouröse vorgezogen. Ich fragte mich, wie in aller Welt sie sein Wiederauftauchen erklärt hätte, wenn ich ihr nicht auf die Schliche gekommen wäre. Vorzutäuschen, daß er tot war, erschien mir niederträchtig – beinahe so, als wünschte sie seinen Tod herbei. Außerdem war es eine dumme Lüge, denn am Ende käme die Wahrheit doch an den Tag.

Ich lief wieder hinein, zog Johnnys Kleider aus und räumte seine Sachen auf, bevor ich ging. Er würde merken, daß ich oder jemand anders hier gewesen war. Ich nahm die inzwischen zerknitterte Weihnachtskarte mit dem Gedicht aus meiner Manteltasche und lehnte sie gegen die Kiste, damit er wüßte, wer der Besucher war. Wo die Kerzen gestanden hatten, herrschte ein wächsernes Durcheinander, und auf den Sachen im Koffer und auf der Kiste fanden sich hier und da braune Blutflecken. Ich nahm seinen Spiegel heraus und betrachtete mich. Mit den Ponyfransen über meinen Augen und den Haarsträhnen, die hinter meinen Ohren hervorstanden, sah ich völlig anders aus. Abgekämpft und schmutzig. »Treibt wieder mal mit ihren Kräften Raubbau«, würde Bob sagen. Ich wickelte mir meinen Schal um den Kopf, um meine Haare zu verhüllen.

Obwohl ich aufbruchbereit war, sträubte sich etwas in mir dagegen, auf der Stelle fortzugehen. Jetzt, wo es hell war und sicher, zögerte ich und nahm, um sie herumlaufend, erst einmal noch die Flügel in Augenschein. Die Vorstellung, daß Johnny durch die Lüfte sausen könnte wie eine Fledermaus oder ein Vogel in einem Cartoon, entlockte mir ein Grinsen. Als ob er das je könnte! Als ob er je daran glauben könnte, daß er es könnte. Er war ebenso verlogen wie Bronwyn. Schlimmer noch. Sie log wenigstens nur mich an – er hingegen betrog sich selbst.

In Gedanken versunken, wäre ich beinahe über einen harten Erdklumpen gestolpert. Als ich hinsah, entdeckte ich in dem Boden eine Mulde, in der etwas lag. Im Schatten der Flügel war es zu düster, um Genaueres zu erkennen, deshalb kniete ich mich hin; da sah ich, daß es Knochen waren. Es mußten Menschenknochen sein. Eine lange, grabförmige Mulde, wenn auch nicht tief genug für ein Grab. Ein Grab mußte sechs Fuß tief sein, das wußte ich, weil Bob statt *tot* immer »sechs Fuß unter der Erde« sagte. Als ich mich nach Australien durchgrub, mußte ich immer daran denken, wenn ich den Kopf in die Senke hielt und den Geruch der Erde einatmete. Dieses Grab war kaum einen Fuß tief. Es war das Skelett eines Erwachsenen, aber es sah ganz anders aus, als ich mir ein Skelett vorstellte. Ich hatte gedacht, menschliche Gebeine seien weiß, bleich, farblos. Diese Knochen waren braun und klebrig. Ich beugte mich darüber, fasziniert und angewidert zugleich. Neben dem Schädel lag ein glanzloses, verfilztes Etwas, vermutlich Haare. Überall lagen Zähne verstreut. Ich stellte mir vor, wie die im Lauf der Jahre ausgefallen waren, das leise, von der Erde verschluckte Geräusch, das sie gemacht haben mußten. Die meisten Knochen lagen getrennt voneinander, wie abgespreizt, so als hätten sie sich, jeder für sich, gerekelt, anders als die vollständigen Skelette in Lehrbüchern, die aufrecht standen, als wollten sie eine Gigue tanzen. Obwohl ich sah, daß es sich um ein menschliches Skelett handelte, hatte es mit meinesgleichen nichts gemein – nicht diese Ansammlung dunkler Überreste: die stummelartigen, in einem Wulst endenden Knochen, die gefächerten Rippen, die

Knubbel und die spitz zulaufenden Scherben der Finger und Zehen.

Ich stand auf und rannte, so schnell ich konnte, aus der Kirche. Der Himmel war blaß und zitronenfarben. Jetzt sah ich, daß der Pfad, wie ich es mir gedacht hatte, von dem Christbaumschmuck übersät war, den ich Johnny mitgebracht hatte. Einige Kugeln waren zersplittert, andere rollten im Gras. Ich hob eine silberne Kugel auf und steckte sie in die Tasche. Ich sog die Luft ein; sie war so kalt, daß sie mir in die Lungen stach, aber wunderbar frisch und rein.

Sobald ich die Kirche hinter mir gelassen hatte, ging ich langsam nach Hause. Es war zu früh, um von Bronwyn heimzukommen, aber ich wollte zu Hause sein. Ich wollte mich unbedingt waschen. Der Appetit war mir vergangen. Ich wollte irgendwo sein, wo ich mich geborgen fühlen konnte, wo ich verstand, was vor sich ging. Im Geist sah ich deutlich Johnny vor mir, sein verärgertes Gesicht, seine scharf glitzernden Bartstoppeln, seine blassen, ausdruckslosen Augen. Ich mußte an die Knochen denken. Dauernd ging mir Mutters Stimme im Kopf herum; im Rhythmus zu meinen Schritten skandierte sie: Lei-chen, Lei-chen, Leichen. Aber es war ja gar nicht Bronwyn, die die Leiche im Keller hatte, das kam mir inzwischen wie eine Art witzloser Witz vor. Es war nicht Bronwyn, sondern Johnny.

Als ich an unsere Straßenecke kam, blieb ich stehen. Vor dem Haus stand ein Polizeiauto. Ich ging näher heran, um ganz sicherzugehen, und durch die Stores sah ich zwei dunkle Silhouetten, größer als Mutter und Bob. Ich drehte mich um und bog wieder um die Ecke, zitternd, zaudernd.

Ich war versucht davonzurennen – aber wohin? Zur Kirche konnte ich nicht zurück, nicht jetzt, wo ich die Knochen gesehen, die Gefahr gewittert hatte. Ich hatte kein Geld, mein Daumen tat weh, die Blase wollte mir platzen. Schließlich holte ich tief Luft, machte auf dem Absatz kehrt und ging zurück, geradewegs durchs Tor und ins Haus.

20

Jennifer!« Mutters Stimme war ein schrilles Wimmern, und sie riß mich an sich, wie sie es schon seit Jahren nicht mehr getan hatte oder vielleicht auch noch nie. »Wo in aller Welt… Gott sei Dank… Wir waren ja so… und die Polizei…«

Aus dem Wohnzimmer tauchte mit grimmiger Miene ein Polizeibeamter auf. »So, da ist ja unsere Ausreißerin wieder«, sagte er. Hinter der Schulter des Polizisten blickte Bobs Gesicht mich finster an. Eine Polizeibeamtin schüttelte den Kopf: »Wenn ihr jungen Dinger doch nur wüßtet, wieviel Kummer ihr uns bereitet…«

»Wenn das meine Tochter wäre, würde ich sie aber gehörig übers Knie legen«, sagte der Polizist zu Bob.

»Wir wissen ja nicht, was…«, setzte Mutter zu meiner Verteidigung an und lockerte ihren Griff.

»Ich muß zur Toilette«, stieß ich hervor. Mein Gesicht brannte, und mir kamen die Tränen. Ich stürzte die Treppe hinauf und schloß die Badezimmertür hinter mir ab. Ich setzte mich auf die Toilette, wusch mir Gesicht und Hände und wickelte den Schal von meinen Haaren, die verheerend aussahen. Verzweifelt betrachtete ich mein Spiegelbild. Dann putzte ich mir gründlich die Zähne, den Schaum in Lachen ins Waschbecken spuckend, um mich von dem Grauen und dem Schreck der Knochen und der Lügen zu erholen, und von der Polizei und dem furchterregend abgehärmten Ausdruck in Mutters Gesicht.

»Jennifer!« rief Mutter schließlich. »Komm jetzt bitte herunter.« Es blieb mir keine andere Wahl. Ich hatte mich wieder in ihre Hände begeben. Es hatte einen Augenblick gegeben, da ich hätte davonrennen können, aber den Mut hatte ich nicht aufgebracht.

Ich sagte, ich sei die ganze Nacht herumgelaufen. Zwar glaubten sie mir nicht, aber als erst einmal Gewißheit darüber bestand, daß ich nicht in Gefahr geschwebt hatte, hielt mir der Polizist einen Vortrag über Verantwortung und Risiko und dergleichen. Während er sprach, starrte Mutter die ganze Zeit über entsetzt auf meine Haare, und Bob blickte unverwandt den Teppich an. Als die beiden gegangen waren, blieben wir – wie in einer Bühnenszene – reglos in der Diele stehen und horchten dem Polizeiauto nach; Bob hatte noch immer die Hand auf dem Türgriff. Und dann blieben wir schweigend einfach weiter stehen, als ob keiner wüßte, was als nächstes zu tun sei, und die Zeit dehnte sich wie ein Gummiband, und mich packte ein furchtbares Verlangen zu lachen, nur um die Spannung zu zerreißen – aber das erinnerte mich an Bronwyns Mutter und an das Etikett, das ihr aus der Bluse auf den zarten Nacken vorstand, und statt dessen fing ich an zu schluchzen. Und das war womöglich das Beste, das ich tun konnte. Bob holte sein warmes, nach Pferd riechendes, zerknülltes Schneuztuch hervor, brummte etwas, schlurfte davon und zog die Wohnzimmertür hinter sich zu.

Mutter führte mich in die Küche und machte mir eine Tasse Kakao, während sie mir auseinandersetzte, Mrs.

Broom habe sich Sorgen gemacht, weil sie mich allein hatte nach Hause laufen lassen, und sie und Bronwyn seien kurz vor dem Schlafengehen vorbeigekommen, um sich zu vergewissern, ob ich auch wohlbehalten angelangt sei. Aber natürlich war ich das nicht, und so waren sie denn die ganze Nacht aufgeblieben und hätten vor lauter Sorgen fast den Verstand verloren, und wenn mir nun *doch* etwas zugestoßen wäre... und Mrs. Broom sei vor Sorge fast krank geworden und habe sich die schwersten Vorwürfe gemacht. Die ganze Zeit über schwankte Mutters Stimme zwischen Ärger und Erleichterung, drohte immer wieder zu kippen, so daß sie tief durchatmen mußte, um weiterreden zu können.

»Aber wo in aller Welt hast du gesteckt?« endete sie und setzte krachend meine Tasse Kakao vor mir nieder, so daß er auf die Untertasse schwappte.

»Nirgendwo«, antwortete ich.

Sie wollte mir schon eine Ohrfeige geben, zog ihre Hand aber wieder zurück. »Das ist ja reizend, von wegen nirgendwo! Man weiß nicht, ob man lachen oder weinen soll. Das ist wirklich reizend!«

»Bin bloß spazierengegangen.«

»Die ganze Nacht!«

»Ich hab mich mit Bronwyn gestritten.«

»Warum bist du dann nicht nach Hause gekommen?«

»Weiß nicht.«

»Kannst du dir eigentlich vorstellen, was uns durch den Kopf gegangen ist? Nein? Dann schau dir das an.« Sie hielt mir die aufgeschlagene Lokalzeitung hin, die das verwischte Gesicht eines Mädchens zeigte. Ihre Haare waren vom Wind zerzaust, und lächelnd blinzelte sie in die Kamera. In der Hand hielt sie einen Bausch Zuckerwatte. Mutters Hand zitterte so heftig, daß die Zeitung knisterte. Sie legte sie vor mir auf den Tisch. *»Wieder ein Mädchen aus der Stadt verschwunden«*, las sie, *»die Polizei kommt mit ihren Ermittlungen nicht voran... bittet die Öffentlichkeit um Mithilfe...* Jennifer, *begreifst* du denn nicht, wie ernst? Erkennst du denn gar nicht die Gefahr?« Wie wenn ihre Beine unter ihr eingeknickt wären, plumpste sie auf ihren Stuhl und vergrub ihr Gesicht in beiden Händen. Ich glaubte schon, sie würde zu weinen anfangen, als sie langsam, mit beherrschter, gedämpfter Stimme zwischen ihren Fingern hindurch erklärte: »Ich möchte, daß du mir sagst, wo du warst.«

»Nirgends.«

Ich mußte an die klebrigen Knochen denken und den verrückten Johnny mit seinen Flügeln. Aber obwohl ich das körnige, mysteriöse Gesicht des vermißten Mädchens vor mir sah – ich konnte in der heimeligen Küche einfach nicht glauben, daß Johnny ein Mörder war. Schließlich hatte er mir nie auch nur ein Haar gekrümmt, und die Gelegenheit dazu hätte er gehabt. »Ich bin nur spazierengegangen. Ich bin sogar am Haus vorbeigekommen.«

»Warum bist du nicht hereingekommen? *Warum* nicht?«

»Ich weiß nicht. Es tut mir leid.«

Mutter hob ihr gerötetes Gesicht aus den Händen und ließ von neuem ihren Blick über mich wandern. »Und erst deine Frisur! Mrs. Broom hat uns von deiner Frisur erzählt. Was hast du nur angestellt! Du hattest so schöne Haare. Natürlich müssen wir zum Friseur gehen und sie herrichten lassen. Aber von Bob wirst du zu diesem Thema noch etwas zu hören bekommen. Ach, Jennifer, hast du an uns denn gar nicht gedacht? Wieviel Sorgen wir uns machen würden? Wir waren ganz außer uns... und Mrs. Broom auch.«

»Ich wußte doch nicht, daß du davon wußtest«, verteidigte ich mich schwach.

»Und was hast du nur mit deinem Daumen gemacht?« fragte sie, als sie das blutige Taschentuch bemerkte.

»Hab mich nur geschnitten«, sagte ich. »Sollte die Wunde wohl lieber auswaschen.«

»Woran denn geschnitten?«

»Weiß nicht.«

»Was soll das heißen, ›weiß nicht‹?«

»Hab mich an 'ner Glasscherbe geschnitten.«

»An was für einer Glasscherbe? Wo? Wie?«

»Weiß nicht.«

Mutter reckte, heftig atmend, das Kinn in die Höhe und verdrehte vor Verzweiflung die Augen. Aufgebracht wandte sie sich um und holte aus einer Schublade die Hausapotheke hervor. »Ich hätte dir noch nie so gern eine tüchtige Tracht Prügel verabreicht«, sage sie. »Das Weihnachtsfest hast du uns gründlich verdorben, weißt du das?« Sie ließ heißes Wasser in eine Schüssel laufen und kippte etwas Sagrotan hinein. Der Geruch nach Desinfektionsmittel verbreitete sich als eine dampfende Wolke. Ich sah nicht hin, während sie – gröber als unbedingt notwendig, wie ich fand – meinen Daumen freilegte, wusch und neu verband. »Du wirst eine Narbe davontragen«, sagte sie. »Geschieht dir recht. Von wegen ›weiß nicht‹! Kann ja jeder sagen ›weiß nicht‹!« Sie war über den schlimmsten Schock hinweg und ließ ihren Zorn an mir aus, mit all ihrem Schimpfen und Schelten, das sich gar nicht nach ihr, sondern nach einer ganz anderen Mutter anhörte. Es paßte nicht zu ihr. Als ich das Blut in der Waschschüssel bemerkte, wurde ich beinahe ohnmächtig, und sie steckte mich ins Bett, was bei weitem der beste Aufenthaltsort war, bis Mutter und Bob sich beruhigt hätten.

Wohlig streckte ich meine Zehen zwischen den frischen Laken aus und nickte für vielleicht eine Stunde ein, aber der Tag war hell und die Vorhänge nicht dick genug, als daß die Sonnenstrahlen mich nicht am Schlafen gehindert hätten. Es war eigenartig, im Bett zu liegen und den Vögeln, den vorbeifahrenden Autos und den Haushaltsgeräuschen unten zu lauschen und doch nicht krank zu sein. Ich fühlte mich gesund und munter. Mir war, als sei ein Gleichgewicht wiederhergestellt und ich könnte einen neuen Anfang machen. Ich hatte Mutter und Bob nicht kränken oder ängstigen wollen, ebensowenig wie sie mich hatten kränken oder ängstigen wollen –, aber geschehen war es trotzdem. Dreizehn Jahre lang hatten sie mich getäuscht, und ich litt noch immer unter Mutters mangelndem Einfühlungsvermögen. Mit Quälerei hatte es nichts zu tun, nur mit Dummheit, und obwohl ich fast alles verzeihen konnte – das konnte ich ihr nicht verzeihen. Dennoch, ich hatte es ihr, wenn auch unabsichtlich, heimgezahlt, und damit wollte ich es gut sein lassen.

Wieder dehnte ich mich und wackelte mit den Zehen. Der Heizkörper sandte knackend seine wohltuende Wärme aus, und in der Brise, die vom offenen Fenster her wehte, bauschte sich der Vorhang. Ich entsann mich, wie ich vor langer Zeit krank im Bett gelegen hatte, und erinnerte mich daran, wie Mama mir aus *Alice im Wunderland* vorgelesen hatte. Ich kroch aus dem Bett, suchte mir das Buch heraus und kuschelte mich wieder zwischen die Laken, um von Alice, dem Hutmacher und dem Schnapphasen zu lesen, wie sie sich um die Bedeutung der Wörter zankten.

»Dann solltest du auch sagen, was du meinst«, fuhr der Schnapphase fort.

»Das tu ich ja«, widersprach Alice rasch; »wenigstens – wenigstens meine ich, was ich sage – und das kommt ja wohl aufs gleiche heraus.«

»Ganz und gar nicht«, sagte der Hutmacher. »Mit demselben Recht könntest du ja sagen: ›Ich sehe, was ich esse‹ ist das gleiche wie ›Ich esse, was ich sehe‹!«

»Mit demselben Recht könntest du ja sagen«, fiel der Schnapphase ein, »›Was mir gehört, gefällt mir‹ ist das gleiche wie ›Was mir gefällt, gehört mir‹!«

Darüber mußte ich lachen und ließ das Buch wieder sinken. Ich schloß die Augen und sah Johnny vor mir, mit einem hohen, zerbeulten Hut, von dessen Krempe eine Feder herabhing. Ich sah ihn in der düsteren Kirche, wie er, den kleinen Finger elegant gekrümmt, eine Tasse Tee zu den Lippen führte, mit Worten spielte und seinen verständigen Unsinn daherredete. Ich fragte mich, ob er wohl schon zurückgekehrt war und ob er mein Gedicht gelesen hatte. Jetzt würde ich womöglich nie herausfinden, was er davon hielt, denn ich würde nie wieder hingehen. Nicht daß ich annahm, er sei der Mörder. Die Knochen in der Kirche waren uralt. Es waren einfach nur Gebeine auf einem alten Friedhof – nichts Bedrohliches. Mit Johnny hatten sie nichts zu tun. Doch Mutters Ängste waren endlich zu mir durchgedrungen. Irgend jemand mußte schließlich der Mörder sein, und ich sollte mich nicht mehr der Gefahr aussetzen und mich allein an dunkle Orte begeben. Ich hatte Glück, daß ich noch einmal davongekommen war. Wie ein Köder an einem Haken war ich gewesen, oder wie Obst in einer Schale, das zum Zugreifen einlud. Aber Johnny konnte es nicht gewesen sein, selbst wenn die Leiche frisch gewesen wäre. Weshalb sollte er davongehen und sie dort liegenlassen, so daß sie jedem ins Auge fiel? Ein Mörder ging vorsichtiger zu Werk.

Ich stieg wieder aus dem Bett und suchte Papier und Füllhalter. Das Kopfkissen im Rücken und Jacquelines Kamera neben mir, setzte ich mich auf und schrieb ihr einen Brief. Ich fand es mühsam, jemandem zu schreiben, dem ich noch nie begegnet war. Ich wußte nicht, ob sie den Brief je bekommen würde – es hing davon ab, ob ich herausfinden würde, wo sie wohnte –, aber das machte es leichter, ihr zu schreiben. Ich konnte mich freier ausdrücken. Fast so, als ob ich an mich selber schriebe. Ich schrieb ihr davon, wie ich versucht hatte, mich nach Australien durchzugraben, von dem Spielplatz und der Kirche, von Johnny und seinem Flugapparat und von Bronwyn und den Knochen. Ich brauchte eine Ewigkeit. Ich schrieb mein Gedicht für sie ab und teilte ihr mit, ich wolle Dichterin werden. Obwohl ich mir bereits beim Schreiben unsicher war. Ich schrieb ihr von meiner Frisur. Ich bat sie, mir ein Foto zu schicken. Ich sandte ihr viele Grüße.

Mutter brachte mir auf einem Tablett mein Mittagessen. Sie setzte sich einen Augenblick zu mir auf die Bettkante und betrachtete mich versonnen. Dann hob sie *Alice im Wunderland* auf und lächelte. Ich konnte ihre Zahnlücke sehen.

»Was sollen wir nur mit dir anfangen?« fragte sie, und ich wußte, daß sie mir schon halb verziehen hatte.

»Mutter«, setzte ich an. »Ich möchte Jacqueline einen Brief schicken.«

»Oh.« Sie legte wie zum Gebet die Hände zusammen und blickte mit zusammengepreßten Lippen auf ihre Fingerspitzen herab.

»Gibst du mir ihre Adresse?«

»Ich weiß sie nicht.«

»Ich glaube dir nicht.« Wir musterten einander, und wieder stieß sie ihren Seufzer hervor und sah furchtbar müde und erschöpft aus, ein altes Ding, das jeden Augenblick aufgeräufelt würde.

»Meinst du nicht, daß ich mich gern mit ihr in Verbindung setzen würde, wenn ich könnte?« fragte sie leise. »Sie ist doch meine Tochter. Manchmal kann ich es nicht fassen, daß sie einfach auf und davon gegangen ist. Davongegangen ist und uns allein gelassen hat. Uns. Früher habe ich immer gedacht, sie würde wiederkommen. Mein eigen Fleisch und Blut. So herzlos.«

Mir wurde kalt. Ich zog die Decken über die Brust. Der Vorhang zitterte. »Was soll das heißen? Du hast sie doch dazu gezwungen.«

»Was für ein Unsinn!«

»Du hast sie gezwungen wegzugehen, wegen der Schande. Weil ich unehelich bin.«

Mutter stieß ein humorloses Lachen aus. »Schande? Wessen Schande denn? Glaubst du im Ernst, daß Bob sich daraus etwas macht? Oder ich?«

Ich sperrte mich gegen den Gedanken, zog rasch den Vorhang vor, bevor ich zuviel sah. »Ich glaube dir nicht.«

Mutter seufzte. »Natürlich, das liegt ganz bei dir.«

»Weshalb würde sie weggehen wollen?«

»Sie mußte ihr Leben leben...«

»Aber weshalb würde sie deswegen lügen? Jedenfalls glaube ich dir nicht.«

»Wir haben alle unsere eigene Version der Wahrheit.«

Ich legte den Kopf zurück und sah zur Decke. Sie war mit Prägetapete beklebt und in blassestem Rosa gestrichen. Ich erinnerte mich daran, wie Bob sie gestrichen hatte. Ich entsann mich der Farbspritzer auf seinen Schultern und seinem Rücken.

»Sie mußte doch ihr Leben weiterleben«, sagte Mutter leise. »Sie wollte dich zur Adoption freigeben. Wir konnten sie dazu überreden, daß wir dich behalten durften, aber ihre Bedingung lautete, daß sie nie mehr zurückkommen würde. Dich nie wieder sehen würde. Solange sie innerlich nicht so weit war. Sie sagte, wir dürften dir alles sagen, wenn du dreizehn wärst, falls sie nicht bis dahin Kontakt aufgenommen hätte.«

»Oh«, sagte ich. So war es nicht gewesen, so konnte es nicht gewesen sein. So nicht.

»Jedenfalls«, fuhr Mutter fort, »hat es bislang keinen Kontakt gegeben. Und jetzt... ein Weihnachtsgeschenk für dich. Keine Adresse, keine Mitteilung. Nur ein australischer Poststempel.«

»Australien!«

»Viel weiter weg hätte sie nicht gekonnt, oder?«

»Wie Peggy.«

»Mmm?«

»Unsere Vorfahrin!«

»Ach ja... aber das waren doch ganz andere Umstände.«

»Aber auch Australien.« Obwohl sie, wie Mutter gesagt hatte, nicht viel weiter weggekonnt hätte, fühlte ich mich ihr doch näher, weil ich wußte, wo sie war. Vor all der Zeit hatte ich mich, ohne zu wissen, was ich tat, im Garten zu ihr durchgraben wollen.

»Vielleicht lebt sie gar nicht dort«, betonte Mutter. »Vielleicht war sie ja nur zu Besuch dort. Geschäftlich oder auf Urlaub oder so. Jetzt iß aber dein Sandwich.« Auf dem Brot lag eine kunstvoll aufgeschnittene Tomate. »Das ist eine Tomatenrose«, erklärte Mutter.

»Sie lebt wohl dort«, erwiderte ich. »Ich spür's in meinen...« Schaudernd verstummte ich.

»Vielleicht hast du ja recht. Iß jetzt auf, dann kannst du ein Bad nehmen und nach unten kommen.«

»Mal sehen«, sagte ich. Ich wartete ab, bis sie aus dem Zimmer war, dann holte ich den Brief unter meinem Kopfkissen hervor und las ihn durch. Anschließend versteckte ich ihn in meinem Schmuckkästchen. Ich glaubte Mutter nicht. Es war ihre Art, die Dinge geradezurücken, sich und Bob ins Recht zu setzen. Ihre Version der Wahrheit. Allein *ihre* Version.

Ich badete, wusch mir die Haare und bürstete sie glatt.

Als die nassen Haare, die vorher so hell gewesen waren, sich dunkel an ihn schmiegten, wirkte mein Kopf viel kleiner. Mutter ging aus dem Haus, um Mrs. Broom anzurufen und sie zu beruhigen.

»Ich habe Bronwyn zum Tee eingeladen«, sagte sie bei ihrer Rückkehr.

»Aber ich will sie nicht hierhaben«, erwiderte ich. »Ich kann sie nicht ausstehen.«

»Sei nicht albern«, sagte Mutter. »Sie ist deine Freundin. Und das ist das wenigste, was ich tun kann nach all dem Kummer, den du ihrer armen Mutter bereitet hast.« Bob knisterte mit der Zeitung, und ich hielt den Mund. Seit ich heruntergekommen war, hatte er weder ein Wort an mich gerichtet noch auch nur einen Blick auf mich geworfen. Er war anständig, wenn auch merkwürdig angezogen, mit einer Hose und einer lila Bluse von Mutter, die um den Nacken weicher war als alle seine Hemden. Er war schmaler geworden über die Weihnachtsfeiertage, und Mutter wartete nur auf den Winterschlußverkauf, um ihm ein paar neue Hemden zu kaufen.

»Was sollen wir zu Abend essen?« fragte Mutter. »Was schmeckt ihr denn?«

Ich zuckte die Achseln. Ich wollte Bronwyn nicht bei uns im Haus oder bei mir im Zimmer haben. Sie war eine Lügnerin, und ich traute ihr nicht. Der Gedanke, daß sie über Jacqueline Bescheid wußte, war mir verhaßt. Ich wünschte, es gäbe eine Möglichkeit, ihr das Wissen wieder abzuluchsen.

»Ich weiß gar nicht, warum du so dahockst und die Stirn in Falten ziehst«, sagte Mutter. »Du wirst ganz rasch altern, wenn du nicht auf deinen Gesichtsausdruck achtgibst. Wie wär's mit Corned beef und Bratkartoffeln, zur Abwechslung ohne Puter?«

Bob grunzte zustimmend und wackelte mit dem Fuß, so daß sein Hausschuh herabfiel.

»Wo ist eigentlich dein Armband mit den Amuletten?« erkundigte sich Mutter. Sie setzte sich auf einen niedrigen Hocker vor ihr Makramee – das als ein langer, klumpiger Wickel um die Rückenlehne eines Küchenstuhls anwuchs – und begann ihre Knüpfarbeit.

Ich schwieg, aber dann empfand ich einen dumpfen Druck wie von der Explosion einer Bombe in weiter Ferne. Bei Bronwyn hatte ich das Armband noch umgehabt, aber seitdem hatte ich es nicht mehr gesehen. Ganz gewiß hatte ich es nicht mehr angehabt, als ich nach Hause kam. Ich zwang mich, an den Vorabend zurückzudenken. Ich konnte mich noch daran erinnern, wie ich, den Hund auf den Fersen, die Straße entlanggerannt war, und mir kam die Erinnerung daran, wie es gegen mein Handgelenk geschlagen hatte. Die Erinnerung an eine Empfindung plagte mich. Dann kam das Gefühl der Kälte, als ich mich in den Daumen schnitt, und mir fiel ein, daß das Armband in diesem Augenblick abgerutscht sein mußte und in den Koffer mit Johnnys Sachen gefallen war. Ich erinnerte mich sogar noch an das Klirren, das ich in diesem Augenblick gehört, aber in meiner Aufregung im Dunkeln nicht registriert hatte.

»Und Baisers mit Eiscreme«, sagte Mutter. »Nein. Zu aufwendig. Wie wär's mit einem guten alten gedeckten Apfelkuchen?«

»Und einem Schlag von deiner schönen Vanillesoße,

Lilian«, fügte Bob hinzu. Er faltete die Zeitung auf seinem Schoß, um das Kreuzworträtsel in Angriff zu nehmen.

»Den Kuchen kann Jennifer backen«, sagte Mutter, und ich stand unverzüglich auf, denn in der Luft war ein Prickeln, ein gewisses »Benimm dich oder…«.

Ich schaltete das Kofferradio ein, das Mutter auf dem Fensterbrett in der Küche stehen hatte. Es kam *Hancock's Half Hour*, und mit halbem Ohr hörte ich hin und kicherte sogar pflichtschuldig, während ich, den verletzten Daumen weggereckt, Fett in das Mehl bröckelte und den bleichen Teig ausrollte, um ihn auf dem Backblech auszulegen. Die ganze Zeit über wußte ich, daß ich zur Kirche zurückmußte, um mein Armband wiederzubeschaffen. Ich wollte nicht. Ich *glaubte* nicht, daß ich wollte. Ich war verwirrt. Ich wußte nicht einmal, ob ich vor Johnny Angst hatte oder nicht. Er war kein Mörder, soviel wußte ich. Also gab es keinen Grund, sich zu fürchten. Er war ein Freund, sollte ein Freund sein. Er war mir ein besserer Freund als Bronwyn. Bronwyn wollte mich nur, weil sie keine echten Freundinnen hatte. Zu allem zwang sie mich: zu ihr zum Abendessen zu gehen, sie in meine Geheimnisse einzuweihen, ihre Mutter auszulachen – und jetzt schlich sie sich in mein Haus ein, damit sie Bob in Mutters Bluse verhöhnen konnte. Grimmig schnitt ich die Äpfel, bereitete mit Zimt, braunem Zucker und einer Handvoll Sultaninen einen guten Apfelkuchen zu und schob ihn in den Backofen. Das Radio schaltete ich wieder aus.

»Stößt bei Taubenohren auf Verständnis, Lilian? Sechs Buchstaben. Was meinst du?« hörte ich Bob sagen, und ich wurde von einer verzweifelten Zärtlichkeit aufgewühlt.

Es war mitten am Nachmittag und noch immer hell. Vor Anbruch der Dunkelheit blieb mir noch Zeit, zur Kirche zu laufen und mein Armband wiederzuholen. Wenn ich rannte, könnte ich zurück sein, bevor der Apfelkuchen fertig war. Mit etwas Glück wäre Johnny noch gar nicht wieder da. Schließlich war es am besten, ihn nicht mehr wiederzusehen. Jedenfalls eine Weile lang nicht, solange ich das Ekelgefühl wegen der Knochen nicht los war.

Ich steckte meinen Kopf zur Wohnzimmertür herein. »Ich gehe nur auf ein paar Minuten an die frische Luft«, sagte ich.

»O nein, das wirst du hübsch bleiben lassen«, sagte Bob. Heftig kritzelte er etwas an den Rand der Zeitung.

»Wie?«

»Du wirst nirgendwo hingehen, mein Fräulein. So, wie du dich aufgeführt hast, bin ich erstaunt, daß du die Dreistigkeit hast, den Vorschlag zu machen! Du rührst dich nicht vom Fleck.« Er hörte sich an wie ein schlechter Schauspieler, der sich als Autorität aufspielt, überhaupt nicht wie Bob.

Mutter schob die Brille hoch und sah ihn überrascht an.

»Verstanden?« beharrte er. Ich nickte.

»Wo wolltest du denn hin, Schatz?« fragte Mutter.

»Nur ein bißchen spazierengehen.«

»Jetzt nicht«, sagte sie und nickte zu Bob hinüber, der seinen Kopf wieder in der Zeitung vergraben hatte.

»Dann halt nicht«, sagte ich. »Mir doch egal.«

»Bald wird sowieso Bronwyn hier sein«, suchte sie mich zu besänftigen. Ich stampfte im Haus umher wie eine Gefangene und dachte wütend nach. Ich mußte das Armband wiederfinden, bevor Mutter merkte, daß es fehlte. »Achtzehn Karat hat das«, hatte Bob gesagt, und ich hatte versprochen, darauf achtzugeben, und es sollten doch noch all die Amulette dazukommen. Ich wußte, ich mußte es wieder holen, war aber gleichzeitig erleichtert, daß ich jetzt nicht gehen durfte. Allein konnte ich nicht hin.

Ich ging auf mein Zimmer und spähte durch die Kamera in den Garten. Mutter klopfte an meine Tür und kam herein. Unbeholfen stand sie da.

»Ja?« fragte ich.

»Dir fehlt doch nichts, Schatz?«

»Nein, wieso?«

»Nun ja... Bob... du weißt ja. Er ist verärgert. Er hat sich *solche* Sorgen gemacht. Und er ist aufgebracht wegen deiner Frisur.«

»Verstehe ich nicht. Das sind meine Haare. Ich verstehe nicht, wieso ich sie mir nicht schneiden darf.«

Mutter setzte sich auf mein Bett. »Es ist nur einer von seinen kleinen Ticks – Frauen und Frauenhaar. Du weißt doch, wie er ist.« Ich zuckte die Schultern. »Meine will ich schon seit Jahren schneiden lassen. Eine hübsche, ordentliche Dauerwelle. Ich weiß ja, daß ich verheerend aussehe.« Sie griff sich an ihr dünnes Haar und steckte eine Strähne, die sich gelöst hatte, hinters Ohr.

Ich betrachtete sie kritisch. »Die würde dir besser stehen«, sagte ich. »Warum fragst du nicht Bronwyn? Sie schneidet immer ihrer Mutter die Haare.«

»Wie kannst du nur so einen Vorschlag machen!« rief Mutter aus, dann setzte sie wehmütig hinzu: »Das würde ich für mein Leben nicht tun.« Ihr resignierter Gesichtsausdruck verursachte mir ein flaues Gefühl in der Magengegend. »Eigentlich finde ich deine Haare recht hübsch«, fügte sie an. Ich ließ es zu, daß sie darüberstrich. »Sie stehen dir gut, so kurz. Soll ich sie dir einlegen? Mit Lockenwicklern? Das hebt ein bißchen. Bob wird sich schon wieder beruhigen, wart's nur ab.«

»Wenn du möchtest«, sagte ich.

Bronwyns Mutter brachte sie bis zu unserer Haustür. »Dank sei dem Herrn, daß du wohlbehalten zurückgekommen bist«, sagte sie zu mir. »Hast du uns vielleicht einen Schreck eingejagt, einfach so zu verschwinden. Und ich hätte mir Vorwürfe gemacht, wenn dir – du weißt schon – etwas zugestoßen wäre.« Sie sah müde aus, und um ihre roten Augen und ihre rosa Nase zuckte es.

Bronwyn zog die Augenbrauen hoch, und ich sah weg.

»Tut mir leid«, sagte ich. »Es war dumm von mir.«

»Wo hast du bloß gesteckt?« fragte Bronwyn.

»Sie ist nur herumgelaufen«, sagte Mutter rasch. »Wollen Sie nicht auf eine Tasse Tee hereinkommen, Mrs. Broom?«

»Betty. Nein, ich darf mich nicht aufhalten, trotzdem vielen Dank. Ich muß auf eine Versammlung. Ich hole Bronwyn wieder ab, um...«

»... acht Uhr?« schlug Mutter vor.

Wir gingen mit Mutter in die Küche, um meinen gedeckten Apfelkuchen zu bewundern, der süß duftend auf dem Tisch abkühlte, doch Bronwyn zappelte aufgeregt hin und her. Sie wollte mit mir allein sein. »Kann ich dein Schlafzimmer sehen?« fragte sie.

Mutter sagte: »Nur zu, Jenny«, und mir blieb keine

Wahl, als Bronwyn die Treppe hinaufzuführen. Wir hatten kaum je Gäste, und es war ein ungewohntes Gefühl. Ich betrachtete alles mit neuen Augen und war ziemlich stolz, weil alles so viel heller und wärmer wirkte als bei Bronwyn. Wie immer stand in jedem Zimmer ein Fenster offen, aber es war nicht feucht und kalt. Die Heizkörper, Bobs ganzer Stolz, leiteten die Hitze im ganzen Haus herum und glichen die Zugluft wieder aus. Bob entlüftete sie stets, lauschte gespannt, den Kopf zur Seite geneigt, und beurteilte den Zustand der Anlage nach den Gluckssern und Ächzern. Ich hatte es nie als etwas angesehen, worauf man stolz sein konnte, doch Bronwyn war offensichtlich beeindruckt. Sie stand mit dem Hintern zum Heizkörper in meinem Schlafzimmer und blickte sich um.

»Das ist meine Kamera«, erklärte ich.

Sie nahm sie mir ab und betrachtete sie von allen Seiten »Ist ja gar nicht neu«, schnaubte sie. »Wo ist dein Ring?« Ich öffnete mein Schmuckkästchen, und einen Augenblick sahen wir uns die Pirouetten drehende Ballerina an, bevor ich das Geheimfach aufschloß und ihm den Ring entnahm. »Hübsch«, gab sie neidisch zu. Sie versuchte ihn an jedem ihrer Finger, aber er paßte nur auf den kleinen. Sie gab ihn mir zurück. Statt dessen nahm sie den Lippenstift auf meiner Frisierkommode.

»Den kannst du haben, wenn du möchtest«, sagte ich.

»Wirklich?« Sie drehte ihn heraus.

»Mir gefällt die Farbe nicht«, sagte ich.

»Wirklich? Ich finde ihn fabelhaft.« Sie steckte ihn rasch in ihre Tasche. »Danke.«

Sie machte meinen Schrank auf und schaute sich meine Kleider an, dann zog sie sich, zufrieden mit ihrer Inspektion, die Schuhe aus und machte es sich mit untergeschlagenen Knien auf meinem Bett gemütlich. »Schieß los«, sagte sie.

»Womit?«

»Wo bist du abgeblieben?«

»Hat dir Mutter doch gesagt. Ich bin herumgelaufen.«

In meinem hell gestrichenen Schlafzimmer wirkte sie wie ein großer dunkler Fleck. Ihre Augenbrauen waren schwarz und dicht, und sie trug ein allzu enges Kleid, das ihre Brust betonte. Überall waren große orangene Blumen aufgeklatscht; auf jeder Seite war eine genau da angebracht, wo ihre Brustwarzen sein mußten.

»Nimm mich nicht auf den Arm«, sagte sie. »Ich kenne dich. Du hattest irgendeinen Plan, stimmt's? Deswegen bist du weggegangen.«

»Ich bin weggegangen, weil du eine Lügnerin bist.«

»Bin ich nicht. Lebhafte Phan-ta-sie, das ist alles. Äußerst lebhaft, sagt Mum.«

»Was ist eine Lüge denn anderes als Phantasie?«

»Und was ist das?« Sie hielt *Alice im Wunderland* hoch.

»Eine Geschichte«, sagte ich.

»Lügen.«

Ich überlegte. Bronwyns Argument war gar nicht so schlecht. »Sei doch nicht dumm. Die behauptet doch gar nicht, die Wahrheit zu sagen. Genau darum geht es ja.«

»Ich doch auch nicht.«

»Doch, hast du wohl behauptet!« rief ich aus.

»Nein.«

»Doch.«

»Ich hätte mir nicht träumen lassen, daß du mir glaubst! Du bist vielleicht ein Einfaltspinsel.«

Ich machte schon den Mund auf, um ihr etwas zu entgegnen, doch dann klappte ich ihn wieder zu. Es hatte keinen Sinn. Sie hatte sich alles so zurechtgelegt, daß sie im Recht war. Ich hob das Buch auf und stellte es an seinen Platz auf dem Regal zurück.

»Also, wo warst du?« beharrte sie.

»Ich könnte dir alles mögliche vormachen«, sagte ich. »Ich könnte mir alle möglichen Geschichten ausdenken. Woher willst du wissen, ob ich die Wahrheit sage?«

»Mach schon«, sagte sie.

»Ich habe einen Freund, der einen großen Flugapparat baut, damit er fliegen kann. Er wohnt in einer ungeweihten Kirche. Da habe ich die Nacht verbracht, und heute morgen habe ich, im Erdboden vergraben, Menschenknochen gefunden.«

Bronwyn zog ein Gesicht. »Du spinnst ja«, sagte sie.

»Es ist aber wahr«, sagte ich. »Wahrer als deine Gangster und Amerika und all das.«

»Ich wollte nicht hierherkommen«, sagte Bronwyn, sah weg und kaute ergrimmt an einem Fingernagel herum. »Mum hat mich dazu gezwungen. Sie wollte, daß wir uns wieder vertragen. Wieder Freundinnen werden. Aus irgendeinem Grund mag sie dich.«

»Ich wollte auch nicht, daß du kommst«, sagte ich. »Mutter hat dich eingeladen, nicht ich.« Ich trat ans Fenster und sah hinaus auf den feuchten Garten.

»Mir doch egal«, erwiderte sie, und eine Zeitlang blieben wir stumm. Ich hörte, wie sie schluckte und unruhig wurde. Von unten drang Essensgeruch herauf.

»Wo ist die Toilette?« fragte sie schließlich. Ich sagte es ihr, und sie ging aus dem Zimmer. Ich hörte, wie die Wasserspülung rauschte und wie sie auf dem Gang ein paar Worte mit Bob wechselte. Mit hochrotem Kopf kam sie in mein Zimmer gestürzt. »Er ist ja nackt«, quiekte sie. »Ich hab deinen Opa splitternackt gesehen!« Und sie sah mich an, als erwarte sie Freudengeschrei.

»Ach ja«, sagte ich. »Na und?«

»Ich habe seinen – du weißt schon – gesehen...«

»Und?«

»Das war mein erster *richtiger.«* Ich hörte, wie Bob den Gang entlangstapfte und die Tür hinter sich schloß.

Bronwyn ließ sich auf mein Bett plumpsen. Ihr Magen knurrte. Ich wußte, sie würde es in der Schule herumerzählen. Falls sie jemanden fand, der ihr zuhörte. Derartige Informationen standen auf dem Pausenhof hoch im Kurs.

»Hast du sie wirklich gekriegt?« fragte sie.

»Was gekriegt?«

»Na, deine *Tage* natürlich.«

»Nein. Das *war* eine Lüge«, sagte ich.

»Ich aber, wirklich«, sagte sie. »Soll ich's dir beweisen?«

»Essen kommen, ihr zwei«, rief Mutter fröhlich die Treppe hinauf.

»Komm«, sagte ich.

Bronwyn folgte mir auf den Gang hinaus und legte mir die Hand auf den Arm. »Tut mir leid«, sagte sie.

»Was?«

»Daß ich gelogen habe. Ich werd's nicht wieder tun.«

»Und wenn. Mir doch egal.«

»Werd ich aber nicht.«

Mißtrauisch blickte ich sie an. Wie sollte ich ihr das abnehmen? Bestimmt war das auch nur eine Lüge.

»Ehrenwort.«

»Na schön«, sagte ich.

»Vertragen wir uns wieder?«

»Meinetwegen.«

Bob saß nicht am Tisch. »Es geht ihm nicht gut«, erklärte Mutter. »Er hat sich ins Bett gelegt.« Sie sah mich nicht an. Bob prahlte immer damit, daß er nie krank war. Er war schon seit Jahren nicht zum Arzt gegangen, war in seinem ganzen Berufsleben nicht einen Tag krankgeschrieben. Das wußte Bronwyn natürlich nicht. Gleichmütig verspeiste sie Berge von Bratkartoffeln und drei Portionen Apfelkuchen. Ich war froh, daß Bob nicht bei uns saß und mich in Verlegenheit brachte, es war schon peinlich genug, daß er nackt vom Schlafzimmer zum Bad gestapft war. Und Mutter war schlimm, wie sie auf muntere, mädchenhafte Art daherplapperte, daß sich alles in mir sträubte. Ich schaute Bronwyn nicht an, für den Fall, daß sie es wieder darauf anlegte, mich zum Lachen zu bringen. Aber sie machte keine Anstalten. Sie führte sich anständig auf, hörte Mutter zu und antwortete ihr und nahm sie auf eine Art und Weise ernst, wie ich es ihrer eigenen Mutter gegenüber nie erlebt hatte. Mutter war beeindruckt, das sah ich.

Wir halfen Mutter beim Abwasch, und danach mußten wir immer noch zwei Stunden herumkriegen, bevor Bronwyn nach Hause gehen konnte. Wir zogen uns wieder auf mein Zimmer zurück, aber es gab nichts zu tun.

»Was *hast* du denn nun gestern nacht getrieben?« fing Bronwyn wieder an. »Ich werd's auch niemandem weitersagen. Ehrenwort.« Sie leckte sich den Zeigefinger und hielt ihn in die Höhe. »Ich geb dir mein großes Indianerehrenwort. Du hast doch nicht etwa einen Freund?«

»Natürlich nicht. Ich hab dir doch *gesagt,* wo ich war.«

Wollüstig schlang sie die Arme um ihre Schultern und stöhnte. »Ich kann's kaum abwarten, bis ich einen Freund habe. Ich kann's kaum abwarten, bis ich's getrieben habe. Ich bin Nym-pho-ma-nin.«

»Ich weiß. Das hast du mir gesagt. Übrigens habe ich keinen Jungen zum Freund, sondern einen *Mann* – Johnny –, von dem ich dir erzählt habe, der in der Kirche, wo ich die Nacht verbracht habe.«

»Du hast die Nacht mit ihm verbracht?«

»Nein, er war nicht da.«

»Oh.« Sie beugte sich vor. »Hast du schon mal… du hast doch wohl nicht schon mal…«

»Noch nicht«, sagte ich. »Aber mit Johnny könnte ich, sooft ich nur will.«

»Wirklich?« Mit aufgerissenen Augen starrte sie mich an, und mir kam ein Einfall.

»Soll ich's dir beweisen, die Sache mit Johnny und der Kirche?«

»Und den Flügeln und den Knochen? Also schön, beweise es mir.«

»Auf der Stelle?«

»Ja.«

Ich ging nach unten und überredete Mutter, uns zum Zeitungsladen laufen zu lassen, um eine Tafel Schokolade zu kaufen. Unbehaglich schaute sie nach oben zu der Tür, hinter der Bob sich in sein Krankenbett oder seinen Schmollwinkel zurückgezogen hatte.

»Nun gut«, sagte sie. »Hin und gleich zurück. Versprochen?«

»Wir sind gleich wieder da.«

»Wohin gehen wir?« fragte Bronwyn ganz außer Atem und knöpfte sich den Mantel zu, während sie sich mühte, mit mir Schritt zu halten.

»Zur Kirche natürlich.«

»Wie willst du mir beweisen, daß du wirklich dort warst?«

»Ich hatte doch gestern mein Armband an, weißt du noch?«

»Ja.«

»Ich glaube, ich hab es gestern abend in der Kirche verloren. Wir werden nach ihm suchen.«

Auf der taghellen Hauptstraße herrschte viel Verkehr. Bronwyn hastete recht zufrieden neben mir her. Erst als wir von der Straße abbogen und unter dem Torbogen hindurch auf den Friedhof traten, begann sie zu zögern.

»Ich glaub dir ja«, sagte sie. »Es ist schon gut.«

»Du hast doch nicht etwa Bammel?« Beherzt lief ich zwischen den Gräbern hindurch.

»Es ist ziemlich düster...«

»Macht nichts. Ich kenne mich aus.«

»Aber es ist nicht sicher... Was ist, wenn ein Mörder...«

»Hier gibt es keinen Mörder.«

»Und was ist mit dem Mann?«

»Mit Johnny? Der würde keiner Fliege etwas zuleide tun.« Meine Stimme hörte sich übertrieben laut und hell an. Ich wünschte, ich wüßte, ob Johnny da war oder nicht. Wenn nicht, wäre alles ganz einfach. Ich brauchte nur den Koffer und mein Armband zu finden und wieder nach Hause zu rennen. Falls aber doch... nun, dann hing alles von Johnny ab.

»Jenny, ich...«, setzte Bronwyn an.

»Scht«, zischte ich. Wir waren bei der Seitenpforte angelangt, und ich klopfte an, aber auf dem dicken, alten Holz riefen meine Knöchel kaum einen Ton hervor. Wir warteten einen Augenblick. Ich fürchtete mich, aber Bronwyns überängstliches Hecheln hinter mir machte mich störrisch. Ich drückte gegen die Tür, und mit einem beängstigenden Ächzen ging sie auf.

»Ich gehe«, sagte Bronwyn und zog sich einen Schritt zurück, doch dann machte sie wieder einen Satz nach vorn. »Jenny! Ich hab ein Gespenst gesehen...« Sie begann zu weinen.

»Sei doch nicht albern«, sagte ich und sah mich nervös um.

»Dort!« Und da leuchtete in der Tat der schwache Schimmer von etwas Blassem, das sich bewegte. Ich zwinkerte, und mein Herz stockte. Aber dann sah ich, was es war.

»Miez, miez«, flüsterte ich, kauerte mich hin und streckte meine Hand nach der Katze aus. Ich wußte, es war die Katze, die mich zum Spielplatz geführt hatte, mittlerweile größer und so grau wie Mondschatten. Ihr Fell fühlte sich kalt an. Sie rieb sich an meinen Beinen und schnurrte, doch als ich mich bückte, um sie auf die Arme zu nehmen, schlich sie davon und verschmolz mit der Nacht.

»Von wegen Gespenst!« höhnte ich.

»Laß uns wieder gehen«, bat sie und griff meinen Arm.

»Halt den Mund«, sagte ich und riß mich los. »Mir nach. Was ist denn schon dabei?« Mit zunehmendem Selbstvertrauen schob ich mich an der Wand entlang. Es war vollkommen dunkel und still. Anscheinend war Johnny nicht da. Von der Straße schallte der Verkehrslärm herüber, und als sich unsere Augen an die Dunkelheit gewöhnt hatten, konnten wir undeutlich den Rand von Johnnys Gerüst erkennen.

»Das sind die Flügel«, flüsterte ich.

Bronwyn erwiderte nichts. Sie schnüffelte und schniefte. Wir kamen zu der Stelle, wo ich Johnnys Sachen vermutete, und ich tastete nach dem Koffer. Da berührte ich Haut.

»Was zum Teufel!« Eine Gestalt fuhr auf. Es war Johnny.

Bronwyn kreischte und versuchte davonzurennen, aber sie stolperte über die Flügelspitze.

»Schon gut«, sagte ich und bemühte mich, meine Stimme zu beherrschen. »Es ist nur Johnny.«

Johnny zündete eine Kerze an und hielt sie in die Höhe. »Du?« flüsterte er. »Was zum Teufel bildest du dir eigentlich ein?«

»Ich brauche etwas von hier. Ich hab etwas verloren.«

Johnny musterte mich einen Moment. Er durchbohrte mich mit seinem Blick, und ich fühlte mich wie ein aufgespießter Schmetterling. Seine Augen waren kalte, scharfe Nadelspitzen.

»Wer ist das?« Johnny näherte sich Bronwyn mit der Kerze. Sie duckte sich mit dem Rücken zur Wand auf den Boden und wimmerte.

»Das ist Bronwyn«, erklärte ich. »Sie hat nicht an dich geglaubt. Ich wollte ihr beweisen, daß es dich gibt.«

»Dumme Gören«, sagte er langsam. »Wollt ihr, daß man euch umbringt?«

»Ich will doch nur mein Armband. Es ist mir in Ihren Koffer gefallen.«

»Es ist was?«

»Gestern abend. Sie waren nicht hier.«

»Aber *du* anscheinend.« Die Kerze beleuchtete von unten sein Gesicht und ließ unheimliche Schatten über die Wand hinter ihm zucken. Er roch nach Whiskey. Mir fiel auf, daß er eine Rasur gebrauchen konnte, seine Bartstoppeln glitzerten wie Funken.

»Wo ist Mary?« erkundigte ich mich.

»Weg«, erwiderte er kurz angebunden. Er wandte sich wieder Bronwyn zu. »Steh auf. Du brauchst keine Angst zu haben.« Er half ihr auf und gab ihr etwas, womit sie sich die Augen wischen konnte. Einen Augenblick sah er ihr zu, dann legte er ihr auf eine Weise den Arm um die Schultern, wie er es mit mir nie getan hatte, wie ein Mann um eine Frau, und alsbald hörte sie auf zu weinen und warf mir unter ihren nassen Wimpern einen selbstgefälligen Blick zu. »Du könntest einen Schluck hiervon vertragen. Auf den Schreck«, erklärte er, schraubte den Verschluß seines Flachmanns auf und reichte ihn Bronwyn. Mir bot er ihn nicht an. Als ihr der Whiskey in der Kehle brannte, stieß sie einen leisen Ächzer aus. »Besser?« fragte er.

»Ja, danke«, schniefte sie und schmiegte sich fast an ihn.

»Du such mal lieber dein Armband«, sagte er, indem er sich mir zuwandte, in strengem Ton. »Ich hätte dir mehr Sinn und Verstand zugetraut, als bei Nacht hierherzukommen. Oder Freundinnen anzuschleppen.«

Ich kniete hin und tastete vorsichtig im Koffer herum, voller Angst vor der Klinge. Inzwischen war *ich* den Tränen nahe, aber vor Bronwyn würde ich mir nichts anmerken lassen. Ich fand mein Armband, das in eine Tasse gefallen war, und als ich mich umdrehte, sah ich, wie sie einander anblickten, als ströme zwischen ihnen eine Hitze. Bronwyn setzte dieselbe Miene auf wie damals, als sie ihr Spiegelbild betrachtete, mit den Ellbogen ihre Brüste zusammenpreßte, mit den Hüften wackelte und aufseufzte. Ich blickte weg, hinüber zu dem Gerippe von Johnnys Flugapparat, und jetzt ähnelte es eher einem hölzernen Schiffswrack.

»Waren Sie am Schlafen, als wir kamen?« fragte Bronwyn.

»Nur so vor mich hingedöst«, sagte er.

»Tut mir leid, daß wir Sie gestört haben. Es war Jennys Idee. Sie hat behauptet, Sie wären nicht da.«

»Habe ich nicht«, sagte ich.

»Jenny, ach so ist das?« sagte er und streckte die Kerze aus, um mich besser sehen zu können. »Also, *Jenny* hätte es wirklich besser wissen müssen«, und mir fiel ein, daß er mich unter dem Namen Jacqueline kannte. Ich zuckte mit den Schultern und blickte weg.

»Die behauptet auch, Sie wollten fliegen«, sagte Bronwyn, mit dem Kopf auf mich deutend, und ihr Tonfall bewirkte, daß es – daß ich – lächerlich klang.

»Hältst du das für möglich?« fragte er.

»Natürlich nicht!«

»Siehst du«, sagte Johnny.

Mein Gesicht brannte, aber dennoch empfand ich so etwas wie Stolz. Ich wußte, *er* hielt es für möglich. Er hatte mir die Schönheit kabbelnder Seide vorgeführt. Er machte ihr etwas vor, aber sie nahm jedes Wort von ihm gierig in sich auf und zwinkerte ihm im Kerzenschein betört zu.

»Wir sollten jetzt lieber gehen«, murmelte ich.

Sie riß sich von Johnnys Anblick los und schaute mich an, als wäre ich ein lästiges Kind. »Ja, ich glaub auch«, sagte sie. »Jennys Oma wird sich Sorgen machen«, erklärte sie.

»Dann macht, daß ihr wegkommt«, sagte Johnny und wandte sich ab. »Vorsicht, Stufe! Und Ja… Jenny, du brauchst nicht wiederzukommen.«

»Aber…« Ich wollte ihn fragen, ob ihm mein Gedicht gefallen hatte. Ich wollte ihn fragen, wann er losfliegen würde. »Ich hab doch immer noch Ihr Buch«, machte ich geltend.

»Welches Buch möchte das wohl sein?« fragte er, und am liebsten hätte ich auf ihn eingeschlagen. Er mußte doch wissen, von welchem Buch ich sprach. Wir hatten uns doch darüber unterhalten. Er hatte es mir eigens gezeigt, wegen unseres Gesprächs. Er hatte mit mir über Epiphanie gesprochen.

»Porträt des…«

»Das darfst du behalten. Mit den besten Wünschen zum Fest«, sagte er und lächelte an mir vorbei Bronwyn an.

»Will ich aber nicht«, sagte ich.

»Wiedersehen dann«, sagte Bronwyn im Hinausgehen.

Johnny griente, und sobald wir die Tür geöffnet hatten, blies er seine Kerze aus.

»Siehst du?« sagte ich, als wir uns entfernt hatten. »Es war doch die Wahrheit.«

»Knochen hab ich keine gesehen«, war alles, was sie von sich gab, und dann verstummte sie. Ihre Augen hatten einen glasigen Glanz, den ich auf den Whiskey zurückführte. Ihr Gesicht war verkniffen und hochmütig.

Als wir zurückkamen, wollte ich Bronwyn nicht wieder mit auf mein Zimmer nehmen. Ich wollte ihr nicht die Gelegenheit geben, in Schadenfreude zu schwelgen. Statt dessen setzten wir uns unten zu Mutter und spielten Scrabble, bis sie endlich aufbrechen mußte. Ich wählte Scrabble, weil ich wußte, daß Bronwyn nichts zustande bringen würde – womit ich recht behalten sollte. Sie war außerstande, zu buchstabieren oder sich Wörter mit mehr als vier Buchstaben auszudenken, aber ihr war es einerlei. Sie hatte glänzendrote Wangen und mußte beim geringsten Anlaß lachen. Ich wünschte mir halb, Bob wäre da und würde sie seine Verachtung spüren lassen. Als ihre Mutter an der Tür klingelte, folgte Bronwyn mir in die Diele, um ihren Mantel zu holen. »Er hat nicht gesagt, daß *ich* nicht wiederkommen darf«, murmelte sie.

Da hätte ich sie umbringen können. Ich wußte genau, worauf sie hinauswollte. Sie wollte es mit ihm treiben. Und er womöglich auch mit ihr. Wenn er mich ansah, war nie diese angespannte Hitze in der Luft. Nein, das stimmte nicht. An dem Tag, als er meinen Lippenstift abrieb und ihn neu auftrug, schon. Schlüpfrige Lippen. An dem Tag hatte ich ein flaues Gefühl in der Magengrube gehabt und mir nachts zum Trost meinen langen Zopf zwischen die Beine geklemmt. Aber ich wollte es nicht mit ihm tun. Ich wollte es überhaupt nicht tun, noch nicht, vielleicht auch nie. Jedenfalls glaubte ich das. Aber daß Bronwyn ihn abkriegte, war nicht gerecht. Ich hatte ihn *gefunden*. Er gehörte mir. Ich wollte, daß er mir gehörte. Ich wollte mit ihm vom Fliegen sprechen und wissen, was er auf meine Gedichte gab. Ich wollte nicht, daß er Bronwyn gehörte.

Am Morgen kehrte ich zur Kirche zurück, um Johnny aufzusuchen. Ich nahm sein Buch mit, obwohl er mir gesagt hatte, ich sollte es behalten, obwohl ich es nie ausgelesen hatte. Ich konnte es nicht glauben, daß er mich wirklich fortgeschickt hatte. Ich wollte, daß er mir gehörte. Ich hätte alles dafür getan, daß er mir gehörte. Ich ging, von seltsamer Entschlossenheit erfüllt. Ich sah, wie mein Körper zu ihm strebte, als wäre er etwas von mir Gesondertes, etwas, was man wie einen Ausrüstungsgegenstand verwenden konnte. Ich ging mit einem weiblichen Lächeln auf den Lippen. Aber an diesem Tag führte Johnny sich sonderbar auf. Ein scharfer Fuchsgestank umhüllte ihn. Ich sah, wie ich auf ihn zutrat, und ich sah, wie er zurückschreckte. Ich stellte mich dicht vor ihn. Ich wollte, daß er mich küßte. Seine Zähne waren grünlich. In seinen Augenwinkeln hatte er getrockneten Schlaf.

»Du weißt nicht, womit du spielst«, sagte er.

Und ich sagte: »Mit Feuer.«

In der Düsterkeit schien sein Atem gelb. Er küßte mich

nicht. Er drehte seinen Kopf weg und stieß mich grob von sich. Ich setzte mich. Und dann war ich wieder ich selbst, und erstaunt über mich.

»Es tut mir leid«, sagte ich.

»Was willst du?«

»Ich… ich glaube, ich wollte mich von Ihnen küssen lassen.« Ich war beschämt, mich so sprechen zu hören, und mein Gesicht brannte. Aber Johnny schien nicht weiter überrascht.

»Ich küsse nur Mary«, sagte er.

»Sonst niemanden?«

»Mary ist die einzige, die mich versteht.«

»Würden Sie Bronwyn nicht küssen?«

»Dem Miststück kannst du ausrichten, daß sie sich wegscheren soll.«

»Ich dachte, sie gefällt Ihnen?«

»Mir gefällt keine. Jetzt verschwinde.«

»Bronwyn sagt, daß sie wiederkommen wird.«

»Sag ihr, sie soll wegbleiben. Bitte.« Wie er das sagte, hörte er sich plötzlich schwach an, beinahe als fürchte er sich.

»Na schön«, sagte ich. Ich hielt den Blick ausschließlich auf Johnny und ein kleines Stück Raum um ihn herum gerichtet. Ich ließ meinen Blick nicht zu der Stelle schweifen, wo ich über die Knochen gestolpert war. Nach ihnen fragte ich Johnny nicht.

»Ich bin im Aufbruch begriffen«, sagte er, und ich mußte lachen, erleichtert über seine schwülstige Sprache. Einen Augenblick lang hörte er sich an, als wolle er wieder zu dem Johnny werden, den ich kannte, der mit Worten spielte und sang.

»Fliegen Sie?«

Er machte einen Satz, als sei er mit einem Peitschenende geschlagen worden. Er schlug die Hände vors Gesicht, so daß ich statt seiner Gesichtszüge nur die sehnigen, langen Finger mit den merkwürdig scharfen Nägeln sah. Ich hatte den Eindruck, als würde er gleich weinen, und empfand Faszination und Abscheu zugleich. Ich bildete mir ein, wenn ich ihn trösten könnte, wäre er mein.

»Soll ich uns Tee machen?« schlug ich vor. Doch er gab einen Laut von sich wie ein Knurren, oder vielleicht war es das Wort *geh*.

»Haben Sie mein Gedicht gelesen?« fragte ich. Doch er nahm die Hände vom Gesicht und trat plötzlich auf mich zu, und seine Miene jagte mir einen Schrecken ein. Das Fleisch auf seinen Wangen verzog sich zu den stoppeligen Falten eines Zähnefletschens, und die nach oben gebogene Kurve seines offenen Mundes war kein Lächeln.

Ich versuchte zu lachen, aber das war kein Scherz, und so drehte ich mich um und floh. Im Rennen ließ ich das Buch fallen. Ich ließ es aufgeschlagen auf dem nassen Boden zurück. Er ließ mich gehen. Er hätte mich haben können, wenn er gewollt hätte. Aber er ließ mich gehen.

21

Hi, Jenny, hast du ein schönes Fest gehabt?« Es war Susan, die am ersten, frostigen Schultag nach Neujahr auf mich zugelaufen kam und mich auf dem Pausenhof ansprach.

»Ja, du auch?« erwiderte ich, und es durchströmte mich eine Wärme, die mir die Wangen rötete.

»Ging so. Ich mag deine Frisur. Sieht tausendmal besser aus, so kurz. Steht dir.« Ich sah mich nach den beliebten Mädchen um, die sie sicherlich gleich in Beschlag nehmen würden, die vielleicht in diesem Augenblick über mich und meine Leichtgläubigkeit lachten. Aber da war niemand. Es war kein Scherz. Sie wollte einfach nur freundlich sein. »Ich hab gehört… du weißt schon, wovon…«, hauchte sie, verdrehte die Augen und hielt ihr Gesicht ganz nah an meines. »Was ist passiert?«

»Was denn?« fragte ich.

»Du weißt schon, mein Onkel ist Polizist, er sagt, du warst verschwunden, und keiner weiß, wohin.«

Das Gerücht machte die Runde, und bald drängten sich andere Mädchen um uns herum, all die beliebten Mädchen, und ich stand im Mittelpunkt. Auf einmal war ich jemand Besonderes. Ich strahlte sogar eine Art Glanz aus und war Teil ihrer Gruppe. Und von außerhalb der Gruppe beobachtete mich Bronwyn. Wann immer sie die Gelegenheit hatte, klebte sie, einen verschreckten, einsamen Blick in den Augen, wie eine Klette an mir. Mir blieb nichts anderes übrig, als mein Gesicht von ihr abzuwenden. Nach der Schule ließ ich Bronwyn stehen und ging mit Susan zu ihr nach Hause, wo wir uns, auf dem Sofa zusammengerollt, im Fernsehen – sie hatten einen Farbfernseher – *Blue Peter* ansahen. Dabei durften wir Johannisbeersirup trinken und Schokoladenkekse essen. Ihre Mutter war jung und gewöhnlich, hatte eine Freizeithose an und trug auf der Hüfte einen sabbernden Säugling mit sich herum. Ohne mir auch nur einen zweiten Blick zuzuwerfen, akzeptierte sie mich als eine von Susans Freundinnen. Und als ich mich in Susans Badezimmer – einem Badezimmer mit pudrigen Fußabdrücken auf dem Boden – im Spiegel betrachtete, sah ich ein ganz normales Mädchen mit glänzenden Augen unter einem geraden Pony, die Sorte Mädchen, von denen die Welt voll ist, weder hübsch noch häßlich, weder brillant noch schwer von Begriff. Ein zufriedenstellendes Mädchen.

Und es hielt auch nicht nur diesen einen Tag vor, war keine vorübergehende Verwandlung. Nur allmählich lernte ich, dem neuen Bild zu trauen, es als selbstverständlich hinzunehmen. Zuerst hatte ich noch stündlich, dann täglich, schließlich nur noch wöchentlich Angst, daß ich mich zurückverwandeln würde, daß ich etwas Falsches tun oder sagen und wieder ins Alleinsein zurückschlittern würde – oder zu Bronwyn. Die war stets da, greifbar, für alle Fälle. Denn auch sie glaubte nicht an mich. Grausam war ich zu ihr nie, aber dennoch stand sie abseits, unbeachtet. Ich redete noch mit ihr, saß in der Klasse neben ihr und nahm unterm Pult ihre Pfefferminzbonbons an. Aber es war Susan, mit der ich mich hinterher traf, Susan, bei der ich mich auf dem Schulhof einhakte. Und Bronwyn, klobig, blieb allein zurück, aber meine Schuld war es nicht. Ich konnte nichts dafür, daß das Wunder – die plötzliche Verwandlung in ein beliebtes Mädchen – nicht Bronwyn widerfahren war, sondern mir. Ihre Gegenwart war ein Widerhaken in dem glatten Ablauf meines neuen Lebens. Sie mahnte mich an Dinge, die ich sonst beinahe vergessen hätte. Sie war die einzige, die wußte, wie zerbrechlich meine neu errungene Beliebtheit war, die einzige, die mit deren Vergänglichkeit rechnete.

Wenn ich in die Nähe der Kirche mußte, wandte ich das Gesicht ab. An den Spielplatz dachte ich kaum mehr, ich verspürte kein Verlangen, allein Trübsal zu blasen. Susan hatte mich als ihre beste Freundin für sich in Anspruch genommen, und ich sonnte mich in der Ehre. Es war eine kniffelige Angelegenheit: Die Politik des Schulhofs war äußerst heikel. Das Gewebe aus Freundschaften und Feindschaften, Eifersüchteleien und zarten Treueschwüren spannte sich in seiner Zartheit vor mir auf und ich ging behutsam vor. Ich lernte Spiele mit rätselvollen Worten, Hüpf- und Handklatschspiele, und wenn ich allein war, murmelte ich die Worte wie Zaubersprüche vor mich hin, um mich in acht zu nehmen und normal zu bleiben, um auf dem dünnen Eis nicht auszurutschen. *Em pam pie Kolonie, Kolonastik, em pam pie Kolonie, Akademie, Safari, Akademie, puff, puff.* Alles war ausgeklügelt und geheimnisvoll und gehörte mir und meinen Freundinnen und niemandem sonst, und es bewahrte mich davor, einzubrechen. Und ohne es erst lernen zu müssen, wußte ich, daß ich niemals einbrechen durfte, denn unter der frischen Eisschicht war nichts als Leere.

Manchmal brachte ich Susan oder eines der anderen Mädchen mit nach Hause, und Bob stahl sich davon, und Mutter war zu bemüht freundlich. Sie war schlichtweg zu alt; auch wenn keine meiner Freundinnen es aussprach, konnte ich doch sehen, daß sie es bei sich dachten. Weil wir keinen Fernseher hatten, wollte ohnedies niemand bei uns übernachten, und so ging ich gewöhnlich woandershin, meistens zu Susan. Aber niemand lachte über Mutter oder Bob. Ich erzählte ihnen, daß ich bei meinen Großeltern wohnte, und das war in Ordnung. Ich wußte gar nicht mehr, worin meine Schande bestanden hatte. Jetzt, da Bob Kleider trug und sich aus allem heraushielt, war alles ziemlich normal. Und das einzige, was ich je für mich ersehnt hatte, war Normalität.

Eines Morgens hatte ich verschlafen. Ich wußte, es war schon spät, weil es taghell war und die Vögel nach der ersten Aufregung ihres Erwachens träge zwitscherten. Etwas war anders als sonst. Normalerweise wurde ich nie auf so natürliche Weise wach. Ich lag da und grübelte, und dann begriff ich. An diesem Morgen war unten kein Rumpeln und Pumpeln zu hören gewesen. Es hatte kein tägliches Dutzend gegeben.

Als ich nach unten ging, saß Bob im Morgenmantel am Tisch. Er blickte nicht auf. Mutter stellte mir eine Schale Hafergrütze hin, und als ich sie reichlich mit braunem Zucker bestreute, beschwerte er sich nicht wie sonst.

»Geht's dir nicht gut?« fragte ich. Die Zeitung lag unaufgeschlagen neben seinem Teller.

»Laß ihn«, riet Mutter.

Ich zuckte mit den Schultern. Ich war ohnehin spät dran und hatte keine Geduld mehr mit diesem kummervollen, alten Gesicht. Wo er mit dem Rasiermesser nicht hingelangt war, zogen sich tiefe, stoppelige Furchen von der Nase zum Kinn. Es war, als hingen alle seine Gesichtszüge nach unten. Ich verabschiedete mich schnell. Ich mußte vorsichtig zu Werk gehen. Ich konnte es mir nicht leisten, ins Stolpern zu geraten, nur weil ein alter Mann beim Frühstück verdrießlich war.

»Mutter«, fragte ich abends, als Bob früh zu Bett gegangen war, »gibt es kein tägliches Dutzend mehr?«

Sie kniete auf dem Boden vor einem riesigen Vorhang, den sie aus grobfaseriger grüner Jute und Bambusperlen anfertigte. Sie schüttelte den Kopf. »Ich mache mir um ihn Sorgen«, sagte sie. »Seit mehr als vierzig Jahren machen wir dieses Theater nun schon, jahrein, jahraus. Ich weiß nicht, was er hat. Nicht, daß es für mich keine Erleichterung wäre – schließlich verschaffe ich mir im Haus genug Bewegung –, aber Sorgen macht er mir schon.« Mutter knüpfte einen komplizierten Knoten, dann schob sie die Brille hoch, um mich anzusehen. »Er hat einfach seinen Lebensmut verloren«, sagte sie traurig. »Den hat er weiß Gott verloren.«

»Er ist eben alt«, sagte ich, und es sollte nicht grausam klingen, aber immerhin waren Mutter und Bob beide gleich alt. Sie krümmte jammervoll die Schultern und fädelte eine lange Perle auf den groben Jutestrang.

22

Meine Blutungen setzten ein, und zuerst erzählte ich niemandem davon. Es ging eines Morgens los, als ich mit einem dumpfen Pochen in meinem Bauch erwachte wie von einer gedämpften Glocke. Als ich aufstand, spürte ich etwas Klebriges. Blut sickerte, klumpig und bedrohlich. Ich hatte ein hochrotes, reinliches Aufblühen einmal im Monat erwartet, nicht dieses rohe, schmerzende, brackige Austreten. Ich stopfte mir ganze Lagen Papiertaschentücher in den Schlüpfer und quälte mich befangen durch den Tag, in der Gewißheit, daß ich, wohin ich auch ging, einen Makel hinterlassen würde, daß man ihn meinem Gesicht ansehen konnte, den schmachvollen, ekligen Fluch der Frauen.

Mutter merkte bald, was mit mir passiert war, und kaufte mir einen rosa Elastikgürtel mit Haken daran und eine Packung Binden. Allerdings war es eine heimliche Angelegenheit: Jeden Monat schmuggelte ich unter meiner Strickjacke eine Anzahl ohrenbetäubend knisternder Packungen in die Toilette. Als Susan, kurz nach mir, zum ersten Mal ihre Periode hatte, war sie stolz. Eines Tages kam sie frühmorgens vorbei, um mir die Neuigkeit zu verkünden, und ich gestand ihr nicht, daß ich ihr zuvorgekommen war. In ihren Augen war es kein Gebrechen, weder unrein noch schmachvoll. Vielmehr war es ein Anlaß zum Feiern. Ihre Mutter führte sie zum Abendessen aus. Ich war ganz erstaunt, als ich sah, daß sie ihre Binden zu Hause ganz offen im Bad aufbewahrte, so daß selbst ihr Vater sie zu Gesicht bekam. Einige Wochen später tat ich so, als hätte ich eben erst meine Regel bekommen, da hakte sie sich vertraulich bei mir ein und erteilte mir viele gute Ratschläge. Mutter sagte nie etwas, aber jeden Monat fand sich wie durch Hexerei in meiner Schublade mit Leibwäsche eine Packung Binden.

Das schlimmste war, die Dinger loszuwerden. Ich sammelte sie in einer Tüte unter meinem Bett, bis alles überstanden war, dann schlich ich spätnachts, wenn Mutter und Bob schliefen, die Treppe hinunter und steckte sie in den Ofen. Bob wäre verrückt geworden, wenn er mich dabei ertappt hätte. Den Ofen, die Heizanlage liebte er, als seien sie etwas Lebendiges. Er bediente den Ofen, regulierte die Hitze, regulierte den Wärmefluß durch das ganze Haus, als pflege er ein großes, gieriges, leicht erregbares Herz. Ich kam mir verschworen und rebellisch vor, während ich den Ofen mit den blutigen Bündeln speiste, und wenn Bob tags darauf die verklumpte Asche und Schlacke siebte, ging ich ihm aus dem Weg.

Als eben die ersten grünen Sprossen des Frühlings aus dem Erdboden schossen und die Zweigspitzen sich entrollten, als die Sonne wärmer wurde und es abends auch nach dem Essen noch hell war, wurde Bob bettlägerig. Jeden Tag besuchte ich ihn, setzte mich neben ihn auf den alten Korbstuhl und versuchte ihm bei seinem Kreuzworträtsel zu helfen. Er war wie verwandelt, und es fiel mir schwer, herauszufinden, wie ich mich ihm gegenüber verhalten sollte.

Wir hatten nicht viel zu bereden; ich brauchte nicht mehr zu schmollen und davonzustürmen. Er zog sich aus allen Winkeln des Hauses zurück, wie wenn lange Wurzeln eintrocknen und nur ein zentraler Kormus zurückbleibt. Als der Frühling milder wurde, ließen Mutter und ich den Ofen ausgehen und die Heizungsrohre erkalten. Normalerweise war dies ein wichtiges Ereignis, begleitet von eifrigem Entkohlen und Kaminfegen. Mutter erwähnte Bob gegenüber, was wir getan hatten, aber er sprach kein Wort. Seine Interessen waren auf die Größe des Zimmers zusammengeschrumpft. Mutter und ich trugen ihm zu den Mahlzeiten Tabletts mit Essen hinauf, alsdann trugen wir sie, fast unberührt, wieder davon.

Mutter verhärmte vor Sorge. Jeden Tag bat sie ihn dringlich um Erlaubnis, den Arzt zu rufen, doch er wollte nichts davon wissen. Eines Tages traf ich sie weinend in der Küche an. Erschrocken blieb ich neben ihr stehen. Etwas hinderte mich daran, die Arme um sie zu schlingen, aber ich setzte Wasser für eine Tasse Tee auf. Susan saß draußen auf ihrem Fahrrad und wartete auf mich. Ich hatte mir ein Fahrrad geborgt, und wir wollten einen Ausflug mit Picknick machen. Es war Frühling, der erste warme Tag des Jahres. Ich wollte unbedingt losfahren. Ich drückte mir selbst den Daumen und fragte Mutter, ob ich dableiben sollte, aber sie schüttelte den Kopf. Ich schämte mich meiner Erleichterung. Ich ging zur Tür und rief Susan zu, auf mich zu warten. Mutter hörte auf zu weinen und saß da, die Innenseiten der Hände schlaff nach außen gekehrt. Noch nie hatte ich ihre Hände so untätig gesehen. Daran las ich ab, daß Bob sterben würde.

Ich machte ihr eine Tasse Tee und schnitt ihr ein Stück Kuchen ab, dann fuhr ich mit Susan davon. Wir sausten auf unseren Rädern durch die Gegend und atmeten die warme Luft voller Blütenstaub. Die Feldwege vor der Stadt umrahmte saftiges Grün, die Maiblumen sprenkelten die Hecken mit Sahnetupfern. Wir schossen dahin, und ich wieherte vor Lachen und nahm die Herausforderung an, freihändig bergab zu fahren, doch die ganze Zeit über spürte ich, wie mein neues Wissen auf meinem Kopf balancierte wie ein festlicher Hut. Bob würde sterben. Es fuhr mit mir und verlieh dem Tag noch größeren Glanz, ließ den Kuchen und das Ingwerbier und die Würstchen im Schlafrock noch köstlicher schmecken. Susan eröffnete mir, daß sie ein paar Tage bei ihrer Oma in Norfolk verbringen werde, und nur das trübte den Genuß des Tages ein wenig. Indessen ließen wir uns einen Hügel hinabrollen, knüpften Gänseblumenkränzchen und versuchten durch einen Bach zu waten – aber das Wasser war eiskalt. Mit Stecken stocherten wir nach Froschlaich und Elritzen, und Susan erzählte mir von dem Film, den sie sich am Abend zuvor angesehen hatte. Sie lag auf dem Rücken, einen Grashalm zwischen den Lippen, die Augen geschlossen, und die Sonne glitzerte auf ihren kurzen rötlichen Wimpern. Ich legte mich neben sie und kaute den grünen Geschmack aus einem anderen Grashalm, dann kitzelte ich ihr mit einer wie vom Himmel gefallenen Feder die Nase, und sie mußte niesen und kichern. Nie mehr wollte ich nach Hause zurück.

Als ich zurückkehrte, war ich von der Sonne erhitzt und wie beschwipst. Mutter strich nervös in der Diele herum, als sei sie unbefugt in ein fremdes Haus eingedrungen. Bob hatte Arztbesuch. »Er ist wütend«, flüsterte sie, als ich eintrat.

»Wer?« Ich konnte sie kaum sehen, so dunkel war das Innere des Hauses nach der funkelnden Helle.

»Bob. Ich habe gegen seinen Willen die Ärztin geholt. Ich hatte solche Angst. Ihm fehlt etwas. Es will mir nicht gefallen. Er ist schon seit Wochen nicht auf dem Damm.«

Wir warteten zusammen in der Diele, bis die Ärztin – eine hochgewachsene, gebeugt gehende Frau – nach unten kam. Ihr Gesicht war ernst. »Wie lange steht es schon so mit ihm?« wollte sie von Mutter wissen, vorwurfsvoll, als hätte diese an allem Schuld.

»Ich weiß nicht genau... Es ist schlimmer geworden. Es geht schon seit Wochen so...«

»Seit Monaten«, berichtigte ich sie. »Ungefähr seit Weihnachten. Weißt du nicht mehr, Mutter?« Mutter nickte.

»Vielleicht könntest du Teewasser aufsetzen«, legte mir die Ärztin nahe und deutete mit den Augen auf die Küchentür. »Ich möchte mich mit deiner Großmutter gern unter vier Augen unterhalten.«

Mutter warf mir einen angsterfüllten Blick zu, dann führte sie die Ärztin mit erstarrtem Gesicht ins Wohnzimmer. Mit den Augen folgte ich ihrem schwerfälligen Gang, ihren Händen, die sich vortasteten, als wolle sie nach anderen Händen greifen, um sich festzuhalten. Aus dem Hahn in der Küche spritzte ich mir kaltes Wasser ins Gesicht und setzte den Kessel auf. Natürlich, so würde es kommen, wenn Bob wirklich starb. Es würde traurig und entsetzlich sein, aber ich konnte mir nicht helfen, mein Herz machte einen Hüpfer. Nicht, daß ich ihn nicht auf eine laue Art liebte, wie es sich für ein Familienmitglied gehört, nicht, daß ich ihn nicht vermissen würde. Aber alles würde neu, eine neue Art zu leben, und ich verzehrte mich nach dem Neuen und dem Anderen. Und es war furchtbar, einen verhutzelten Invaliden, den Geruch von Krankheit im Haus zu haben, einen vertrauten Fremden, der von seinem Bett her flehentlich zu mir aufsah, als ob meine Jugend und meine Kraft Dinge wären, die ich mit ihm teilen könnte.

Als die Ärztin gegangen war, kümmerten wir uns nicht um den Tee, sondern gingen vor die Tür und ließen uns auf der Bank unter dem Fenster nieder.

»Ich muß den Rasen mähen«, sagte Mutter. Wir betrachteten das hochstehende, zottige Gras. Die Pflege des Rasens war wieder so einer von Bobs Ticks, und es widerstrebte ihm, wenn jemand anders ihn betrat, geschweige denn ihn mähte.

»Ich mach das schon«, erbot ich mich.

Sie verzog die Lippen zu einem Lächeln.

»Also?« fragte ich.

»Sie will, daß er sich im Krankenhaus untersuchen läßt. Aber natürlich wird er nicht gehen. Sie hat ihm ein Schmerzmittel verschrieben; mehr kann sie nicht tun, wenn er nicht mitmacht.«

»Was fehlt ihm denn?«

»Es ist ziemlich heikel – hat mit seiner Blase zu tun. *Mir* sagt er ja nichts, und der Ärztin schon gar nicht. Deshalb wissen wir nicht genau, was es ist. Wie sollen wir es auch wissen, wenn er sich keinen Tests unterzieht? Aber sie glaubt nicht, daß die Aussichten gut sind. Jedenfalls nicht, solange er nur im Bett liegt und nichts zu sich nimmt und sich einfach gehenläßt.« Sie verstummte verzweifelt.

Wir saßen schweigsam im grellen Sonnenschein, und eine Amsel ließ ihren Gesang ertönen.

23

Kaum war Susan zu ihrer Oma gefahren, wurden die Tage eintönig. Alle anderen Mädchen waren jeweils zu zweit, unzertrennlich wie Liebespaare, und ich hatte nicht den Mut, mich dazwischenzudrängen, das Gleichgewicht zu stören. Zu Hause war es trist. Von einem Stuhl baumelte ein halbfertiger Pflanzentopfhalter. Mutter war zu traurig, um ihn zu vollenden. Überall herrschte ungesunde Stille und der Geruch durchnäßter Laken, denn inzwischen litt Bob an Inkontinenz. Morgens, wenn Mutter ihn gewaschen, ihm die Kopfkissen untergeschoben und in der Zeitung die Seite mit dem Kreuzworträtsel für ihn aufgeschlagen hatte, setzte ich mich zu ihm. Ich saß da und sah zu, wie seine getrübten Augen sich mit dem Kreuzworträtsel abmühten und die verzweigten gelben Knochen seiner Hand den Kugelschreiber umklammerten.

»Warum willst du nicht ins Krankenhaus?« fragte ich ihn ungehalten. »Vielleicht ist es etwas ganz Unkompliziertes. Vielleicht können sie dich aufpäppeln.«

»Zwecklos«, brummte er. »Mir ist wohler in meinem eigenen Bett.«

»Aber wenn es dir besserginge, würdest du dich noch wohler fühlen.«

»Es wird mir nicht bessergehen.«

»Nicht, wenn du dir keine Mühe gibst. Wenigstens Mutter zuliebe. Sie ist schon ganz erschöpft.«

»Kümmere du dich an meiner Stelle um sie...« Er griff nach meiner Hand, doch ich entzog sie ihm.

»Willst du denn wirklich sterben?« Eine kleine Erschütterung durchzitterte die Luft wie ein Atemstocken. Ich hatte den Eindruck, daß Mutter irgendwo herumschlich und lauschte und ihre Hand zum Mund fuhr. Hatte ich doch das Wort ausgesprochen, das bisher nicht ausgesprochen worden war. Bob »ging es nicht gut«, »es ging ihm nicht besser«, »es bestand keine große Hoffnung«, aber das Wort »sterben« oder das Wort »Tod« war bisher nicht gefallen.

»Laß mich in Frieden«, sagte er, und ich ging gern aus dem Zimmer, denn ich hatte Angst, daß ich ihm etwas an den Kopf werfen würde, wenn ich noch länger bei ihm bleiben und mir seine wehleidige Stimme anhören mußte.

Eines Tages kam ich mit einer Tüte Lebensmittel für Mutter nach Hause. Alles war still. Ich nahm an, daß Mutter oben bei Bob war. Es war ein warmer, sonniger Tag, ein bildschöner Frühlingstag, und die Geschäfte waren vollgefüllt mit Ostereiern. Während meiner Besorgungen beim Fleischer hatte ich an Johnny gedacht, an Mary und ihre Warnung. Mir fiel Johnnys gereiztes Zähnefletschen ein, und ich fragte mich, ob Bronwyn wohl noch einmal hingegangen war. Ich hatte mich nicht wieder hingetraut, nicht nachdem ich in seinen Augen etwas erblickt hatte, etwas, was die Ausdruckslosigkeit ablöste.

Ich habe Bronwyn nie gewarnt. Weshalb nicht? Aus Nachlässigkeit, Vergeßlichkeit? Oder steckte hinter dem Versäumnis Absicht? Nein. Ich sah lediglich keinen Sinn darin. Sie würde ja doch nicht hingehen; ich wußte – soviel sie auch redete, nie würde sie es wagen hinzugehen.

Ich lief die Hauptstraße entlang zur Kirche. Kurz davor zögerte ich, überwältigt von Neugier. Ich wollte wissen, ob er noch da war. Ich wollte nicht hineingehen. Ich wollte ihn nicht sehen. Ich wollte nur wissen, ob er noch da war. Zweifellos glaubte ich nicht ernstlich daran, daß er noch da wäre. Behutsam schlängelte ich mich zwischen den Gräbern hindurch, wo wildwachsende Blumen sich im langen Gras verfingen. Ich machte kein Geräusch. Ich hielt den Atem an. Und dann hörte ich ein Pfeifen. Ich bildete mir ein, ein Pfeifen zu hören. Nach all der langen Zeit. Trotz der Sonne wurde mir kalt, so als hätte ich eine Tür zu einer Landschaft aufgestoßen, die man aus einem Traum wiedererkennt. Da rannte ich davon, und es war mir ganz gleich, ob die Eier in ihrem Karton durcheinandergeschüttelt wurden oder ob eine Dose Bohnen den Salatkopf zerdrückte.

Als ich die Haustür öffnete, wurde ich von dem niederdrückenden Geruch gebratener Leber begrüßt. Mutter bereitete wieder einmal eines ihrer nahrhaften Mittagessen zu, das Bob doch nur stehenlassen würde. Ich setzte meine Einkäufe auf dem Küchentisch neben einem Schulheft ab, das ich zunächst nicht erkannte. Verblüfft hob ich es auf. Vorne drauf stand Bronwyns Name. Innen fanden sich einige ihrer zusammengestoppelten Schularbeiten, eine unvollendete Geschichte, eine Rechtschreibübung mit roten Kreuzen daneben. Ich blätterte bis hinten durch, und da waren die Engel, die ich für Bronwyn gezeichnet hatte, hermaphroditische Engel mit Flügeln und lüsternen Gesichtern, mit Brüsten und männlichen Gliedern, die wie riesige Daumen herausragten.

»Nun?« sagte Mutter. Sie war schweigend in die Küche getreten, und jetzt stand sie neben mir und blickte mir über die Schulter. Ich legte das Heft wieder auf den Tisch. »Nun?« wiederholte sie. »Was hast du dazu zu sagen?«

»Nichts«, erwiderte ich.

»Mrs. Broom sagt dazu aber nicht ›nichts‹. Sie sagt dazu Blasphemie. Sie sagt dazu sexuelle Perversion. Als sie vorbeikam, hat sie gezittert wie... ich weiß nicht, was... wie Espen- oder Lindenlaub oder was immer... und ich wußte weder ein noch aus.«

»Das war ich nicht allein«, wandte ich ein. »Wer hier verrückt auf Sex ist, das ist Bronwyn. Ich hab sie nur ihr zuliebe gezeichnet, weil sie nicht zeichnen kann.«

Mutter kniff die Lippen zusammen und schüttelte den Kopf, als könne sie das alles nicht fassen.

»Hat sie etwa behauptet, ich wär's gewesen?« wollte ich wissen.

»Offensichtlich.«

»Die bringe ich um«, sagte ich. Etwas geriet in mir in Bewegung, wie das erste Anzeichen eines Erdrutsches. Rasender Zorn stieg in mir auf.

»Was du jetzt tust«, sagte Mutter, »ist hingehen und dich entschuldigen.«

»Das werde ich *nicht.*«

Mutter hob das Heft auf und blätterte bis zu den Abbildungen. »Wenn du es nicht machst«, sagte sie, »werde ich das hier Bob zeigen.«

»Ich glaube nicht, daß Bob etwas dagegen hätte«, entgegnete ich. »Er findet doch den menschlichen Körper etwas Schönes.«

»Etwas Schönes!« höhnte Mutter und wedelte mit den kindlichen Zeichnungen vor meiner Nase herum.

»Na schön.« Ich versuchte meine Stimme zu beherrschen, aber etwas in mir war am Rasen. So viel Ärger wegen einer solchen Kleinigkeit, so viel Ärger wegen einer so langweiligen Geschichte – ich war über ihre Heftigkeit erstaunt. Aber noch erstaunter war ich darüber, daß meinem Gesicht und meiner Stimme nichts anzumerken war.

»Überhaupt«, fragte sie, »was ist eigentlich aus Bronwyn geworden? Von der höre ich in letzter Zeit gar nichts mehr.«

»Wir sind keine Freundinnen mehr.«

»Ach, sei doch nicht albern! Weihnachten wart ihr noch so gute Freundinnen. Jetzt höre ich nur noch Susan, Susan, Susan. Warum gehst du nicht hin und besuchst Bronwyn? Entschuldige dich bei ihrer Mutter. Bring die Sache hinter dich. Du hast doch sonst nichts zu tun. Es sei denn, du willst den Rasen mähen?«

Ich zog los und lief die offenen, sonnigen Straßen entlang. In der Luft hing der süße Duft blühender Johannisbeersträucher, und neben den Gartenwegen nickten fette Tulpen. Meine Füße trugen mich zu Bronwyns Haus. Ich war durchdrungen von Wut, von kalter, beherrschter Wut, die fast nichts mit den dämlichen Engeln zu tun hatte. Sie hatte mit der Vergangenheit zu tun. Hatte damit zu tun, daß Bronwyn Dinge von mir wußte, an die sie mich erinnerte, einfach indem sie anwesend war, indem sie herumlungerte und so verloren und einsam aussah, herumhing wie eine Mahnung, so daß ich immer wieder zu ihr hinblicken und mich an Dinge erinnern lassen mußte, die ich vergessen wollte. Ich wollte etwas tun, aber ich wußte nicht, was. Ich wollte sie aus meinem Gedächtnis verbannen.

Aber ich wollte nicht, daß ihr ein Leid geschah.

Als ich bei Bronwyn anklopfte, kam erst niemand zur Tür, und ich wollte schon, beinahe erleichtert, wieder gehen, da machte Mrs. Broom auf. Sie starrte mich wie verdutzt an, darauf zog sie mich in die dämmrige, nach Kohl riechende Diele. »Jennifer«, sagte sie, umkrampfte mit ihren kalten Fingern mein Handgelenk und musterte mich traurig.

»Das mit den Engeln tut mir wirklich leid«, sagte ich. »Wir haben nur herumgeblödelt.« Ich war zufrieden damit, wie mein Körper sich verhielt, die Augen ernst, das Gesicht angemessen reuevoll.

Ich hörte, wie sich Bronwyn oben regte, dann tauchte ihr Gesicht über dem Treppengeländer auf. »Hallo«, sagte sie kühl.

»Nun gut«, sagte Mrs. Broom. »Ich war erstaunt über dich. Ich war mir nicht sicher, ob es ratsam ist, Bronwyn weiterhin mit dir spielen zu lassen… aber ich habe um Ratschluß gebetet, und ich glaube, du verdienst, daß man dir noch einmal eine Chance gibt.«

»Danke«, sagte ich und preßte in gespielter Zuneigung mit der anderen Hand ihr kaltes Handgelenk. Meine Lippen zwangen sich zu einem Lächeln. Ich überlegte, ob sie je in die Schublade ihrer unschuldigen Tochter geschaut, zwischen der Unterwäsche ihre Spielkarten gesehen hatte.

»Wenn du möchtest, kannst du jetzt hinauf und Bronwyn sehen«, sagte sie. »Aber bitte, ihr zwei. Kein schlüpfriges Gerede.« Sie ließ mich los, und ich stieg die trübselige Treppe hoch. Es war kalt im Haus, selbst an einem warmen Nachmittag wie diesem, und die Glühbirne im oberen Gang glomm nur schwach.

»Was willst du?« fragte Bronwyn, sobald sie die Tür hinter uns geschlossen hatte.

»Nichts.« Ich schaute mich um. Die Puppen waren grau vor Staub. Auf ihrer Frisierkommode lagen der deckellose Stummel meines alten Lippenstifts und eine schmuddelige Puderquaste herum. Ich setzte mich auf Bronwyns ungemachtes Bett. Sie blieb stehen und blickte finster auf mich nieder.

»Wo ist Susan?« wollte sie wissen.

»Weiß nicht«, log ich.

»Habt ihr euch gezankt?«

»Nein.«

»Ach so.« Sie kreuzte die Arme vor der Brust. Sie sah schmutzig und müde aus und roch nach abgestandenem Parfüm und Schweiß. Ich spürte, wie sich in meinem Bauch das kalte Reptil der Wut regte.

»Warum hast du mich verpetzt?« fragte ich.

»Warum nicht?« gab sie zurück.

»Weil es gemein ist.«

»Irgend etwas mußte ich doch sagen«, entgegnete sie. »Mum war hy-ste-risch. Ich konnte doch nicht gut sagen, daß ich es war. Außerdem kann ich nicht zeichnen.«

»Anscheinend hat sie sich wieder abgeregt«, sagte ich.

»Sie hat gebetet«, erklärte sie. »Das beruhigt sie immer.«

Mrs. Broom kam herein, ein Tablett mit Orangensaft und Keksen in den Händen. Sie stellte es auf den Boden, blickte uns beide forschend an und schüttelte den Kopf, bevor sie wieder hinausging.

»Was hast du denn so getrieben?« erkundigte ich mich, die Gelegenheit nutzend.

»Inwiefern?«

»Nur so allgemein. Ich hab dich seit Urzeiten nicht mehr gesehen.«

Sie ging zum Spiegel und beugte sich vor, um einen Moment lang ihr Gesicht zu betrachten. Sie befeuchtete ihren Zeigefinger und strich sich damit die Augenbrauen glatt. Dann hob sie das Tablett auf, stellte es aufs Bett und setzte sich. Obwohl sie gar nicht zur Schule mußte, trug sie ihre Schuluniform, und in dem kindlichen Kleid und den großen, flachen, heringförmigen Sandalen sah sie massig aus, aufgebläht und aufgedunsen. Ich nahm einen Ingwerkeks.

»Möchtest du wohl gern wissen«, sagte sie. Sie kippte ihren Orangensaft in einem Zug hinunter und wischte sich mit dem Handrücken den Mund ab. Ihr Gesicht nahm wieder diesen hochmütigen Ausdruck an.

»Nicht unbedingt«, sagte ich. »Ich frag nur.«

Sie mampfte einen Keks und bürstete die Krümel von ihrem Schoß auf den Boden. Sie hatte so viel auf ihren Fingernägeln herumgebissen, daß sie ausgefranst und blutunterlaufen aussahen.

»Na, dann gehe ich wohl lieber«, sagte ich, aber ich zögerte und wartete darauf, daß sie loslegte.

»Bitte nicht«, sagte sie. »Noch nicht. Mum freut sich so, daß du hier bist. Sie ist fest überzeugt, daß es sich lohnt, für dich zu beten. Sie glaubt immer noch, daß du meine Freundin bist. Ich hab ihr gesagt, daß dein Opa krank ist und daß wir dich deswegen kaum noch zu Gesicht bekommen.«

»Ist er auch«, sagte ich.

»Wirklich? Was für ein Zu-fall!«

Während wir unsere Kekse verzehrten, herrschte gespanntes, malmendes Schweigen.

»Hast du in letzter Zeit Johnny gesehen?« fragte sie.

»Du etwa?«

Sie tippte sich an die Nase und lächelte selbstgefällig. Und auf eine reine, quecksilbrige Art haßte ich sie, als mir wieder einfiel, wie sie war, mit all ihren Geheimnisbröckchen, die sie wie Köder hortete. Sie war wie eine Fischersfrau, die einen Fisch quält. Dabei stimmte es nicht einmal, es war wieder so eine von ihren Lügen. Ich war überzeugt, daß sie den Unterschied gar nicht mehr wußte, daß ihre ganze Welt aus Unwahrheiten gewebt war – ein einziges Lügengespinst, hätte Bob gesagt.

»Na, dann weißt du wahrscheinlich schon Bescheid«, sagte ich und legte meinen eigenen Köder aus.

»Was?« Die Überlegenheit wich so rasch aus ihrem Gesicht, daß es beinahe komisch wirkte.

»Nichts«, sagte ich, und jetzt lockte ich sie. Ich spürte den Biß, den Ruck fast körperlich.

»Ach, nun sag schon«, flehte sie.

»Dann hast du ihn also nicht gesehen?« fragte ich. »Du bist nie wieder hingegangen, um ihn zu besuchen?«

»Ich hab mich nicht getraut«, gestand sie.

Nur ich weiß, daß dieses Gespräch stattgefunden hat. Niemand wird dieses Geheimnis je erfahren. Niemand kann es mir entreißen. Ich habe Bronwyn Lügen aufgetischt. Ich habe Bronwyn gesagt, sie soll wieder hingehen. Bei Tageslicht, sagte sie, sei sie sich nicht sicher gewesen, ob es klug war. Selbst die strohdumme Bronwyn, die keine langen Wörter sagen konnte, zauderte bei Tageslicht. Sie bat mich, mit ihr zu gehen. Aber ich lehnte ab.

»Er will doch dich«, sagte ich.

»Was sagst denn du dazu?«

»Es gibt etwas, was er dir anvertrauen möchte.« Aus blassen Augen zwinkerte sie mich an. »Du brauchst keine Angst zu haben«, sagte ich, »ich gehe schon seit Monaten hin.«

»Na schön«, sagte sie. Aber ich habe nie geglaubt, daß sie es fertigbringen würde. Ich habe es nie ernsthaft geglaubt.

Mrs. Broom lud mich ein, versuchte mich dazu zu überreden, zum Mittagessen zu bleiben, aber ich erklärte ihr, ich müsse nach Hause, um Mutter zu helfen. Sie tat mir leid. Sie sah so enttäuscht aus. Wenn es sich nur um Mrs. Broom gehandelt hätte, wäre ich womöglich dageblieben, aber ich wollte von Bronwyn wegkommen, von ihrer Überheblichkeit und ihrer Schwäche und dem Zwinkern ihrer tückischen, einfältigen Augen. Ich war fertig mit Bronwyn und der gedrückten Stimmung, die ich mit ihr verband. Ich mußte wieder hinaus ans Sonnenlicht und an die frische Luft. Als ich aus dem Haus ging, rief sie mich zurück und überreichte mir eine Papiertüte. »Ein Geschenk«, sagte sie und lächelte sonderbar. Erst als ich ein Stück von ihrem Haus weg war, griff ich in die Tüte. Sie war voller Haar. Mein kaltes, totes Kinderhaar. Ich warf es in den Rinnstein.

24

Bronwyn war verschwunden. Ich wußte es schon, bevor ich es erfuhr. Es lag eine Beklommenheit in der Luft, als halte die Welt ob meiner Niedertracht den Atem an.

Ich bin kein böser Mensch, nicht niederträchtig, niemand kann mich niederträchtig nennen, ich würde keiner Fliege etwas zuleide tun. Es war nur Wunschdenken, was mich dazu gebracht hat, Bronwyn zu Johnny zu schicken, nur weil ich selber mich vor ihm fürchtete. Es war nur Wunschdenken. Das ist doch noch lange keine Sünde.

Bronwyns Pult war leer, es gingen Gerüchte um, ein ungewisses Geraune, und vor der Schule parkierte ein Polizeiauto. Miss Clarke war anderweitig beschäftigt und überhörte das Getuschel und die allgemeine Unruhe.

Da ich selbst auch schon einmal vermißt worden war und zudem der einzige Mensch war, der sich mit Bronwyn angefreundet hatte, brachte man mich mit ihrem Verschwinden irgendwie in Verbindung. Diesmal genoß ich die Beachtung nicht, verlangte es mich nicht nach ihr. Zur Mittagspause strotzte die Schule mittlerweile vor Gemurmel und Gemunkel, und ich sah mich umringt von Mädchen, die mich mit Fragen bombardierten oder einfach nur mit mir zusammen gesehen werden wollten. Susan hielt stolz meinen Arm und schirmte mich von dem Andrang ab. So sehr stand ich im Mittelpunkt der Aufmerksamkeit, daß ich mich zwingen mußte, nicht zu grinsen, sondern richtig ernst und besorgt dreinzuschauen. Ich *war* besorgt und beängstigt, und das Grinsen war gar nicht echt, es war nur eine Reaktion auf die Aufregung, eine Art Reflex. Den Mädchen rings umher, die noch nie auch nur ein Wort an Bronwyn gerichtet hatten, standen Tränen in den Augen, und angsterregt murmelten sie einander zu: »Was ist, wenn…?«

Bronwyn wollte mir nicht aus dem Kopf. Bronwyn und der Flieger. Fast vernahm ich das Schlagen der Flügel.

»Weißt du irgend etwas?« fragte Susan. »Mir kannst du's ruhig sagen. Ich werd's nicht weitersagen. Ehrenwort.«

Ich schüttelte den Kopf.

Wenn ich die Augen zukneife, sehe ich Bronwyn in der Kirche kauern, und Johnny hält ihr die Kerze entgegen, damit er sie sehen kann, in seinen klaren Augen funkelt das Licht. Johnny hätte sich nicht an ihr vergriffen. Aber wenn doch… Das wäre nicht auszudenken, weil ich es war, die sie geschickt hat. Niemand weiß es. Ich habe sie angelogen, süß, zutraulich. Ich habe gesagt, ich hätte es mit Johnny getrieben. Dabei bin ich innerlich noch immer versiegelt. Ich stelle mir eine geschlossene rosa Blume vor. Eine reine Knospe. Unberührt. Ich habe gesagt, er hätte es mit mir getrieben und würde es auch gern mit ihr treiben. Aber vielleicht ist sie ja gar nicht zu Johnny gegangen. Wahrscheinlich nicht. So dumm wird sie doch wohl nicht gewesen sein? So strohdumm und leichtgläubig? Und vielleicht war er ja schon gar nicht mehr da. Das Pfeifen, das ich gehört habe, das war er vielleicht gar nicht. Vielleicht ist ja jemand anders dagewesen. Womöglich war es gar ein Vogel. Oder überhaupt nichts.

»Was ist, wenn sie tot ist?« flüsterte ich Susan auf dem Heimweg zu.

Susans Miene verfinsterte sich. »Bestimmt ist sie nur mit einem Jungen durchgebrannt«, erwiderte sie.

»Ja«, sagte ich und fühlte mich erleichtert. »Ja, wahrscheinlich hast du recht.«

Susan lächelte und zog ihre kleine Nase kraus. Wir hakten uns unter.

»Sie war ganz wild auf Sex«, sagte ich. »Hat sie mir selbst gesagt.«

»Im Ernst?«

»Und ihr Dad sitzt im Gefängnis.«

»Was du nicht sagst.«

»Doch.« Etwas hatte sich in meiner Kehle verkeilt. Etwas, was an Schmerz grenzte. Etwas, was mich drängte, Bronwyn weh zu tun, selbst jetzt noch. *Obwohl ich wirklich nichts Böses wollte.* Etwas, das mich drängte, ihrem Andenken zu schaden. Aber natürlich hatte Susan höchstwahrscheinlich recht. Bronwyn war mit einem Jungen durchgebrannt, und es hatte nichts, aber auch gar nichts mit mir zu tun.

»Sollen wir fragen, ob ich mich in der Klasse neben dich setzen darf?« schlug Susan vor. »Natürlich nur, bis Bronwyn wiederkommt.«

Als ich nach Hause kam, saß Mutter am Küchentisch, den Kopf in den Händen vergraben. Ich wollte ihr von Bronwyn berichten, aber sie wußte schon Bescheid. Mrs. Broom hatte sie aufgesucht, und ebenso die Polizei, und die Beamten würden wiederkommen, um mich zu verhören. »Die arme Frau, die arme, arme Frau«, wiederholte sie andauernd. »Bald verkrafte ich es nicht mehr, ich ertrage die Strapazen nicht länger.«

»Es wird schon alles wieder gut«, sagte ich hilflos, »ich bin sicher, daß ihr nichts zugestoßen ist.«

»Meinst du?« Hoffnungsvoll sah sie mich an, als glaube sie wirklich, ich wüßte Bescheid, doch dann überschattete wieder die Hoffnungslosigkeit ihr Gesicht. »Und das ist noch nicht alles, es dreht sich auch um Bob. Die Ärztin war wieder hier. Es geht mit ihm zu Ende. So deutlich hat sie es zwar nicht gesagt, aber ich weiß es. Er will nicht essen, er will nicht trinken. Ihm liegt nichts mehr daran. Er hat diesen Blick. Er hat aufgegeben.« Sie begann zu schluchzen, und es war ein furchtbar trockenes, rasselndes Geräusch, aber in ihren Augen standen keine Tränen. »Der dumme Mensch«, ächzte sie. »Sieht er denn nicht, was er anrichtet? Macht er sich denn gar nichts aus mir? Aus uns? Selbstsüchtiger alter Sack.«

Ich hatte Mutter noch nie zuvor fluchen hören. Ich wußte nicht einmal, daß sie fluchen konnte. Es war schrecklich. Unnütz schlich ich um sie herum. Ich wußte keinen Trost, denn eine Tasse Tee half hier nichts. Durch die zusammengebissenen Zähne stieß sie ein entsetzliches Gebrüll aus, erst danach fand sie die Beherrschung wieder. Ich konnte sehen, wie sie sich – ihr Gesicht, ihre Gliedmaßen, ihre Stimme – förmlich zusammenriß, wie eine Marionette kam sie mir vor, wie ein Marionettenspieler, der an den Fäden reißt, aber da fiel mir nur wieder Johnny ein und daß er gesagt hatte, Körper seien wie Marionetten. Ausgeliehene Marionetten. Und ich wußte, daß es keinen Ausweg gab. Ich mußte ihnen von Johnny erzählen.

Ich ging nach oben und spähte in Bobs Zimmer hinein. Jemand hatte den größten Teil der Kopfkissen entfernt, so daß er, das Gesicht scheußlich senffarben auf dem weißen Bezug, beinahe flach dalag. Seine Augen waren wie versiegelt, und sein Atem ging flach und röchelnd. Er verströmte einen fürchterlichen Gestank wie ein verdreckter Tierkäfig. Leise drückte ich die Tür zu und ging in mein eigenes Zimmer. Ich setzte mich auf mein Bett und suchte mich zu sammeln, um auf das Eintreffen von Mrs. Broom und der Polizei gefaßt zu sein.

Ich erzählte ihnen von Johnny. Ich sagte ihnen, daß ich Bronwyn einmal, vor langer Zeit, zur Kirche mitgenommen hätte. Ich sagte, daß ich nie wieder hingegangen sei. Und daß ich nicht wüßte, ob Bronwyn noch einmal gegangen sei. Ich hätte keine Veranlassung, es anzunehmen. Sie hörten mir ernst zu, aber als ich ihnen von Johnnys Flügeln erzählte, grinste der Polizist seine Kollegin an, und diese preßte die Lippen zusammen, um ein Lächeln zu unterdrücken. Sie glaubten, es sei Seemannsgarn, und vielleicht hatten sie recht. Aber als ich ihnen von der Kirche erzählte, sagten sie, sie würden sie durchsuchen lassen. Das Land neben der Kirche hätte schon längst bebaut werden sollen. Statt daß es brachlag, sollte dort ein Park mit einem See und Bäumen und Schaukeln entstehen. Ein Ort, an dem Kinder spielen könnten.

Als sie gegangen waren, wollte Mutter zuerst nicht mit mir reden oder mir auch nur in die Augen sehen. »Wie konntest du nur?« brachte sie schließlich heraus. Sie hatte irgend etwas zu essen gemacht, und wir taten so, als würden wir etwas zu uns nehmen. »Wie konntest du nur so hinterlistig sein? All diese Geheimnisse. All diese Lügen.« Sie schaute von ihrem Teller auf, und unsere Blicke trafen sich, aber ihre Augen waren nicht, wie ich erwartet hatte, zornerfüllt. Sie waren wie erloschene Feuer. Was konnte ich sagen? Ich dachte an ihre Lügen, an Jacqueline, an meinen Geburtstag im November, aber es hatte keinen Sinn, darüber zu reden. Ich kratzte unser Abendessen in den Abfalleimer und besorgte den Abwasch, während Mutter nach oben ging, um Bob Gesellschaft zu leisten.

Die Abendzeitung lag noch auf der Matte. Ich brachte sie in die Küche und schlug sie auf dem Tisch auf. Da war Bronwyn. Die Aufnahme war gemacht worden, bevor ich sie kennengelernt hatte, als sie noch jünger war, als sie ihre Haare noch zur Seite kämmte und mit einer Schleife festband. Ansonsten aber sah sie genauso aus, mit ihren dunklen, dichten Brauen und ihren bleichen Lippen, die irgendein Geheimnis verbargen. Das Foto war ein vergrößerter Ausschnitt aus irgendeinem Schnappschuß. Die Vergrößerung bewirkte, daß die Abstände zwischen den winzigen Punkten zu sehen waren und daß Bronwyn bereits wie aufgelöst wirkte, der Vergangenheit angehörte. Die Zeitungsmeldung nannte sie bei ihrem vollen Namen, Bronwyn Margaret Rose Broom. Ich hatte nicht gewußt, daß sie weitere Vornamen hatte, dazu noch so würdevolle. Sie hörten sich an, als wäre sie jemand anders. Das machte das Ganze irgendwie nur noch schlimmer.

Später schaute ich bei Mutter und Bob herein. Ich glaube, Mutter war im Sessel eingenickt. Jedenfalls hielt sie die Augen geschlossen. Bob hatte aufgehört zu atmen. Seine kalten gelben Zehen mit den elfenbeinfarbenen gebogenen Nägeln ragten unter der Bettdecke hervor. Ich deckte sie zu, dann stahl ich mich aus dem Zimmer und schloß die Tür.

In der Nacht träumte ich von der Kirche, aus der die Flügel verschwunden waren. Aus den Fenstern waren die Ziegelsteine herausgebrochen worden, und das Licht flutete herein und lag in Bändern auf dem Boden, wie Seide. Es war Seide. Ich hob sie an einem Zipfel hoch und ließ sie flattern, bis sie sich wogend bauschte. Unter der Seide, an der Stelle, wo ich die Knochen bemerkt hatte, lag Bronwyn. Die Seide flatterte herab und bedeckte sie. Ich schüttelte das Tuch von neuem, um sie zu sehen, um sicherzugehen, daß sie es auch wirklich war. In dem grellen Schein der Sonne war sie vollkommen weiß und nackt, weißer als die Seide. Ihre Brustwarzen waren wie orangene Blumen. Ihr Kopf hing seitlich herab, und sie war tot. Wieder und wieder schüttelte ich die Seide auf, um in dem Gewoge rasche Blicke auf sie zu erhaschen. Aber dann war sie mit einemmal verschwunden, und die Seide lag flach auf dem Erdboden, und sie war doch nur Licht und ließ sich nicht heben.

Als ich erwachte, war ich einen Augenblick lang erleichtert, weil es nur ein Traum gewesen war. Einen unschuldigen Augenblick lang lag ich wohlig da, und wirkliches Sonnenlicht ergoß sich auf mein Bett; doch dann packte mich Entsetzen. Es mochte nur ein Traum gewesen sein, aber Bronwyn war tatsächlich verschwunden und mochte tatsächlich tot sein, so weiß und reglos wie die Bronwyn meines Traums. Und Bob *war* tot. Er hatte letzte Nacht nicht geatmet, und Mutter hatte die Augen fest vor der Wahrheit verschlossen. Doch nun, am nächsten Tag, würde die Wahrheit immer noch da sein.

DRITTER TEIL

25

Susan und ich machten es uns vor dem Fernsehgerät bequem. Gegen die Nachmittagssonne, die das Bild auf dem Schirm verblassen ließ, hatten wir die Vorhänge zugezogen. Es war der Tag der Sommersonnenwende. Letztes Jahr noch war mein Geburtstag auf diesen Tag gefallen. Zwischen Susan und mir lag eine Schachtel Pralinen auf dem Sofa, ein Geschenk von Mutter, obwohl sie den Grund nicht genannt hatte. Die Bedeutung des Tages blieb unausgesprochen. Mutter kam herein und setzte sich. Ich hielt ihr die Schachtel hin, und sie wählte eine Montélimar. Es war heiß im Zimmer, die Menschen auf dem Bildschirm huschten wie Schatten dahin. Susan stand der Mund offen. Ich bot ihr eine Praline an, aber sie nahm sie nicht wahr. Gebannt beugte sie sich vor. Ich war stolz darauf, daß sie in meinem Haus so zufrieden sein konnte. Wir sahen uns *Crackerjack* an – für meine Begriffe ein dümmliches Programm. Aber Susan gefiel es, und ich sah ihr gern beim Fernsehen zu. Als jemand eine Sahnetorte abbekam, mußte Susan kichern. Sie setzte sich zurück und griff nach einer Praline. Mutter langte nach ihrem Strickzeug. Sie strickte mir eine Schuljacke, ganz schlicht, ohne Zopf- oder ausgefallene Wabenmuster, genauso wie Susans. Durch einen Vorhangspalt drang ein Sonnenstrahl herein und beleuchtete die Spitzen ihrer Stricknadeln, die wie Funken aufblitzten. Mein Mund war vollgestopft mit süßer, schmelzender Schokolade. Ich hatte Susan die Fotos von meiner ersten Rolle Film gezeigt, und sie lagen immer noch über den ganzen Fußboden ausgebreitet vor uns. Die meisten waren nichts geworden, die aufgenommenen Gegenstände waren verwackelt oder überhaupt nicht getroffen, einige von ihnen wiesen nichts als den aufgedunsenen Schmierfleck meines Daumens vor dem Objektiv auf – aber eines gab es, das geglückt war. Es war eine Aufnahme von Mutter vor der Gartentür. Sie hatte die Schürze umgebunden, ihre Haare waren vom Wind zerzauste Büschel und ihre Hand ein unscharfer Streif auf dem Weg zu ihrem Mund, denn ich hatte sie überrascht, und sie hatte eben den Mund geöffnet, um zu protestieren. Es war ein gutes Foto, ein richtiges Foto, besser als das ganz scharf eingestellte, das Mutter von mir aufgenommen hatte, als ich, ein steifes Lächeln im Gesicht, vor einem Rosenstock posieren mußte.

Das Programm war zu Ende. »Fabelhaft«, sagte Susan. »Ich liebe *Crackerjack* – besonders Leslie Crowther. Wirklich«, beteuerte sie Mutter gegenüber, die belustigt den Kopf schüttelte.

Ich nahm mir noch eine Praline und biß auf eine Haselnuß. Bob hatte Haselnüsse liebend gern gegessen. Wäre er bei uns gewesen, hätte er sich diese Praline zuerst ausgesucht. Wenn ich – wie es oft geschah – an Bob dachte, wurde mein Glücksgefühl stumpf. Es war nicht meine Schuld gewesen, daß er erkrankt war, das hatte auch niemand unterstellt. Er war selbst schuld, daß er die Behandlung verweigert hatte, die ihm das Leben hätte retten können. Das wußte ich, aber trotzdem segelte hin und wieder eine Wolke über mein Glück hinweg und warf einen Schatten, wenn ich dachte, er habe sich um meinetwillen zu Tode geschmollt. An der leichten Flauschigkeit meines Haars hatte ich keine Freude mehr, ohne daß Schuldgefühle aufflackerten. Ich konnte mich nicht vor dem Fernseher fläzen, ohne daß mir die Gammastrahlen einfielen. Ich konnte mich nicht träge aus dem Bett wälzen, ohne an das tägliche Dutzend zu denken. Und trotz alledem vermißte ich ihn sehr. Niemand versuchte sich mehr am Kreuzworträtsel, das Gras stand hoch, und der Rasen war übersät mit Gänseblümchen. Im Winter funktionierte die Heizung mehr schlecht als recht, weil Mutter den Dreh mit der Anlage nicht heraushatte.

Ich habe Bronwyn nichts Böses gewollt. Wohin auch immer sie ging – es waren ihre eigenen zwei Füße, die sie trugen. Niemand hat sie bei der Hand geführt. Und es hat ein anderer sie genommen. Ich war's nicht. Die Leute sollten keine Lügenmärchen glauben. Ich könnte keiner Fliege etwas zuleide tun. Ich brauche wegen Bronwyn keine Schuldgefühle zu haben, brauche sie nicht zu haben, und habe auch keine.

Einmal rief mich Mrs. Broom an und lud mich zum Abendessen ein. Als ich zögerte, weil ich nicht gern geradeheraus nein sagte, kam sie bei uns vorbei und fragte Mutter, ob ich nicht kommen wollte. Sie wolle junges Blut im Haus haben. Sie hielt mich für unschuldig. Meinen

Besuch hatte sie nicht mit dem, was folgte, in Verbindung gebracht. Wie sollte sie auch? Bronwyn war eigensinnig, war es schon immer gewesen. Was sie auch getan hatte, es war aus freien Stücken geschehen. Und überhaupt kehrte sie ja vielleicht zurück. Es gab keinen Grund zu vermuten... ein starkes, kräftiges Mädchen wie sie! Aber Mrs. Broom wollte mich um sich haben, um ihr dabei zu helfen, sich zu erinnern, um ein wenig Gesellschaft zu haben. Ihre Hände zuckten nervös hin und her, während sie sprach, und an der Schläfe zitterte es. Die Dauerwelle war zusammengefallen.

Es ging einfach nicht. Ich mußte wegbleiben. Ich mußte sogar wegsehen, sobald ich sie nur anblickte. Sie trug ihre Tapferkeit wie einen nicht richtig zugeknöpften Mantel über ihrer Verzweiflung, ich konnte es nicht mitansehen. Sowie sie in meiner Nähe war, legte sich ein Schleier auf meine Augen. Ich konnte es einfach nicht ertragen, sie zu sehen. Mutter lehnte die Einladung dankend für mich ab. Zuweilen besuchte sie Mrs. Broom, und jedesmal wenn sie nach Hause kam, sah sie ausgelaugt und erschöpft aus. Dann bemutterte ich sie und versuchte alles wiedergutzumachen, indem ich ihr Tee und Aspirin brachte.

Eines Nachmittags kam ich nach Hause und sah, daß das Abendbrot auf den besonderen Serviertischchen angerichtet war, die Mutter angeschafft hatte, damit wir vor dem Fernseher essen konnten. Aber das Gerät war nicht eingeschaltet, und im Zimmer war es unnatürlich ruhig. Die Sonne schien stechend auf unsere Salatteller. Mutter, die auf mich gewartet hatte, sah ernst aus. »Setz dich«, sagte sie. »Man hat Bronwyns Kleidungsstücke gefunden. Die Polizei war hier und hat es mir mitgeteilt.« Ihre Stimme schwankte.

»Nur ihre Kleidungsstücke?«

»Ja. Auf einem Stück Ödland beim alten Friedhof. Arbeiter vom Stadtbauamt haben sie gefunden.«

»*Nur* ihre Kleidungsstücke?«

»Sämtliche Kleidungsstücke.«

»Wahrscheinlich hat sie sie selbst dort liegenlassen. Vermutlich hat sie sich umgezogen und hat sich davongemacht, ist durchgebrannt...«

Mutter schüttelte den Kopf. »Vielleicht hast du ja recht, aber die Polizei denkt anders darüber. Sie geht von Mord aus. Man hat mir gesagt, in derartigen Fällen ist es nur eine Frage der Zeit, bis man sie entdeckt.«

Ich fand, daß »Mord« ein häßliches Wort war. Es war lächerlich, hatte nicht das geringste mit Bronwyn zu tun. Ich dachte an ihre übergroße Albernheit, an ihre Puppen, an die Schwierigkeiten, die sie mit bestimmten Wörtern hatte. Sie wäre nicht einmal in der Lage gewesen, sie zu buchstabieren. Der Salat auf meinem Teller war hell gefärbt. Ich nahm ihn wahr wie durch ein Vergrößerungsglas: das aufgerollte Salatblatt, in dem sich Wassertropfen sammelten, die halb durchsichtigen Gurkenscheiben, die Rote Beete, aus der dunkelroter Saft auf das Weiße von einem Ei sickerte.

»Ach je«, sagte ich hilflos. Irgendwo in der Ferne hörte ich das Gebimmel des Eiswagens.

»Die arme, arme Mrs. Broom... Betty«, flüsterte Mutter.

»Es kann immer noch ganz anders gewesen sein«, beteuerte ich eigensinnig. »Vielleicht ist sie ja doch nicht… Wir können nicht sicher sein, solange man die… nicht gefunden hat…« Ich wollte sagen: *Leiche*, und erinnerte mich daran, wie Bronwyns Kleider über ihrem Leib spannten, an das Stampfen ihrer Füße, an ihren widerlichen Schweiß- und Veilchengeruch.

»Nein«, stimmte Mutter mir zu, »du hast recht. Wir müssen bei allem immer die gute Seite sehen.« Sie spießte ein Stück Gurke auf und führte es zum Mund. »Wir wollen nicht mehr darüber sprechen.«

»Nein«, pflichtete ich ihr bei. Ich schaltete den Fernseher an, und wir setzten uns nebeneinander und verzehrten, die Augen auf den Bildschirm geheftet, unser Abendbrot.

Am anderen Morgen lagen zwei rot-blau geränderte Luftpostbriefe auf der Türmatte. Mutter hob sie auf und gab einen davon mir. Wir sprachen nicht. Ich trug meinen nach oben. Die Handschrift auf der Vorderseite wirkte weltgewandt. Die Tinte war grün. Der Poststempel aus Adelaide. Ich wurde von einer Woge der Verwirrung überschwemmt. Der Brief kam zum falschen Zeitpunkt. Die ganze Nacht hatte ich wach gelegen und versucht, Bronwyn zu vergessen, und jetzt hatte Jacqueline geschrieben. Nach all meinem Sehnen. Zum völlig verkehrten Zeitpunkt. In diesem Augenblick war Jacqueline unerheblich. Trotzdem öffnete ich den Umschlag. Er enthielt einen kurzen Brief und ein Foto. Ich strich mit dem Finger über die glänzende Oberfläche, bevor ich das Foto betrachtete.

Jacqueline war nicht der einzige Gegenstand. Da waren vier Personen: Jacqueline, ein hochgewachsener Mann mit rotem Bart und zwei Kinder. Jacqueline lächelte mich aus der Ferne an. Ihre Haare waren sehr lang, weder hell noch dunkel. Sie waren so lang, als wären sie nie geschnitten worden. In einem spitz zulaufenden Zopf hingen sie ihr über die Schulter. Ich legte das Foto auf mein Bett und ging ans Fenster. Die Kinder waren Mädchen, das machte die Sache noch schlimmer. Wenn es Jungen gewesen wären, wäre es vielleicht noch angegangen. Eine von beiden war nicht viel jünger als ich. Die Mädchen waren groß und golden. Ich mußte das Foto immer wieder ansehen, es mit kurzen Blicken abtasten. Jacqueline trug ein langes indisches Kleid. Der Mann hatte lange Haare, sein Hemd stand offen und gab seine Brust frei. Sie standen in einer Art Gemüsegarten. Im Hintergrund waren igendwelche Tiere zu sehen. Pferde? Kühe? Demnach waren sie Landwirte? Sie sahen aus wie Hippies. Jacqueline war viel kleiner als der Mann und sehr rundlich. Vielleicht war sie schwanger. Die winzigen Punkte ihrer blinzelnden Augen suchten meinen Blick. Sie sah aus wie Bob.

Weil sie wie Bob aussah, erlaubte ich mir den Gedanken, daß Mutter mir vielleicht doch die Wahrheit gesagt hatte. Die Jacqueline, die so grausam aus dem Haus verwiesen worden war – die gezwungen worden war, die Fäden zu zerreißen, die sie an ihr Kind banden –, war nicht die plumpe Frau mit diesem schmuddeligen Tau von einem Zopf, die ihre nackten Füße in die rote Erde stemmte. *Die* Jacqueline war hochgewachsen gewesen mit hervorstehenden Wangenknochen, hochhackigen Schuhen, funkelnden

Juwelen und funkelnden Augen. *Die* Jacqueline hätte niemals getan, was diese Jacqueline tat. Diese Jacqueline war gewöhnlich und machte Sachen, die Schwäche und Selbstsucht verrieten, und dann versuchte sie alles wiedergutzumachen. Dreizehn Jahre zu spät.

Ich las mir den Brief durch. Ich hätte jetzt drei Schwestern. Eine – Abigail – sei kurz nach Aufnahme des Fotos geboren worden, zu Hause, im Beisein ihrer Schwestern. Die großen Mädchen hießen Joanna und Lucy. Würde ich ihnen schreiben und mich vorstellen? Sie wollten alle, daß ich zu Besuch käme. Jacqueline würde uns allen den Flug bezahlen. Könnten wir Weihnachten kommen?

Mutter trat in mein Zimmer. Sie sah aus, als hätte auch sie nur wenig Schlaf gehabt. Aber sie strahlte eine zitternde, fragwürdige Munterkeit aus. Ihren Brief hielt sie in der Hand. »Ein eigener Umschlag!« sagte sie. »Was für eine Verschwendung!« Gierig verschlang sie mit den Augen das Foto und las jedes Wort in meinem kurzen Brief.

»Nun?« sagte Mutter. »Bist du froh? Wolltest du das nicht? Wirst du schreiben?«

Ich zuckte die Achseln.

»Du mußt nicht, Schatz, aber ich werde schreiben. Ich muß sie von Bobs Ableben unterrichten. Ich werde ihr sagen, daß es dir gutgeht, ja? Ich könnte ihr das hübsche Bild von dir im Garten schicken.«

Es drohte mir zu entgleiten. Ich wollte selbst schreiben. Ich wollte nicht *be*schrieben werden. »Ich mache es selbst«, sagte ich. »Bitte, laß mich.«

»Na gut«, sagte sie. »Schreiben wir eben beide. Und wir müssen uns überlegen, ob wir sie besuchen wollen, so ein weiter Flug! Kannst du dir das vorstellen?«

Als sie nach unten gegangen war, entnahm ich dem Geheimfach meines Schmuckkästchens den langen Brief, den ich Jacqueline geschrieben hatte, und las ihn durch. Es fiel mir schwer, weil darin Sachen standen, die ich vergessen wollte. Und weil ich mich egoistisch und grausam anhörte. Aber vielleicht war das ja die Wahrheit. Auch lächerlich hörte ich mich an. Ich erwog, ihn so, wie er abgefaßt war, abzuschicken. Ich malte mir die Wirkung aus, die er auf sie ausüben würde. Eine schöne Überraschung, eine häßliche Sendung, die da durch den Briefkastenschlitz geschoben wurde. Würden meine Schwestern ihn lesen dürfen? Meine goldenen Halbschwestern. Schließlich steckte ich den Brief weg, nahm einen frischen Briefbogen zur Hand und schrieb ihr als das Mädchen, das ich sein wollte. Ich war gescheit, munter und unproblematisch, ein Mädchen, das aus bester Schönschrift und fröhlichen Worten bestand. Ich schrieb, Bob sei »sanft entschlafen«, Mutter und ich seien »über das Schlimmste inzwischen hinweg«. Ich schrieb, daß ich später Krankenschwester oder vielleicht auch Lehrerin werden wolle. Und das war die Wahrheit. Jetzt, wo ich mich der Welt zugehörig fühlte, hatte ich die Idee, Dichterin zu werden, aufgegeben. Ich wollte etwas Nützliches tun. Nicht grübeln. Nicht zuviel nachdenken, meinen Verstand nicht in die Lücken zwischen Dunkel und Hell abrutschen lassen. Ich wollte mich gern von der Oberfläche der Dinge täuschen lassen – und damit konnte sich kein Dichter zufriedengeben.

Ich schickte ihr das Bild von mir mit dem albernen dünnen Lächeln. Der Brief war so harmlos, daß ich ihn Mutter zum Lesen und zur Billigung vorlegte, bevor ich den Umschlagfalz ableckte und zuklebte. Den richtigen Brief hingegen behielt ich für mich, und manchmal zwang ich mich, ihn zu lesen, als eine Art Buße, um die Schatten von Bob und Bronwyn zu besänftigen, die des Nachts in meinen Vorhangfalten nisteten.

26

Eines Nachmittags, Wochen später, machten Susan und ich nach der Schule einen Schaufensterbummel. Anschließend ging sie nach Hause, und ich fand mich in der Nähe des Friedhofs wieder. Bis dahin hatte ich ihn gemieden, weil ich mir große Mühe gab, nicht an Bronwyn zu denken. Keiner erwähnte sie mehr. Es war fast so, als habe es sie nie gegeben. Die Lücke, die sie hinterließ, hatte sich geschlossen, und meine Schuldgefühle entstammten einzig und allein meinem Innern. Vor dem Friedhof machte ich halt. Das Stadtbauamt hatte mit der Säuberung des Grundstücks begonnen, und das Gelände sah schon völlig anders aus. Über all das Grün hatte sich eine Staubschicht gelegt. Zwischen den Gräbern waren die tiefgefurchten Spuren eines Bulldozers zu sehen, und Grace Clovers Engel war umgestoßen worden oder von selber umgestürzt. Sein Kopf war abgebrochen, die glatte Bruchstelle glitzerte, und die steinernen Augen starrten zum Himmel hinauf. Ich folgte ihrer Blickrichtung und war geblendet vom Sonnenlicht. Mit dem Geflimmer der Sonne vor den Augen dauerte es einen Moment, bevor ich begriff, weshalb der Friedhof so offen und anders wirkte, doch dann sah ich, was sie angerichtet hatten. Die Dornenhecke, die den Spielplatz vom Friedhof getrennt hatte, war herausgerissen worden. Sie war zu einem Berg zerbrochener Äste und verstreuter Blütenblätter aufgeschichtet worden.

Daneben war ein gelber Bulldozer abgestellt worden. Es war niemand da. Die Arbeiter mußten wohl Teepause machen. Es roch nach Splintholz und Erde, ein schwacher Rosenduft. In dem blühenden Wirrwarr summten noch immer die Bienen. Die Vögel sangen nicht, sondern zeterten erbost. Der Spielplatz war verschwunden. Das Schaukelgerüst, das Karussell und der Stumpf der Wippe waren zertrümmert und aufgestapelt wie das ausgemusterte Spielzeug eines Riesenkindes. Zwischen ihnen und dem Berg zerhauener Wilder Rosen nahm ich mich wie eine Zwergin aus. Jetzt konnte ich über den Streifen Ödland hinweg direkt zu den gepflegten Hinterzäunen der Häuser hinüberblicken. Ganz schwach hörte ich ein Radio The Tremeloes spielen. Ich schloß die Augen und vernahm Babygeschrei. Ich vermute, es war das Baby, das die Frau in dem Haus erwartet hatte, als ich sie das letzte Mal gesehen hatte, damals, als sie mich bemerkt hatte. Das letzte Mal, daß der Spielplatz ganz allein mir gehört hatte.

Ich lief zur Kirche zurück. In der Dachrinne hatte ein Waldweidenröschen Wurzeln geschlagen. Während ich zu ihm aufblickte, wie es sich rosaflammend gegen den blauen Himmel abhob, nahm ich den Schutthaufen vor der Kirche zuerst nicht wahr. Es war ein Stapel alter Bohlen oder zerbrochener Leitern, wurmstichiges altes Zeug, das nur noch als Brennholz taugte. Wie ich mich eben abwenden wollte, fiel mein Blick auf einen blinkenden Nagelkopf aus Messing. Ich bückte mich, um ihn näher zu betrachten, da sah ich, daß sich an der Stelle, wo der Nagel in das Holz eingedrungen war, ein Streifen roter Farbe befand. Noch einmal musterte ich das splittrige, von Wurmlöchern getüpfelte Durcheinander. Vergebens suchte ich nach einem Anzeichen, daß es je mehr gewesen war als das Gerümpel, das es war – daß es jemals Flügel gewesen waren.

Das große Portal stand weit offen, und zum ersten Mal sah ich die Kirche von Licht erfüllt. Sie war kleiner, als ich gedacht hatte, nichts als ein mit Stein und Schiefer ummauerter Raum. Der Boden war vollkommen eben. Es gab darin weder eine Mulde noch Knochen. Ich ging im Kreis herum, aber bei Tageslicht kam mir der Boden so anders vor, daß ich mich kaum erinnern konnte, wo Johnnys Sachen gelegen waren und wo ich die Knochen gesehen hatte. Die Polizei hatte keine Spur von ihnen gefunden, nicht einmal einen Anhaltspunkt dafür, daß sich jemand am Fußboden zu schaffen gemacht hatte. Und außerdem war es in der Nacht damals so dunkel und ich so müde gewesen, daß ich nur noch halb bei Sinnen gewesen war. Vielleicht hatte ich die Knochen nur geträumt. Oder vielleicht hatte ich nur Holz gesehen, eine Ansammlung alter Stöcke, die die Dunkelheit und meine Angst in Knochen verwandelt hatten. So könnte es gewesen sein. Es ist eigenartig, welche Bedeutung unsere Wahrnehmung irgendwelchen Bruchstücken beimißt – besonders ein ängstliches Gemüt.

Ich ging nach Hause. Der Nachmittag war heiß und matt. Im Sonnenschein lungerten Katzen, die Leute schleppten sich dahin, und selbst das Gekreisch der Kinder hörte sich lustlos an. Ich stellte mir Jacqueline vor, wie sie dieselbe Straße entlanglief und dieselbe Sonne auf sie herabschien. Aber jetzt schien sie in einem anderen Land auf sie herab. Wo zur Zeit Winter herrschte. Die Sonne brannte mir auf den Nacken. »Altweibersommer«, hätte Bob gesagt. Und letztes Jahr um diese Zeit hätte er sich mit einem Kreuzworträtsel in seinen Liegestuhl hinausgesetzt, gebräunt und bis auf seinen Sonnenhut nackt, recht gut abgeschirmt hinter seinen hohen Holzzäunen und den von Waldrebe und Geißblatt überwucherten Laubengängen. Der asphaltierte Weg unter meinen Füßen fühlte sich klebrig an, von Zäunen und Toren stieg der Geruch von erhitztem Teerkreosot auf. Ein Eiswagen, der eine scheppernde Melodie plärrte, hielt vor mir an. Ich fischte in meiner Tasche nach Geld und kaufte mir ein Eis am Stiel.

»Wie wär's denn Weihnachten mit Australien?« fragte Mutter später. Wir waren in der Küche, und sie zupfte in ihrem neuesten Makramee-Pflanzenhalter an einer eingetopften Grünlilie herum. Ich putzte mir die Schuhe, weil ich auf eine Geburtstagsfeier gehen wollte.

»Erinnerst du dich noch an Peggy?« fragte ich.

»Ja, natürlich. Was meinst du, sollen wir?«

»Was ist mit Tante May? Das könnte ihr letztes ...«

»Könnte sein«, bejahte Mutter. »Arme alte Tante May.«

»Ich nehme ein Bad«, sagte ich. »Ich werd's mir durch den Kopf gehen lassen.«

»Tu das. Wir müssen uns bald entscheiden. Gefällt's dir?« Mutter hielt ihre Schöpfung hoch.

»Sehr hübsch«, sagte ich.

Ich schloß mich ins Badezimmer ein und drehte die Wasserhähne auf. Ich krümelte den letzten Badesalzwürfel ins

Wasser, und ein schwacher Duft von Pfirsichen erfüllte die dampfgeschwängerte Luft. Diese Weihnachten würde es keinen Bob geben und keine Spiele. Ich mußte an Peggy denken, die nach Australien geschafft worden war, weil sie einen Pfau gestohlen hatte. Ich mußte an das Loch im Garten denken, an den Schmutz unter meinen Fingernägeln, an Bob, der auf mich herabgelächelt und mich in meiner Arbeit bestärkt hatte: »Leg dich ins Zeug, Mädchen.« In dem sonnigen Dampf kniff ich die Augen zusammen und versuchte mich zu erinnern, wohin ich damals zu gelangen glaubte: Wunderland und Australien wurden eins, eine Stätte des Lichts und des Goldes und des Festschmauses am Strand. Damals hatte ich versucht, mich dorthin durchzugraben, jetzt bot sich die Gelegenheit zu fliegen. Die Rückstände des Badesalzwürfels an Rücken und Hintern fühlten sich sandig an. Ich verlagerte mein Gewicht und dachte an Tante May in Bobs Sessel neben dem Weihnachtsbaum, an ihre schmalen, baumelnden Füße und das humorvolle Funkeln ihrer uralten Augen.

Ich schlug die Augen auf und sah, daß mein Körper unter dem seifigen Film auf der Wasseroberfläche etwas ganz Gewöhnliches war, und ich wußte, der Festschmaus am Strand bedeutete lediglich, daß Sand ins Essen geriet, und für Jacqueline wäre ich nur eine von vielen. Eines Tages würde ich ihr schon noch begegnen, aber es drängte nicht. Ich hatte sie ja schon gesehen, eine kleine, ferne Frau mit dem Aussehen von Bob.

Entspannt lehnte ich mich zurück und atmete die parfümierte Luft ein. Es war heiß im Badezimmer, durch die Milchglasscheibe schien die Sonne herein, und auf meiner

Haut spürte ich das warme Wasser. Ich schloß wieder die Augen.

Ich schließe die Augen, stopfe mir mit den Fingern die Ohren zu und singe. Ich singe in der Wanne, und die Sonne glitzert durch den Dampf und macht aus meinen Wimpern Pfauenfedern. Was Bronwyn zugestoßen ist – ich weiß es nicht. Ich weiß nicht, ob Johnny damit zu tun hatte oder ob Johnny nur ein verträumter Narr war. Es gibt schreckliche Gedanken, die mir durch den Kopf jagen wie Züge, die auf den Gleisen entlangrattern. Aber ich weiß, wie ich sie davon abhalten kann, ihr Ziel zu erreichen, wie ich sie zum Entgleisen bringen kann. Ich schließe die Augen, stopfe mir mit den Fingern die Ohren zu und singe. Ich singe:

Em pam pie Kolonie,
Kolonastik,
Em pam pie Kolonie,
Akademie,
Safari,
Akademie,
Puff, puff.

Lesley Glaister im Diogenes Verlag

Du sollst Deinen Vater ehren

Roman. Aus dem Englischen von Renate Orth-Guttmann

Eine Familiensaga feinster englischer Art: voller Humor und Schrecken. Idyllische Kindheitseindrücke sind in der Erinnerung der Erzählerin untrennbar verwoben mit der Bedrohlichkeit der Erwachsenenwelt. Was sich in jenem einsamen Haus an der Ostküste Englands ereignet, ist ebenso unglaublich wie glaubhaft erzählt.

»Kein Wunder, daß die Autorin den ›Somerset Maugham Award‹ und den ›Betty Trask Award‹ erhielt. Souverän spielt sie auf der Klaviatur der Gefühle, zeichnet in einer flüssigen, knappen Sprache scharf umrissene Figuren. Ein gelungenes Debüt: feiner englischer Humor und eine eigenwillige Poesie.«
Süddeutsche Zeitung, München

Gib mir was, sonst kriegste was!

Roman
Deutsch von Hans-Christian Oeser

Nach Halloween spuken Geister aus der Vergangenheit durch ein unscheinbares Vorstadt-Reihenhaus. Drei Parteien leben hier, unfreiwillige Nachbarn. Den wahren Zündstoff zwischen ihnen liefern unterschwellige Affinitäten und Animositäten.

»Lesley Glaister verfügt über einen hinreißend sublimen und widerspenstigen Humor, der die Figuren vor der Wehleidigkeit und damit auch vor den endgültigen Niederlagen bewahrt; das ist genau die Tonart, mit der das britische Kino seit vielen Jahren noch in den desolatesten Stoffen hartnäckig die Vitalität opponierender Komik verteidigt.« *Radio Bremen*

Barbara Vine im Diogenes Verlag

Die im Dunkeln sieht man doch

Roman. Aus dem Englischen von Renate Orth-Guttmann

Der Fall der Vera Hillyard, die kurz nach dem Krieg wegen Mordes zum Tod durch den Strang verurteilt und hingerichtet wurde, wird wieder aufgerollt. Briefe, Interviews, Erinnerungen, alte Photographien fügen sich zu einem Psychogramm, einer Familiensaga des Wahnsinns. Schicht um Schicht entblättert Barbara Vine die Scheinidylle eines englischen Dorfes, löst zähe Knoten familiärer Verflechtungen und entblößt schließlich ein Moralkorsett, dessen psychischer Druck nur noch mit Mord gesprengt werden konnte.

»Barbara Vine ist die beste Thriller-Autorin, die das an Krimi-Schriftstellern nicht eben arme England aufzuweisen hat. Ein Psycho-Thriller der Super-Klasse.« *Frankfurter Rundschau*

Es scheint die Sonne noch so schön

Roman. Deutsch von Renate Orth-Guttmann

Ein langer, heißer Sommer im Jahr 1976. Eine Gruppe junger Leute sammelt sich um Adam, der ein altes Haus in Suffolk geerbt hat. Sorglos leben sie in den Tag hinein, lieben, stehlen, existieren. Zehn Jahre später werden auf dem bizzaren Tierfriedhof des Ortes zwei Skelette gefunden – das einer jungen Frau und das eines Säuglings...

»Der Leser glaubt auf jeder zweiten Seite, den Schlüssel zur Lösung des scheinbar kriminellen Mysteriums in Händen zu halten, doch – der Schlüssel paßt nicht, sperrt nicht, klemmt... Keine Frage, dieser Roman ist ein geglückter Thriller, ein famos geglückter, wofür diese Autorin auch bürgt.« *Wiener Zeitung*

Das Haus der Stufen

Roman. Deutsch von
Renate Orth-Guttmann

Eine der großen Lügnerinnen der Welt, nennt Elisabeth die junge Bell. Und trotzdem, oder vielleicht deswegen: noch nie zuvor war Elisabeth von einer Frau dermaßen fasziniert. Selbst als Bells kriminelle Vergangenheit offenkundig wird, kann sich Elisabeth nicht aus ihrer Liebe zu Bell lösen. Immer wieder findet sie Erklärungen und Entschuldigungen für das unglaubliche Verhalten dieser mysteriösen Frau.

»Barbara Vine alias Ruth Rendell ist in der englischsprachigen Welt längst zum Synonym für anspruchvollste Kriminalliteratur geworden.«
Österreichischer Rundfunk, Wien

Liebesbeweise

Roman. Deutsch von
Renate Orth-Guttmann

»*Liebesbeweise* ist Barbara Vines bisher eindringlichster Exkurs in die dunklen Geheimnisse der Obsessionen des Herzens. Dieser Roman betrachtet und prüft mancherlei Arten von Liebe: die romantische Liebe, die elterliche Liebe, die abgöttische Liebe, die besitzergreifende Liebe, die selbstlose Liebe, die erotische Liebe, die platonische Liebe und die kranke Liebe.«
The New York Times Book Review

»Wer die englische Autorin kennt, weiß, daß es in *Liebesbeweise* wieder um ein veritables Verbrechen geht, daß dieser Kriminalroman aber in Wirklichkeit wieder ein Reisebericht über eine zerklüftete Landschaft emotionaler Verstrickungen ist. Die Landschaften wechseln bei Barbara Vine, gleich bleibt die suggestive Verführungskraft, mit der sie ihre Leser in immer neue Abgründe zieht. Man wird süchtig...«
profil, Wien

König Salomons Teppich

Roman. Deutsch von Renate Orth-Guttmann

Welcher fliegende Teppich trägt uns – wie ehedem Salomon – heute überallhin? Die Londoner U-Bahn! Von ihr aber gibt es Geschichten zu erzählen, die alles andere als märchenhaft sind. Hart und verwegen geht es zu in den Tunneln der Tube, wo die Gesetze der Unterwelt gelten. Eine Geschichte der U-Bahn schreibt der exzentrische Jarvis. Und gleichzeitig steht er einem Haus vor, in dem die unterschiedlichsten Außenseiter Unterschlupf finden, wenn sie nicht gerade in der U-Bahn unterwegs sind.

»Zum geheimnisvollen, bedrohlichen Labyrinth werden die Stationen, Tunnels, Lift- und Luftschächte der Londoner U-Bahn in *König Salomons Teppich*. Barbara Vine, die Superfrau der Crime- und Thrillerwelt, ist in absoluter Hochform. Ergebnis: hochkarätige , bei aller mordsmäßigen Spannung vergnügliche Literatur.« *Cosmopolitan, München*

Astas Tagebuch

Roman. Deutsch von Renate Orth-Guttmann

Einsam im fremden England, vertraut Asta, eine junge Dänin, die Freuden und Nöte ihres Familienalltags einem Tagebuch an: Erziehung der Söhne, Probleme mit dem Mann, ihre Bemühungen um Eigenständigkeit in der anderen Umgebung, das Nahen des Ersten Weltkriegs... Kein leichtes Schicksal, wäre nicht Swanny, ihre Lieblingstochter, die der Mutter treu zur Seite steht. Doch ob Swanny überhaupt Astas Tochter ist? Und könnte es Verbindungen geben zu dem skandalösen Mordprozeß im Fall Roper? Barbara Vine kombiniert meisterhaft ein Familiendrama mit einer Kriminalgeschichte.

»Das bislang Beste aus der Feder von Barbara Vine alias Ruth Rendell.« *Literary Review, London*

Keine Nacht dir zu lang

Roman. Deutsch von Renate Orth-Guttmann

In einem gespenstisch stillen Haus mit Blick auf die graue Weite der Nordsee will sich Tim Cornish, 25, vielversprechender Absolvent von Englands angesehenstem Studiengang für Kreatives Schreiben, seine Erinnerungen von der Seele schreiben, die ihn wahnhaft bedrängen. Sie geraten ihm immer mehr zur Beichte, einer Beichte, die nicht er vollenden wird... Zwei Jahre sind seit der Tat vergangen, als er anonyme Briefe erhält und täglich mit der Aufdeckung seines Verbrechens rechnen muß. Dabei begann sein Eintritt in die Erwachsenenwelt so verheißungsvoll, als er in den Bannkreis eines einige Jahre älteren Mannes geriet. Sein Begehren nimmt ihn in Beschlag – bis seine Liebe von Ivo Steadman erwidert wird. Und wer hätte ahnen können, daß Tim gewissermaßen am anderen Ende der Welt, in Alaska, einer Frau begegnen würde, die sein Gefühlsleben abermals völlig umkrempeln sollte, ihn ins Verbrechen treibt?

»Ganz normaler Undank, normale Selbstsucht, Liebe und Angst, ganz normales Versagen – das ergibt unter gewissen Umständen eine explosive Mischung. Das Genie von Barbara Vine besteht darin, uns vor Augen zu führen, was für ein wackliger Zustand die Normalität ist, daß der Durchschnittlichkeit das Böse nicht fremd ist. Es ist nicht etwas, das irgendwo und irgendwem geschieht, sondern sich in uns und an uns vollzieht.« *The Sunday Times, London*

»Barbara Vines/Ruth Rendells virtuosestes Werk.«
The Times, London

»Ein Thriller im Zeitlupentempo.«
The Mail on Sunday, London

Ian McEwan im Diogenes Verlag

Erste Liebe – letzte Riten

Erzählungen. Aus dem Englischen von Harry Rowohlt

»Die Mehrzahl dieser Geschichten handelt von Jugendlichen und davon, wie sie von der Welt der Erwachsenen verdorben werden. Die Unschuld der Pubertät wird weniger verloren als zerschmettert... Nichts für Zimperliche, aber dieser Stil hat eine lakonische Brillanz, die Bände – andeutet. Nichts wird ausgesprochen, alles wird angetippt.«
Peter Lewis / Daily Mail, London

»Das brillante Debüt des hoffnungsvollsten Autors weit und breit.« *A. Alvarez / The Observer, London*

Der Zementgarten

Roman. Deutsch von Christian Enzensberger

Ein Kindertraum wird Wirklichkeit: Papa ist tot, Mama stirbt und wird, damit keiner was merkt, einzementiert, und die vier Kinder haben das große Haus in den großen Ferien für sich. Im Laufe des drückend heißen, unwirklichen Sommers kapselt sich die Gemeinschaft mehr und mehr gegen die Außenwelt ab, und keiner merkt, daß etwas faul ist.

»Das ist McEwans Kunst: die sachliche Berichterstattung über Groteskes und Absurdes, die Fähigkeit, aus dem Rahmen Fallendes als Gewöhnliches erscheinen zu lassen durch die Gleichgültigkeit und die Beiläufigkeit des Erzählens.«
The Times Literary Supplement

Verfilmt von Andrew Birkin mit Charlotte Gainsbourg in der Hauptrolle. 1993 ausgezeichnet mit dem Silbernen Bären.

Zwischen den Laken

Erzählungen. Deutsch von Michael Walter
Wulf Teichmann und Christian Enzensberger

»Noch in der erbärmlichsten, entfremdetsten Beziehung finden sich Spuren wirklicher Liebe und des wirklichen menschlichen Bedürfnisses, zu lieben und geliebt zu werden.«
Jörg Drews / Süddeutsche Zeitung, München

»Präzis, zärtlich, komisch, sinnlich – und beunruhigend.« *Myrna Blumberg / The Times, London*

»Diese Erzählungen sind gegenwartsnah, ein wenig Beckett verpflichtet und etwas Nabokov, aber auch H.G. Wells und George Orwell.«
Julian Moynihan / The New York Times Book Review

Der Trost von Fremden

Roman. Deutsch von Michael Walter

Hochsommer, Venedig ist von Touristen überschwemmt. Auch das Liebespaar Colin und Mary, das kein Liebespaar mehr ist, macht hier Urlaub. Sie machen sich sorgfältig zurecht für ihren Dinnerspaziergang durch die Stadt: sie parfümieren sich mit teurem Eau de Cologne, mit peinlicher Sorgfalt wählen sie ihre Garderobe... und dann lauert im Labyrinth der beklemmend engen Gassen ein Minotaurus auf sie. Die Kanäle haben Gegenströmungen, die Lagune ungeahnte Tiefen.

»*Der Trost von Fremden* ist ein irritierendes, atmosphärisch dichtes kleines Meisterwerk.«
Neue Zürcher Zeitung

»Ein exzellenter, tückischer Roman.«
Die Weltwoche, Zürich

Verfilmt von Paul Schrader mit Rupert Everett, Helen Mirren, Natasha Richardson und Christoper Walken.

Ein Kind zur Zeit

Roman. Deutsch von Otto Bayer

Eines Tages wird für Stephen und Julie der schlimmste Alptraum aller Eltern Wirklichkeit: ihre dreijährige Tochter verschwindet spurlos.
Ein Roman über eine Welt, in der Bettler Lizenzen haben und Eltern darüber aufgeklärt werden, daß Kindsein eine Krankheit ist. Aber auch eine subtile Ergründung von Zeit, Zeitlosigkeit, Veränderung und Alter.

»Ein großartiger Roman.« *Frankfurter Rundschau*

Unschuldige

Eine Berliner Liebesgeschichte

Roman. Deutsch von Hans-Christian Oeser

»Leonard Marnham, der junge Londoner Fernmeldetechniker bei der ›Operation Gold‹, verliert in Berlin seine Unschuld – politisch, moralisch, sexuell. Er steigt – faktisch und metaphorisch – hinab in die Unterwelt: in die Eingeweide der Erde, in die verborgenen Reservate des Sexus, in die Labyrinthe der Geheimdienstwelt, in die Innereien des Blutverbrechens.
Unschuldige – Eine Berliner Liebesgeschichte ist auf mehreren Ebenen zu lesen: als Spionage- und Kalte-Kriegs-Story, als Heraufbeschwörung einer politischen Wahnwelt, deren Zusammenbruch wir eben erlebten, als moralisches Puzzle, als panische Blut-Oper, als vertrackte Education sentimentale. Und natürlich auch als eine Art Liebesgeschichte.«
Sigrid Löffler/profil, Wien

Verfilmt unter dem Titel *»... und der Himmel steht still«* von John Schlesinger mit Anthony Hopkins, Isabella Rossellini und Campbell Scott in den Hauptrollen.

Schwarze Hunde

Roman. Deutsch von Hans-Christian Oeser

Überglücklich verliebt und voller Ideale, als der Krieg endlich vorbei ist, gehen June und Bernard Tremaine 1946 auf Hochzeitsreise. Doch inmitten der Naturschönheiten Südfrankreichs holt eine traumatische Wirklichkeit sie ein. June begegnet zwei ungeheuerlichen Hunden von einer Bedrohlichkeit, dic ihren Glauben an das Gute erschüttert. Der vernunftbetonte Bernard kann Junes Gefühle nicht verstehen. Ein Riß beginnt zwischen ihnen zu entstehen...

»Eine unvergeßliche Parabel über die Zerbrechlichkeit der Zivilisation.« *Publishers Weekly, New York*

»Ein philosophisches Buch und eine geheimnisvoll spannende Geschichte zugleich, eine metaphysische Versuchsanordnung und ein subtil erzähltes Ehedrama. Ian McEwan ist ein Romancier der obersten Kategorie.«
Georg Hensel/Frankfurter Allgemeine Zeitung

Der Tagträumer

Erzählung. Deutsch von Hans-Christian Oeser

Die gesamte Familie mittels einer Zaubercreme zum Verschwinden zu bringen, das wäre doch was, denkt sich Peter Glück – ein wenig aus Langeweile, ein wenig aus Trotz. Oder aber dem Kater seine Katzenseele entlocken, in ihn hineinschlüpfen, um einen Tag lang das nur scheinbar schläfrige Leben einer Katze zu führen. Und was wäre, wenn Bewegung in die Puppen der Schwester käme und sie ihm ein Bein ausrissen...

»Eine wohlwollende Hommage an die Kindheit, wie Erwachsene sie sehen, in anderen Worten: auch für Kinder bestens geeignet.«
Times Literary Supplement, London

Amélie Nothomb im Diogenes Verlag

Die Reinheit des Mörders

Roman. Aus dem Französischen von Wolfgang Krege

»Ein intellektueller Schlagabtausch zwischen einem monströsen Zyniker und Frauenhasser und einer gescheiten Frau. Beide treiben die Frage nach dem Sinn des Daseins, der Liebe und der Literatur bis zum Äußersten.« *Ellen Pomikalko/Brigitte, Hamburg*

»Erstaunlich, wie profund und abgründig Amélie Nothomb erzählt.« *Die Weltwoche, Zürich*

Liebessabotage

Roman. Deutsch von Wolfgang Krege

In keinem Geschichtsbuch der Welt wird er erwähnt: der Weltkrieg, der von 1972 bis 1975 in San Li Tun, dem Diplomatenghetto von Peking, tobte. Und doch hat er stattgefunden. Während sich Diplomateneltern aus aller Welt um internationalen Frieden bemühen, spielen ihre Kinder Krieg – aus Langeweile. Bis die siebenjährige Heldin der wunderschönen Elena begegnet und sich unsterblich verliebt. Durch die zehnjährige Italienerin eröffnet sich ihr ein neuer Kriegsschauplatz. Elena wird ihr trojanischer Krieg, ihre Liebessabotage.

»Brillant formuliert. Man fragt sich, woher dieses erst siebenundzwanzig Jahre alte Genie so viel Weisheit, so viel Reife, so viel Sprachstil nimmt. *Liebessabotage* ist gleichermaßen humorvoll wie grausam. Ein mehr als würdiger Nachfolgeroman.« *Marie-Claire, München*

»Gäbe es eine Bestsellerliste für freche Enthüllungsliteratur, Nothombs *Liebessabotage* stände ganz oben.« *Brigitte, Hamburg*